हिन्द पॉकेट बुक्स

भारत के क्रान्तिकारी

मन्मथनाथ गुप्त भारतीय स्वतन्त्रता संग्राम के एक प्रमुख क्रान्तिकारी तथा सिद्धहस्त लेखक थे। उन्होंने हिन्दी, अंग्रेजी तथा बांग्ला में आत्मकथात्मक, ऐतिहासिक एवं गल्प साहित्य की रचना की है। वे मात्र १३ वर्ष की आयु में ही स्वतन्त्रता संग्राम में कूद गये और जेल गये। बाद में वे हिन्दुस्तान रिपब्लिकन एसोसिएशन के सक्रिय सदस्य भी बने और १७ वर्ष की आयु में उन्होंने सन् १९२५ में हुए काकोरी काण्ड में सक्रिय रूप से भाग लिया। उनकी असावधानी से ही इस काण्ड में अहमद अली नाम का एक रेल-यात्री मारा गया जिसके कारण ४ लोगों को फाँसी की सजा मिली जबकि मन्मथ की आयु कम होने के कारण उन्हें मात्र १४ वर्ष की सख्त सजा दी गयी। १९३७ में जेल से छूटकर आये तो फिर क्रान्तिकारी लेख लिखने लगे जिसके कारण उन्हें १९३९ में फिर सजा हुई और वे भारत के स्वतन्त्र होने से एक वर्ष पूर्व १९४६ तक जेल में रहे। स्वतन्त्र भारत में वे योजना, बाल भारती और आजकल नामक हिन्दी पत्रिकाओं के सम्पादक भी रहे।

भारत के क्रान्तिकारी

मन्मथनाथ गुप्त

हिन्द पॉकेट बुक्स
पेंगुइन रैंडम हाउस इम्प्रिंट

हिन्द पॉकेट बुक्स

यूएसए | कनाडा | यूके | आयरलैंड | ऑस्ट्रेलिया | सिंगापुर
न्यू ज़ीलैंड | भारत | दक्षिण अफ्रीका | चीन

हिन्द पॉकेट बुक्स, पेंगुइन रैंडम हाउस ग्रुप ऑफ़ कम्पनीज़ का हिस्सा है,
जिसका पता global.penguinrandomhouse.com पर मिलेगा

पेंगुइन रैंडम हाउस इंडिया प्रा.लि.,
चौथी मंजिल, कैपिटल टावर 1, एमजी रोड,
गुरुग्राम 122002, हरियाणा, भारत

पेंगुइन
रैंडम हाउस
इंडिया

प्रथम हिन्दी संस्करण हिन्द पॉकेट बुक्स द्वारा 2012 में प्रकाशित
यह हिन्दी संस्करण हिन्द पॉकेट बुक्स में पेंगुइन रैंडम हाउस द्वारा 2021 में प्रकाशित

10 9 8 7 6 5 4 3 2

ISBN 9789353490492

मुद्रक : मणिपाल टेक्नॉलजीस् लिमिटेड, भारत

www.penguin.co.in

MIX
Paper | Supporting responsible forestry
FSC www.fsc.org FSC® C043100

This is a legitimate digitally printed version of the book and therefore might not
have certain extra finishing on the cover.

अनुक्रम

क्रान्तिकारी शहीदों पर

इन थोड़े-से क्रान्तिकारियों की जीवनी पेश करते हुए मुझे बहुत खुशी हो रही है, क्योंकि मैं समझता हूं कि जो काम मैंने उठाए थे, उनमें से एक पूर्णता की ओर जा रहा है। ऐसे समय में स्वभावत: बहुत पुरानी स्मृतियों में डुबकी लगाने की इच्छा होती है।

कुछ स्मृतियां ऐसी तीव्र होती हैं, जो सुनी हुई किसी प्रिय धुन की तरह मन में बराबर तिरती-उतराती रहती हैं। ऐसी ही एक स्मृति है : ठीक सन् तो याद नहीं पड़ता, पर प्रथम महायुद्ध छिड़ने के बाद की है, सन् 1915 की भी हो सकती है, सन् 1916 की भी हो सकती है।

उन दिनों, जैसा कि बाद में मैंने जाना, लड़ाई ज़ोरों पर थी, और पहली जीत जर्मनों की हो रही थी, जैसा कि अगले महायुद्ध में भी हुआ। ब्रिटिश सरकार प्रचंड रूप से तप रही थी। इतना सुनने में आता था कि क्रान्तिकारी बम आदि बना रहे हैं। यह भी सुनने में आता था कि पकड़े जाने पर वे बर्फ की सिल्लियों पर बैठाए जाते हैं, उनके नाखून उखाड़े जाते है, फिर भी वे बाज़ नहीं आते। मेरे शिशु मन में उनका एक अद्भुत चित्र था जो दादी से सुनी हुई कहानियों के वीरों के साथ घुल-मिल गया था।

मेरे पिता एक शिक्षक थे और उनसे मालूम हुआ था कि उनके कई छात्र क्रान्तिकारी बन गए थे। पर मैं उत्सुक होने पर भी यह समझता था कि कभी इन क्रान्तिकारियों से मेरी भेंट नहीं होगी, पर एक दिन मैं अपने पिता के साथ लक्शा नामक मुहल्ले की तरफ जा रहा था, जहां काशी का रामकृष्ण मिशन है। यह तो याद नहीं कि हम रामकृष्ण मिशन में ही जा रहे थे या गैबी की तरफ जा रहे

थे। गैबी में एक कुआं है, जिसका पानी बहुत पाचक माना जाता है। उसे पीने के लिए बनारसी लोग अक्सर आया करते हैं। पहले पिकनिक के यही सब तरीके थे। अस्तु ।

गुदौलिया से जो सड़क लक्शा की तरफ जाती है, हम लोग उसी पर चल रहे थे। लक्शा के ऐन पहले, जहां सड़क बाईं ओर फूटती थी और कुछ फूलगोभी के खेत हुआ करते थे, उधर से एक गिरोह-सा आता हुआ मालूम हुआ, जिसमें दूर से कई लाल पगड़ियां प्रमुख रूप से दिखाई दे रही थीं। एकाएक सड़क पर चलनेवाले लोग जैसे तन गए। कई लोग ठिठककर खड़े हो गए। हम दोनों भी खड़े हो गए। जब वह भीड़ थोड़ा आगे बढ़ी, तो पिताजी ने गिरफ्तार युवकों को पहचानते हुए कहा–ये फलाने हैं।

दो युवक थे। दोनों को हथकड़ियां पड़ी हुई थीं। इसके अलावा एक चमड़े में मढ़ी हुई मोटी रस्सी उनके कन्धे से उस प्रकार से बंधी थी जैसे जनेऊ पहना जाता है। दोनों उदासीन थे। उन्हें कोई परवाह नहीं थी। चेहरे पर अवज्ञा की छाप थी।

साथ में कई पुलिसवाले थे और एक शायद दरोगा किस्म का कोई था। ये क्रान्तिकारी किसी बम के कारखाने से या किसी दूसरे छिपे हुए स्थान से गिरफ्तार किए गए थे। जब वे हमारे सामने आए, तो उन्होंने मेरे पिताजी को पहचाना, जो उनके शिक्षक रह चुके थे। उन्होंने नमस्ते की और खड़े हो गए। इस पर पुलिसवालों ने कुछ आपत्ति-सी की, पर उन्होंने आगे बढ़ने से इंकार किया और बातें करने लगे।

मैं आंखें फाड़कर उन्हें देख रहा था। उनके चेहरे पर किसी प्रकार का भय, कुंठा, ग्लानि नहीं थी। उन दिनों जिस क्रान्तिकारी को फांसी नहीं होती थी, वह आसानी से कालेपानी तो भेज ही दिया जाता था। और बाद को यही लोग शायद कालेपानी गए भी, पर अब वे हमें देखकर मन्द-मन्द मुस्कुरा रहे थे।

इसी मुस्कुराहट में वे सबकुछ कह गए। कहने को शायद बहुत कुछ था, पर कहा नहीं जा सकता था। पिताजी ने मुस्कुराहट के जवाब में पूछा–तुम लोगों के घरों में पता हो गया है?

पुलिसवालों ने पीछे से वह रस्सी खींची, जैसे घोड़े की रस्सी खींची जाती है। इसके उत्तर में उन युवकों ने भी ज़ोर से खींच दी और घुड़ककर पुलिसवालों

की तरफ देखा। फिर बोले-नहीं, अभी–अभी तो गिरफ्तार हुए। घर खबर दे दीजिएगा, या क्या करना है!

फिर वे मुस्कुराए। जब दरोगा ने देखा कि भीड़ बढ़ रही है और यह कानून के खिलाफ है (तब से यह शब्द 'कानून के खिलाफ' सुन रहा हूं, पता नहीं इसके सुरसावाले गाल में कब क्या आता है!), तो वह अपने कैदियों से तो कुछ नहीं बोला, पिताजी से बोला–आप अपने काम जाइएजी! आपको मालूम नहीं है कि इनसे बात करना जुर्म है? आप इस पर गिरफ्तार किए जा सकते हैं।

पिताजी के कुछ कहने के पहले ही उन युवकों में से एक ने कहा–ये वर्षों हमारे मास्टर रहे हैं। शायद आखिरी भले आदमी हैं, जिनसे मिल रहा हूं। तुम सुन तो रहे हो कि क्या बात हो रही है।

दरोगा ने पता नहीं क्या सोचा, वह फिर कुछ नहीं बोला। युवकों ने स्थिति को समझते हुए और भीड़ को बढ़ते देखकर कहा–आप जाइए। घर में बताने की कोई ज़रूरत नहीं। उन्हें मालूम हो ही जाएगा। हम लोगों का घर तो अब अन्दमन होगा या यदि भाग्य अच्छा हुआ तो जल्दी छुटकारा मिल जाएगा।

कहकर उन्होंने फिर नमस्ते की और चुपचाप, जिधर पुलिसवाले ले जा रहे थे, उधर जाने लगे। हम लोग थोड़ी देर वहां खड़े रहे, उनको जाते हुए देखते रहे, फिर अपने रास्ते चले गए। वह दृश्य कभी नहीं भूलता! उसी समय से यही तमन्ना बनी रही कि काश, मैं भी उनमें होता! यह केवल एक व्यक्ति की तमन्ना नहीं थी, बल्कि उस युग में हज़ारों लोगों में यही इच्छा थी। इसी इच्छा के कारण भारत स्वतन्त्र हुआ। उन्होंने यह जो कहा था कि अब घर तो अन्दमन है, उसी को किसी समसामयिक कवि ने यों रखा :

'बसेगा हिन्द पीछे को, बसेगा अन्दमन पहले!'

इसके बाद 1921 का आन्दोलन चला और मैं अपने पिता की प्रेरणा पर उसमें कूद पड़ा। 1922 के प्रारम्भ में ही महात्मा गांधी ने चौरीचौरा कांड के कारण असहयोग आन्दोलन स्थगित कर दिया। तब फिर क्रान्तिकारी आन्दोलन, जो अब तक जाड़ों में जिस प्रकार बहुत-से प्राणी दीर्घ निद्रा में गर्क रहते हैं, उस प्रकार की निद्रा से उठकर फिर बौड़ने-फैलने लगा। मैं भी उसी

आन्दोलन में आ गया। रामप्रसाद बिस्मिल, अशफाक उल्ला, राजेन्द्र लाहिड़ी, रोशनसिंह की कहानी में 'हाथी के पांव में सबके पांव' की तरह मेरी कहानी भी आ जाती है। फर्क केवल इतना रहा कि वे फांसी पा गए और मैं जेलों में सड़ता रहा बारह साल तक। तब कांग्रेस मन्त्रिमंडल ने हमें रिहा किया। पर भारत स्वतन्त्र नहीं हुआ था।

यदि दूसरा महायुद्ध न छिड़ता तो कांग्रेस फिर से संग्राम में उतरती ही, ऐसा दावे के साथ नहीं कहा जा सकता। 1936 के अन्त की ओर महायुद्ध छिड़ा, पर कांग्रेस ने अपना हृदय टटोलने में तथा नमूने के खिलौने संग्राम करने में, तीन साल लगा दिए और 1942 में जब अगस्त आन्दोलन चला भी तो वह आधे मन से चलाया गया। अवश्य कुछ गड़बड़ियां हुईं। ब्रिटिश सरकार और गांधीजी एक-दूसरे को कुछ समझ नहीं पाए। नतीजा यह हुआ कि तमंचे का घोड़ा छूट गया और एक ऐसा बच्चा भूमिष्ठ हुआ जिसे सिवा सिरफिरे क्रान्तिकारियों के कोई नहीं चाहता था। इसका ब्यौरा अन्यत्र मिलेगा इसलिए यहां उसकी पुनरावृत्ति की ज़रूरत नहीं है। बस, इतना बता देना यथेष्ट है कि जहां तक मेरे व्यक्तित्व का सम्बन्ध है, मैं 1939 में ही फिर गिरफ्तार हो गया (1937 में मैं भी गिरफ्तार होकर चार महीने जेल में रहा था, उसे नहीं गिन रहा हूं) और जब अन्तिम नज़रबन्द 1946 में छूटे, तभी मैं छूटा। यह तो हुई व्यक्ति की बात कि किस प्रकार मैं इन शहीदों को एक अदना-सा सिपाही, झंडाबरदार था।

अब मैं उस पहलू पर आता हूं कि मेरी लेखनी में कौन-सी ऐसी तड़पन थी, जिससे बार-बार विभिन्न रूपों में मैंने जनता के सामने क्रान्तिकारियों की कहानी और मुकदमा रखा है। क्रान्तिकारियों का एक मुकदमा तो तब हुआ था, जब उन्हें बेड़ियों में जकड़कर ब्रिटिश कठघरे के अन्दर जज नामधारी व्यक्तियों के सम्मुख पेश किया जाता था। असली मुकदमा अभी जारी है इतिहास के सामने। कई कारणों से, अन्धा भी इन कारणों को देख सकता है, क्रान्तिकारियों के साथ 'ब्लैक आउट' की नीति बरती गई, ताकि कोई उन्हें जाने नहीं, और जानेगा नहीं तो मानेगा भी नहीं। इस प्रकार इतिहास के सारे मोहनभोग में से सत्ताधारी लोगों को न केवल सिंह का हिस्सा प्राप्त होगा, बल्कि–सिंह का हिस्सा शब्द तो पुराना हो गया–एकाधिपत्य प्राप्त होगा।

इस एकाधिपत्य को दूर करने के विरुद्ध मेरा संग्राम 1938 में ही शुरू

हो चुका था। जब मैंने 'क्रान्तिकारी आन्दोलन का इतिहास' लिखा जो तुरन्त ही ज़ब्त भी हो गया। उसी के तुरन्त बाद मैंने 'क्रान्तिकारी आन्दोलन की एक व्याख्या' प्रस्तुत की, वह भी तुरन्त ज़ब्त हो गई। इस व्याख्या में मैंने पाठकों की आंखों में अंगुली डालकर यह दिखाया था कि गांधीजी तक क्रान्तिकारियों के त्याग का लोहा मानते हैं, पर केवल त्यागी कहकर क्रान्तिकारियों के मुंह पर इतिहास के दरवाज़े को फटाके के साथ बन्द कर देना उचित न होगा, क्योंकि विश्लेषण करने पर यह तथ्य सामने आता है कि पूर्ण स्वतन्त्रता का नारा भी पहले क्रान्तिकारियों ने दिया है, और नारा भी नहीं दिया, उसके लिए समुचित त्याग और तपस्सा की, फांसी पर चढ़े, अन्दमन को बसाया। कांग्रेस ने तो मद्रास में आधे मन से 1937 में पूर्ण स्वतन्त्रता का नारा दिया। पूरे मन से यह नारा लाहौर कांग्रेस में दिया गया 1939 में।

इसी प्रकार उस व्याख्या में मैंने बताया कि सरदार भगतसिंह के दल ने समाजवाद को अपना ध्येय करार दिया। यह उससे बहुत पहले की बात है, जब जवाहरलाल नेहरू ने अपने को समाजवादी और प्रजातन्त्रवादी घोषित किया। कांग्रेस ने तो उस समय तक समाजवाद का नाम ही नहीं लिया था।

मेरा लिखा हुआ 'क्रान्तिकारी आन्दोलन का इतिहास' ज़ब्त हो गया, इतिहास की मेरी व्याख्या ज़ब्त हो गई। मैं जेल में फंस गया, देश संग्राम में लिप्त हो गया। लेनिन ने यह बहुत ही सुन्दर बात कही है कि क्रान्ति पर लिखने से क्रान्ति करना कहीं अधिक आनन्ददायक है, इसलिए जब तक मैं जेल में रहा तब तक मुझे कोई अफसोस नहीं रहा कि इतिहास और व्याख्या का काम मंझधार में रह गया, बल्कि इस बीच एक नई बात मुझे सूझी, सूझी नहीं बल्कि दिखाई पड़ी-प्रत्यक्ष, जैसे हम अपनी कलम को देख सकते हैं। 1942 के कैदी और नज़रबन्द जेलों में आए और हमें उनसे मिलने का मौका मिला और हमें बड़ी खुशी हुई कि जिस क्रान्तिकारी आन्दोलन को मैंने लुप्त समझ लिया था, वह फिर बालू के पहाड़ों के नीचे से निकलकर 1942 के आन्दोलन के रूप में कल-कल, छल-छल के रूप में मुस्कुराता हुआ, हम लोगों के प्रति, जो जेलों में सड़ रहे थे, उन्हें मुस्कुराता हुआ, और साम्राज्यवाद के लिए जलते हुए लावा-प्रवाह की तरह प्रकट हुआ।

जब 'क्रान्तिकारी आन्दोलन का इतिहास' पहली बार 1938 में छपा, तो उसमें स्पष्ट रूप से एक अपूर्णता थी, जैसे गंगा का इतिहास प्रयाग तक लिख दिया

गया हो और फिर एकदम चुप्पी साध ली गई हो। यमुना के लिए तो यह ठीक था, पर गंगा यमुना से पुष्ट होकर आगे भी जाती है, अपने दोनों किनारों में सोना उगाती हुई। इसी प्रकार हमने देखा कि 1942 के आन्दोलन में राष्ट्रीय आन्दोलन की दो धाराएं मिलकर बहने लगीं और तब से मिलकर ही बहीं जब तक कि उसने अपने सागर को पा नहीं लिया।

1942 के बाद कोई यह नहीं कह सकता कि इतना और यह इतिहास क्रान्तिकारी है और इतना अक्रान्तिकारी। हां, आज़ाद हिन्द फौजवाला आन्दोलन सम्पूर्ण रूप से क्रान्तिकारी था और उसका नेतृत्व भी क्रान्तिकारियों के हाथ में था। इसी प्रकार आज़ाद हिन्द फौज की प्रतिक्रिया के रूप में भारत में जो छिटपुट नौसैनिक विद्रोह आदि घटनाएं हुईं, वे भी क्रान्तिकारी थीं। इसीलिए जब मैं 1946 में अन्तिम बार छूटा तो एक तो मैंने 'क्रान्तिकारी आन्दोलन का इतिहास' पर से ज़ब्ती हटवाकर उसका दूसरा संशोधित संस्करण निकलवाया और दूसरे मैंने यह अनुभव किया कि पूरे राष्ट्रीय आन्दोलन का इतिहास लिखना ज़रूरी है, ताकि क्रान्तिकारी आन्दोलन को सही परिप्रेक्ष्य में दिखाया जा सके। इसीलिए एक पुस्तक यह भी लिखी गई।

राष्ट्रीय आन्दोलन के परिप्रेक्ष्य में क्रान्तिकारी आन्दोलन को चित्रित करना कुछ कठिन कार्य नहीं था, क्योंकि कई मोड़ों पर दोनों धाराएं बिल्कुल घुलमिल गई थीं। इस तथ्य को भी जहां तक हो सके छिपाने और सामने न लाने की अपचेष्टा की जाती है, पर यह एक ऐसा विषय है, जिस पर राख नहीं डाली जा सकती।

असहयोग आन्दोलन की उत्पत्ति को ही देखा जाए, हांडी के चावल के रूप में। कौन-सी परिस्थितियां थीं जिनके कारण असहयोग का नारा दिया गया? प्रथम महायुद्ध में अंग्रज़ों की या यों कहा जाए कि अंग्रेज़ पक्ष की जीत हुई थी, जिसमें भारतीयों ने जी खोलकर खून बहाया था और धन दिया था। स्वयं महात्मा गांधी, जो उस समय तक महज़ एम.के. गांधी थे, इस युद्ध के लिए रंगरूट भरती कर रहे थे। महायुद्ध को सही ढंग से केवल क्रान्तिकारियों ने यानी हरदयाल, रासबिहारी, गदर पार्टी आदि ने ही समझा था। खैर, छोड़िए उस बात को। मैं यह बता रहा था कि भारतीयों ने अंग्रेज़ों से खूब सहयोग किया था और उन्हें आशा थी कि लड़ाई में जीत होते ही कुछ टुकड़े मिलेंगे। बहुत माकूल आशा थी, जैसी कि गुलामों को होनी चाहिए। पर हुआ यह कि साम्राज्यवाद के सलाहकारों और

नेताओं ने यह सोचा कि महायुद्ध के समय हमारे विरुद्ध देश के अन्दर और जर्मनी तथा अमरीका आदि में जो षड्यन्त्र हुए, वे आगे न हो सकें, उसका उपाय किया जाए।

इस उद्देश्य से 'सिडिशन कमेटी' या 'रौलट कमेटी' नाम से एक कमेटी बैठाई गई और उसने सारी बातों पर विचार किया। स्मरण रहे कि विचार क्रान्तिकारी आन्दोलन पर ही हुआ, क्योंकि उस समय तक स्वतन्त्रता-संग्राम के नाम पर केवल एक यही वाहिद आन्दोलन था। 'सिडिशन कमेटी' की रिपोर्ट में केवल क्रान्तिकारियों का ही जिक्र है, शायद एक बार भी उसमें कांग्रेस का नाम नहीं आता। हां, लोकमान्य तिलक का नाम आता है, वह इस कारण कि वे स्वयं बम-पिस्तौल तो नहीं चलाते थे, किन्तु बम-पिस्तौल चलानेवालों की पुश्त पर ज़रूर थे। बहुत कम लोगों को अब याद है कि तिलक से अंग्रेज़ किस प्रकार डरते थे। बहुत-से घटिया दर्जे के अंग्रेज़ी उपन्यासों में, जो अब शायद लुप्त हो गए हैं, तिलक का हौवावाला रूप आता है। इन उपन्यासों में से कुछ अब भी नैनी सेंट्रल जेल के भारत के क्रान्तिकारी बैरक के पुस्तकालय में सुरक्षित होंगे। वहीं मैंने इन्हें पढ़ा था।

कुछ भी हो, रौलट कमेटी के लालबुझक्कड़ों ने एक रौलट बिल का प्रस्ताव रखा कि आगे इन–इन बातों को करने से क्रान्तिकारी फन उठाकर फुफकार नहीं सकेंगे और सृष्टि के अन्त तक ब्रिटिश साम्राज्य की ज्योति जगमगाती रहेगी। इसी पर जब पुराने सार्वजनिक नेता तेजबहादुर सप्रू आदि चुप रह गए (राजधानी में उन्हीं का भवन है, भगतसिंह भवन नहीं है) तब गांधीजी युग की ललकारती हुई दहाड़ के रूप में सामने आए और उन्होंने असहयोग का नारा दिया। यहीं से क्रान्तिकारी आन्दोलन के साथ-साथ राष्ट्रीय आन्दोलन की एक नई धारा चली जिसे गांधीवादी धारा कह सकते हैं।

इसी प्रकार जब कांग्रेस साइमन कमीशन का बायकाट करा रही थी, उसमें बूढ़े लाला लाजपतराय पर लाठियों की मार पड़ी और उन्होंने तब से जो बिस्तरा पकड़ा, फिर उठे ही नहीं। इस पर सारे भारत को बड़े अपमान का अनुभव हुआ, पर कहीं से कोई आवाज़ नहीं आई जो उस चुनौती को स्वीकार करे और ताल ठोंककर उसका जवाब दे। गांधीवादी आन्दोलन में इसका कोई जवाब नहीं था। इसका तुर्की-बतुर्की जबाव चन्द्रशेखर आज़ाद, भगतसिंह, राजगुरु आदि ने दिया।

इस प्रकार सैकड़ों छोटी-बड़ी घटनाएं ऐसी दिखलाई जा सकती हैं जहां 1942 से पहले भी क्रान्तिकारी आन्दोलन और गांधीवादी आन्दोलन घुल-मिलकर चले और बहे। जैसा कि पहले बता चुका हूं, 1942 के बाद तो इन दोनों आन्दोलनों का कोई अलग-अलग अस्तित्व रहा ही नहीं। 1942 के आन्दोलन में हम क्या देखते हैं कि एक ही जगह पर, थाने पर झंडा लगाने के लिए भीड़ आगे बढ़ती है, दो आदमी सीने पर गोली खाते हैं और वहीं अपने लाल खून से स्वतन्त्रता का मूल्य चुकाकर धरती की गोद में सो जाते हैं, पर अगले ही क्षण क्या होता है कि एक नवयुवक पुलिस की बन्दूक छीन लेता है। कहा जा सकता है, बन्दूक छीननेवाला किस क्रान्तिकारी दल का सदस्य था! ठीक है, पर सीने पर गोली खानेवाले भी तो कांग्रेस कमेटी के प्रधान नहीं थे, वे कांग्रेस के सदस्य भी नहीं होते थे।

इस प्रकार दोनों धाराएं साथ-साथ चालू दिखाई देती हैं, दोनों का पानी एक होकर बहता है। न गांधीवाद है, न क्रान्तिवाद है, केवल है तो स्वतन्त्रता-संग्राम में मर-मिटने की चाह । हमें बड़ा दर्द होता है जब क्रान्तिकारी शहीदों को और सत्याग्रही शहीदों को अलग करके दिखाने की कोशिश की जाती है। यदि सच बात कही जाए तो सत्याग्रही शहीदों को कभी उभारकर आगे लाने की चेष्टा की ही नहीं गई और यदि की गई तो ऐसे लोगों के द्वारा की गई जो मेरी तरह यह मानते ही नहीं कि इन दोनों धाराओं में कोई उस प्रकार का भेद है जैसे द्विजों और शूद्रों में था कि एक की परछाईं से दूसरा अपवित्र हो जाएगा या एक केवल सेवा करेगा और दूसरा मेवा का अधिकारी बनेगा।

इसी कारण मैंने 'राष्ट्रीय आन्दोलन का इतिहास' लिखा। जब हम लोग क्रान्तिकारी षड्यन्त्रों में जेल काट रहे थे, तब कई बार राजनीतिक कैदियों को छोड़ने का प्रश्न उठता था तो उस समय गांधीजी केवल उन कैदियों को ही छुड़ाने की बात कहते थे तो सत्याग्रह में जेल गए थे। ऐसे समय में हम लोगों को, जो सात-सात, आठ-आठ साल से जेल में बैठे हुए थे, बड़ा दुःख होता था, यह जानकर कि हमें इतना अछूत समझा जा रहा है कि दुश्मन से भी कहा जा रहा है कि तुम इन्हें अछूत मानो, ऐसा दुश्मन जो स्वयं हिंसा की सबसे बड़ी संस्था का प्रतीक था।

मैं हमेशा गांधीजी का प्रशंसक रहा हूं। मैंने तो अपनी सार्वजनिक ज़िन्दगी

का प्रारम्भ असहयोग के एक अदने-से स्वयंसेवक के रूप में ही किया था। इसलिए मेरे मन में उस प्रकार की कोई लक्ष्मण रेखा की चीनी दीवार मौजूद नहीं थी, जैसा कि गांधीजी के मन में हुआ करती थी, जब वे राजनीतिक कैदियों की बात करते थे। सम्भव है, इस प्रकार की संकीर्णता एक आन्दोलन को चलाने के लिए उनके लिए ज़रूरी थी, पर एक इतिहासकार के नाते मैं इस संकीर्ण दृष्टिकोण को अपना नहीं सकता था, क्योंकि ऐसा अपनाकर यदि मैं लिखता तो इतिहास न होता।

शहीदों की जीवनियों को प्रस्तुत करने में मेरा यही उद्देश्य है कि जिन लोगों के दिमागों में 'क-ख-ग-घ' सीखते ही यह ठूंसना शुरू कर दिया जाता है कि केवल एक गुट ने ही भारत को स्वतन्त्र किया, उन्हें सिक्के का दूसरा पहलू भी, जो कहीं उज्ज्वल है, दिखाया जाए। आज लोग राजनीति और राजनीतिज्ञ का नाम लेते ही मुंह बिचकाने लगते हैं। उन्हें मालूम होना चाहिए कि कुछ लोगों के निकट राजनीति एक साधना रही, शाब्दिक रूप में तपश्चरण रहा; न उन्हें इसका कोई पुरस्कार मिला, न उनके नाम पर कोई नगर बसाए गए, न भवन बनाए गए, फिर भी वे थे और रहेंगे, इतिहास में रहेंगे, हमारे मन की पृष्ठभूमि में ही सही, रहेंगे और वहां से हमें आलोक प्रदान करते रहेंगे।

–मन्मथनाथ गुप्त

मंगल पांडे

बीज हमेशा मिट्टी के नीचे काम करता है। जब वह अंकुर रूप में सिर उठाकर प्रकट होता है, तभी लोग उसे देख पाते हैं। 1857 का विद्रोह इसी प्रकार उस समय सामने आया जब विद्रोह फूट पड़ा, पर वह बहुत पहले से ही ज़मीन के नीचे-नीचे दौड़ रहा था। ईस्ट इंडिया कम्पनी ने पुराने राजकुलों को एक-न-एक बहाने से समाप्त करने की नीति जारी रखी। यहां जो थोड़ा-बहुत उद्योग-धन्धा था, जैसे कपड़े का धन्धा, उसे मैनचेस्टर और लंकाशायर के स्वार्थ की दृष्टि से नष्ट कर डाला गया, यहां तक कि जुलाहों के अंगूठे काट लिए गए।

इन्हीं कारणों से जनता में विद्रोह की भावना बढ़ रही थी। मुख्यतः लोगों में विदेशियों के प्रति विद्वेष था, पर यह कहना गलत होगा कि जनता की कोई आवाज़ नहीं थी, केवल राजाओं और सामन्तों का ही षड्यन्त्र और विद्रोह था। 'राष्ट्रीय आन्दोलन का इतिहास' में इसका पूरा ब्यौरा दिया गया है, यहां केवल विद्रोहियों के द्वारा प्रचारित बरेली की घोषणा के कुछ वाक्य उद्धृत किए जाते हैं :

"ईश्वर की दी गई वस्तुओं में सबको आज़ादी है। जिसने हमसे इन्हें अलग कर दिया है, क्या वह हमेशा हमको इनसे अलग रख पाएगा? क्या ईश्वर की इच्छा के विरुद्ध ऐसा ही होता रहेगा? नहीं। फिरंगियों ने इतना अत्याचार किया है कि अब उनका प्याला भर चुका है। वे अब हमारे धर्म को भी बिगाड़ने पर उतारू हैं। क्या ईश्वर की यह इच्छा है कि तुम इसे बैठे-बैठे देखा करो? उठो, ईश्वर ने अंग्रज़ों को निकाल बाहर करने के लिए जोश पैदा किया है। अतएव उठो। सभी भाई-भाई हैं। उनमें किसी तरह का प्रभेद नहीं रहेगा।"

('राष्ट्रीय आन्दोलन का इतिहास', पृ. 72)

इस घोषणा में जो धर्मवाला कारण दिखाया गया है, उसका मंगल पांडे की शहादत से विशेष सम्बन्ध है। 1853 में पहले-पहल भारतीय फौज में नए कारतूस बांटे गए। इन कारतूसों में चर्बी का प्रयोग हुआ था और वह चर्बी सूअर तथा गाय की चर्बी थी। फौजों के भारतीयों में इससे बड़ा असन्तोष था, क्योंकि इन कारतूसों को मुंह से खोलना पड़ता था। कहा जाता है कि एक दिन कलकत्ता के पास दमदम नामक गांव में एक ब्राह्मण सिपाही अपने लोटे में पानी भरकर रास्ते से जा रहा था। इस पर एक भंगी आया और उसने कहा–मुझे लोटा दो, मैं पानी पीऊंगा।

इस पर ब्राह्मण ने कहा–वाह, यह कैसे हो सकता है? तेरे छूने से मेरा लोटा अपवित्र हो जाएगा।

इस पर भंगी ने कहा–अब वे दिन गए। क्या तुमको मालूम नहीं है कि जल्दी ही तुम्हें दांत से उन कारतूसों को खोलना पड़ेगा, जिनमें गाय की चर्बी लगी है। नए कारतूस इसलिए जान–बूझकर गाय की चर्बी डालकर बनाए गए हैं ताकि तुम्हारा अभिमान दूर हो।

भंगी ने ये वाक्य इस उद्देश्य से नहीं कहे थे कि अब हम-तुम एक हो रहे हैं। उस ज़माने में इस प्रकार की बात अकल्पनीय थी। पर उसने इस उद्देश्य से कहा था कि अंग्रज़ों के विरुद्ध विद्वेष की वह्नि भड़क उठे। इसका वही नतीजा हुआ जो होना चाहिए था। वह ब्राह्मण पागल की तरह दौड़कर छावनी की तरफ गया और थोड़े ही समय में छावनी में यह भयंकर बात फैल गई कि फिरंगियों ने जान–बूझकर यह सब किया है ताकि हिन्दुओं और मुसलमानों का धर्म नष्ट हो। खबर यह थी कि कारतूसों में गाय का खून और सूअर की चर्बी का प्रयोग हुआ है। ('सावरकर', पृ. 63)

सब सिपाही फौरन जलूस बनाकर फिरंगी अफसर के पास पहुंचे और उससे पूछा कि क्या ऐसी बात है कि कारतूसों में हिन्दुओं और मुसलमानों के लिए निषिद्ध वस्तुओं का प्रयोग हुआ है? इस पर फिरंगी अधिकारी ने कहा–नहीं।

पर अधिकारी ने झूठ बोला था जैसा कि अब अंग्रज़ों के लिखे ब्यौरों से पता लगता है। लार्ड राबर्ट आदि जिन लोगों ने भी लिखा है, स्वीकार किया है कि सचमुच निषिद्ध वस्तुएं कारतूसों में इस्तेमाल हुई थीं।

उस समय के लिए सिपाही लौट गए, पर भीतर-ही-भीतर असन्तोष और बेचैनी धुधुआती रही। अन्य सैकड़ों आर्थिक, सामाजिक कारणों में एक यह भी कारण जुड़ गया। लोगों में किस प्रकार से फिरंगियों के प्रति विद्वेष सुलग रहा था, इसका प्रमाण एक अंग्रेज़ पादरी रेवरेंड कैनेडी के ब्यौरे से ज्ञात होता है। उन्होंने लिखा है :

"मेरे साथ अच्छी जान–पहचानवाला एक मौलवी मृत्यु-शय्या पर था। यह आदमी हम लोगों का दोस्त लगता था। मैं मृत्यु-शय्या पर पहुंचा तो मैंने पूछा–क्यों मौलवी साहब, आपकी आखिरी ख्वाहिश क्या है?

"इस प्रश्न पर वह मौलवी बहुत उद्विग्न हो गया और उसने मुंह बना लिया, पर अन्त में उसने कहा-मुझे अफसोस है तो इस बात का कि मैंने अपने जीवन में दो भी अंग्रेज़ नहीं मारे।"

एक दूसरे मौके पर एक हिन्दू ने उसी पादरी से यह कहा था–हमारी हार्दिक इच्छा है कि आप लोग अपनी तशरीफ यहां से ले जाएं और हम अपने बाप–दादों के ढंग पर रहें। इसी प्रकार असन्तोष के और भी कई तरह के प्रमाण मिल रहे थे। ट्रेविलियन ने लिखा है : "बाज़ारों में लोग कानाफूसी कर रहे थे, भिश्ती गोरों को पानी नहीं देते थे, आयाएं बिना अनुमति के अंग्रेज़ों के घर छोड़कर चली जा रही थीं, आधे कपड़े पहनी हुई मेमों के सामने बावर्ची आकर खड़े हो जाते थे। भारतीय हरकारे सीना तानकर या कपड़े गड़बड़ पहनकर चलते थे।'

यह वह भारत था जिसमें मंगल पांडे ने 29 मार्च, 1857 में पहली गोली चलाई और स्वतन्त्रता-संग्राम छेड़ दिया। मंगल पांडे जाति से ब्राह्मण थे, पर उन्होंने क्षत्रिय का पेशा अपनाया था। मंगल पांडे ने भी क्रान्तिकारी विद्रोह में भाग लेने का निश्चय किया था, पर वे चाहते थे कि फौरन विद्रोह हो ताकि जल्दी से जल्दी बलिवेदी पर अपना कटा हुआ मुंड चढ़ाने का अधिकार मिले। तय यह हुआ कि सारे भारत में एकसाथ विद्रोह हो और उसके लिए 31 मई की तारीख निश्चित हुई थी। पर मंगल पांडे को वह तारीख बहुत दुर लग रही थी। कई इतिहासकारों ने मंगल पांडे को उतावला बताकर प्रकारान्तर से यह सिद्ध करने की चेष्टा की है कि मंगल पांडे के उतावलेपन के कारण क्रान्ति को हानि पहुंची और उसकी शक्ति बिखर गई, पर उन लोगों ने यह बताने का कष्ट नहीं किया कि मंगल पांडे के लिए उतावला होना ही स्वाभाविक था।

ईस्ट इंडिया कम्पनी ने (उन दिनों की ब्रिटिश सरकार) सबकुछ जानते हुए भी चर्बीवाले कारतूसों को बंगाल में मौजूद सैनिकों को देने का इरादा कर लिया। बैरकपुर की सेनाएं इसके लिए चुनी गईं। मज़े की बात यह है कि पहले ही से ये सेनाएं वज़ीरअली खां के नेतृत्व में विद्रोह में भाग लेने की शपथ ले चुकी थीं। तय यह हुआ कि नम्बर उन्नीस रेजीमेंट को नए कारतूस दिए जाएं। पर यह रेजीमेंट तो पहले से ही क्रान्ति का पुजारी बन चुका था। उसने कारतूस लेने से इंकार कर दिया और सैनिकों से यह कह दिया कि ज़रूरत पड़ेगी तो वे इस मामले पर तलवार भी चला लेंगे।

इस पर अंग्रेज़ अफसरों ने रेजीमेंट के दमन का निश्चय किया, पर जब देखा कि सैनिकों ने तलवार निकाल ली है, तो अधिकारी पीछे हट गए, क्योंकि आसपास कहीं भी गोरी फौज नहीं थी। यह तय हुआ कि बर्मा से जल्दी-से-जल्दी गोरी फौज का एक रेजीमेंट बुलाया जाए। साथ ही यह भी तय हुआ कि उन्नीस नम्बर के रेजीमेंट के भारतीयों के अस्त्र छीन लिए जाएं और रेजीमेंट तोड़ दिया जाए।

बागियों को इसकी खबर लग गई, यद्यपि इसका पूरी तरह पक्का पता नहीं लगा। अजीब बात है कि बैरकपुर में ही सबसे ज़्यादा उतावलापन था और ब्रिटिश अधिकारियों ने यहीं पर दमन–चक्र चालू करना चाहा। ब्रिटिश अधिकारी तो यह सोच रहे थे और उधर बागी कुछ और ही सोच रहे थे। वे सोच रहे थे कि किसी भी हालत में अपना अपमान नहीं होने देना है। सैनिक का सबसे बड़ा अपमान है उससे अस्त्र छीन लेना। सैनिक मरने से नहीं डरता। यदि वह किराये पर विदेशियों के लिए जान दे सकता है, तो वह देशभक्त बन जाने पर क्या कर सकता है, इसकी कोई सीमा नहीं बताई जा सकती।

मंगल पांडे इन सैनिकों में सबसे ज़्यादा जोशीला था। उसने जब सुना कि फिरंगी अधिकारी सारी तैयारियां कर रहे हैं, तो उसने यह चाहा कि क्रान्ति फौरन शुरू कर दी जाए। पर जो लोग क्रान्ति के लिए तैयारियां और संगठन कर रहे थे, उन्होंने एक तारीख तय कर ली थी और वे चाहते थे कि उस दिन एक साथ सारी छावनियों में विद्रोह का बिगुल बज उठे। मंगल पांडे की समझ में यह बात नहीं आई और उसने यह कहा कि दूसरे रेजीमेंट भले ही निर्दिष्ट तारीख पर विद्रोह का झंडा बुलन्द करें, पर मंगल पांडेवाला रेजीमेंट पहले विद्रोह करे, क्योंकि निर्दिष्ट

तारीख तक शायद मंगल पांडेवाला रेजीमेंट रहे ही नहीं।

कहना न होगा कि दोनों पक्षों में बहुत कुछ कहा जा सकता है, और मंगल पांडे की भी बात एक हद तक सही थी। जब मंगल पांडे ने देखा कि लोग उसकी बात नहीं सुनते तो उसने निश्चय किया कि वह स्वयं विद्रोह का श्रीगणेश करेगा। उसने बन्दूक ले ली और उसमें गोली भर ली। फिर वह उस मैदान में गया जहां परेड हुआ करती थी। वह वहां एक शेर की तरह उछलता हुआ चिल्लाकर बोला–भाइयो, उठो, आप पीछे क्यों हट रहे हो? आओ और उठो, मैं आप लोगों को धर्म की सौगन्ध दिलाता हूं। स्वतन्त्रता पुकार रही है कि हम फौरन अपने धोखेबाज़ शत्रुओं पर हमला बोल दें। रुकने का समय नहीं है।

इस प्रकार मंगल पांडे ने अपनी तरफ से विद्रोह की घोषणा कर दी। सिपाही उसे देखते रहे, पर कुछ नहीं बोले। हर कोई यही देखता रहा कि दूसरे क्या करते हैं। एक तो फौजी अनुशासन पैर पकड़कर पीछे घसीट रहा था, इसके अलावा क्रान्तिकारी नेताओं का वह अनुशासन भी कि अमुक तारीख को ही विद्रोह करना चाहिए।

मंगल पांडे विद्रोह का निमन्त्रण देते हुए परेड के मैदान में एक सिंह की तरह फिरता रहा, पर किसी ने कुछ नहीं कहा, यद्यपि सभी उत्तेजित थे। इतने में अंग्रेज़ सार्जेंट मेजर ह्यूसन ने मंगल पांडे को देखा। उसने स्वयं कुछ करने की हिम्मत न की, पर उसने खड़े-खड़े तमाशा देखनेवाले सिपाहियों से कहा–"मंगल पांडे को गिरफ्तार कर लो।"

पर किसी भी सिपाही ने अंगुली नहीं हिलाई और कोई भी मंगल पांडे को गिरफ्तार करने के लिए आगे नहीं बढ़ा। सिपाही स्वयं विद्रोह में शरीक नहीं हो रहे थे, पर वे इस हद तक मंगल पांडे के साथ हो चुके थे कि अंग्रेज़ और बागियों की लड़ाई में निष्पक्ष दर्शक–से हो चुके थे। निष्पक्ष तो नहीं, क्योंकि उनकी सहानुभूति मन से मंगल पांडे के साथ थी।

बहुत ही कठिन समय था। मंगल पांडे के हाथ में भरी हुई बन्दूक थी, उसकी आत्मा रक्तदान और रक्त लेने के लिए तड़प रही थी। उसके भारतीय साथी इधर-उधर खड़े थे और गोरे अफसर ने एक आदेश दिया था। इतने में लोगों ने देखा कि मंगल पांडे ने बन्दूक संभाली, ठांय से आवाज़ हुई और सार्जेंट मेजर ह्यूसन वहीं ज़मीन पर लुढ़क गए।

इसी समय एक दूसरा अंग्रेज़ अफसर घटनास्थल पर आया। इस अफसर का नाम था-लेफ्टीनेंट बाग (Baugh)। यह अफसर घोड़े पर था। मंगल पांडे ने फिर बन्दूक उठाई और उसकी गोली घोड़े पर लगी और घोड़ा और सवार दोनों ज़मीन पर लुढ़क गए। उस ज़माने में बन्दूक को बार-बार भरना पड़ता था। मंगल पांडे बन्दूक फिर से भर ही रहे थे कि गोरा अफसर उठ खड़ा हुआ और उसने अपनी पिस्तौल निकालकर मंगल पांडे पर चलाई। मंगल पांडे अभी बन्दूक भर नहीं पाया था। पर लेफ्टीनेंट का निशाना चूक गया और मंगल पांडे ने तलवार निकाल ली। तब गोरे लेफ्टीनेंट ने भी तलवार निकाल ली। पर गोरा अभी वार नहीं कर पाया था कि मंगल पांडे ने लेफ्टीनेंट का काम तमाम कर दिया।

यह सब एक क्षण में हो गया। मंगल पांडे ने दो गोरे अफसरों को मार दिया था। इतने में एक गोरा और आया और उसने मंगल पांडे पर हमला कर दिया। वह अभी हमला कर नहीं पाया था कि एक सिपाही ने उसे देखा कि वह शायद मंगल पांडे को गिरा देगा, तो उस सिपाही ने बड़े ज़ोर से गोरे के सिर पर अपनी बन्दूक का कुन्दा दे मारा। अब तो विद्रोह केवल मंगल पांडे तक नहीं, बल्कि उससे आगे बढ़ चुका था। गोरे आ रहे थे। इतने में एक आवाज़-सी उठी, भारतीय सिपाहियों के अन्दर से–मंगल पांडे को मत छुओ। उसे अलग छोड़ो।

इसके बाद सेना का एक बड़ा गोरा अफसर कर्नल व्हीलर घटना-स्थल पर आया। उसने स्वयं कुछ नहीं किया, पर यह हुम्म दिया–सिपाहियो, मंगल पांडे को गिरफ्तार कर लो।

भारतीय सिपाहियों की भीड़ एक क्षण के लिए स्तब्ध रही, पर अगले ही मुहूर्त उसमें से आवाज़ उठी–हम ब्राह्मण देवता का बाल बांका न होने देंगे।–कहकर सिपाही गुमसुम हो गए।

जब कर्नल व्हीलर ने यह देखा कि मंगल पांडे अंग्रज़ों के रक्त से सना खड़ा है, अंग्रज़ों की लाशें पड़ी हैं और सिपाही हुकुम-उदूली कर रहे हैं, तो वह अपने बंगले पर लौट गया।

मंगल पांडे अभी तक हाथों को ज़ोर से फटकारते हुए लोगों को बगावत करने के लिए कह रहे थे–"भाइयो, बगावत करो। अब देर नहीं करनी चाहिए।"

पर सिपाही उसी तरह चुपचाप खड़े रहे। बागी तो वे हो ही चुके थे,

फिर भी किसी झिझक के कारण वे आगे नहीं आना चाहते थे। पर अंग्रेज़ चुपचाप बैठनेवाले नहीं थे। जब खबर पहुंची कि इस तरह मंगल पांडे ने भयंकर रूप से बगावत कर दी है, तो जनरल हियरसे कुछ गोरे सिपाहियों को लेकर घटना-स्थल पर आए। मंगल पांडे ने जब यह देखा कि गोरों की एक पूरी टुकड़ी आई है और भारतीय सिपाही खुलकर सामने नहीं आ रहे हैं, तो वे समझ गए कि अब गिरफ्तारी से बच नहीं सकते। वे किसी भी हालत में ज़िन्दा पकड़े जाना नहीं चाहते थे, इसीलिए उन्होंने बन्दूक अपने सीने से लगा ली और दाग दी।

मंगल पांडे वहीं परेड के मैदान में अपनी ही गोली से घायल होकर गिर पड़े। जब अंग्रज़ों ने देखा कि मंगल पांडे गिर पड़े हैं, तो वे उनके पास गए। अभी मंगल पांडे मरे नहीं थे, इसलिए उन्हें अस्पताल भेज दिया गया और अंग्रेज़ अफसर अपने स्थान पर लौट गए।

मंगल पांडे ने यह समझकर गोली मारी थी कि मैं मर जाऊंगा और इस प्रकार सारे झगड़ों से मेरी छुट्टी हो जाएगी, पर वे अस्पताल में ठीक हो गए। उनसे पूछा गया कि तुम्हारे और साथी कौन-कौन हैं। पर उन्होंने किसी भी साथी का नाम लेने से इंकार किया। साथ ही उन्होंने यह भी स्पष्ट कर दिया कि जिन अंग्रेज़ अफसरों पर उन्होंने गोली चलाई है, उनसे उनका किसी प्रकार का कोई द्वेष नहीं था। झगड़ा व्यक्तियों का नहीं था, बल्कि राष्ट्रों का था। वे किसी प्रकार बदला लेने के लिए बागी नहीं हुए थे, बल्कि उनका उद्देश्य देश को फिरंगियों के राज्य से छुटकारा दिलाना था।

29 मार्च, 1857 को मंगल पांडे ने गोलियां चलाकर क्रान्ति का झंडा बुलन्द किया था। जल्दी ही उन पर मुकदमा चला, एक सैनिक अदालत में। सभी जानते थे कि इस मुकदमे में क्या होनेवाला है। मंगल पांडे भी जानते थे, पर उन्हें कुछ परवाह नहीं थी। वे मातृभूमि के लिए बलिदान होने को तैयार थे। उस समय शायद मातृभूमि का विचार इतना प्रबल नहीं था जितना कि धर्म का था।

अफसोस है कि मंगल पांडे के मुकदमे का और उन्होंने जो बयान दिया उसका भी ब्यौरा प्राप्त नहीं है। उस समय कौन जानता था कि मंगल पांडे का स्थान भारतीय स्वतन्त्रता के संग्राम में सबसे अव्वल आएगा और वे ब्रिटिश युग के प्रथम महत्त्वपूर्ण क्रान्तिकारी शहीद माने जाएंगे? उस समय तो लोग यही

समझते होंगे कि एक साधारण सिपाही ने विद्रोह किया और उसे सैनिक अदालत में मृत्युदंड दिया गया। यह भी नहीं मालूम है कि मंगल पांडे कहां के रहनेवाले थे, वे कितने दिनों से सिपाही थे, इत्यादि–इत्यादि।

सैनिक अदालत ने मंगल पांडे को फांसी की सज़ा दी। 1857 के 8 अप्रैल को फांसी का दिन निर्दिष्ट हुआ। उस दिन मंगल पांडे को फांसी देने के लिए बैरकपुर के अन्दर कोई भी आदमी नहीं मिला, क्योंकि एक योद्धा के रूप में उनकी ख्याति फैल चुकी थी; लोग यह जान चुके थे कि धर्म की रक्षा के लिए मंगल पांडे ने लड़ाई की है। इसलिए कोई उन्हें फांसी देने के लिए तैयार नहीं हुआ। अन्त में कलकत्ता से चार जल्लाद बुलाए जो नहीं जानते थे कि किसे फांसी देनी है और उन्होंने मंगल पांडे को फांसी पर चढ़ाया।

इस प्रकार भारतभूमि अपनी वीर सन्तान के रक्त से फिर एक बार पवित्र हुई। इस सम्बन्ध में एक बहुत ही महत्त्वपूर्ण बात यह है कि बहुत दिनों तक अंग्रज़ों के निकट पांडे माने 'धर्म के लिए लड़नेवाला बागी' रहा। चार्ल्स वाल नामक एक अंग्रेज़ ने लिखा था कि सारे भारत के बागी सिपाहियों का नाम पांडे पड़ गया। इसी तरह लार्ड राबर्ट ने अपनी पुस्तक 'भारत में इकतालीस साल' में यह लिखा है कि मंगल पांडे के कारण बागी सिपाहियों का नाम ही पांडे पड़ गया।

मंगल पांडे शहीद हो गए, पर उनका आतंक बहुत दिनों तक अंग्रज़ों के मन में छाया रहा। क्या यह बहुत अजीब बात नहीं है कि पांडे नाम ही बगावत का सूचक माना गया?

वासुदेव बलवन्ते फड़के

जब विद्रोह के कारण होते हैं, तब अत्याचारों के बावजूद बीच-बीच में विस्फोट होते रहते हैं, जो देखने में तो आकस्मिक और अस्वाभाविक मालूम होते हैं, पर उनकी जड़ें बहुत गहरी होती हैं। 1857 का महाविद्रोह असफल हो चुका था और

अंग्रज़ों ने उसका बदला बहुत बुरी तरह लिया था। नीमों पर लोगों को फांसियां दी गई थीं, सैकड़ों की संख्या में। उन सब लोगों का इतिहास कभी लिखा नहीं जा सकेगा।

जिस समय 1857 का महाविद्रोह हुआ था, उस समय वासुदेव बलवन्त की उम्र बारह साल की थी। उनका जन्म महाराष्ट्र के कोलाबा जिले में एक गांव सिरघोन में 4 नवम्बर, 1845 में हुआ था। कहा जाता है कि पेशवाओं के ज़माने में उनका परिवार बहुत प्रतिष्ठित माना जाता था। पर अब परिवार की हालत उतनी अच्छी नहीं थी। पहले मराठी में पढ़ाई चलती रही, फिर डाक्टर विल्सन के हाई स्कूल में अंग्रेज़ी की दो श्रेणियां पार कीं। उनके पिता चाहते थे कि वे आगे न पढ़ें और एक दुकान में दस रुपये महीने पर नौकरी कर लें। पर वे नहीं माने, बोले– मैं तो आगे पढ़ूंगा।

पर पिता भी बड़े कठोर थे, उन्होंने कहा कि मैं पढ़ने का खर्च नहीं दूंगा। इस पर वे घर छोड़कर बम्बई चले गए और वहां उन्होंने पढ़ने और साथ ही साथ कमाने का निश्चय किया। जी.आई.पी. रेल में उन्हें बीस रुपये प्रति माह पर नौकरी मिल गई। इसके बाद वे वहां से अलग होकर ग्रांट मेडिकल कालेज में नौकरी करते रहे। पर यहां भी वे टिक न सके। अन्त में उन्होंने पूना में फिनेन्स कमिसरिएट में तीस रुपये पर नौकरी कर ली।

उन्होंने शादी भी कर ली, पर पहली पत्नी का देहान्त तभी हो गया जब उनकी उम्र अट्ठाईस साल की थी। तब उन्होंने एक दूसरी शादी की। इस प्रकार यह एक बहुत ही साधारण व्यक्ति की कहानी है। यह व्यक्ति भी कैसे ब्रिटिश साम्राज्य का जानी दुश्मन हो गया, यह सोचकर आश्चर्य होता है। कहा जाता है कि महाराष्ट्र के महान नेता जस्टिस रानाडे ने स्वदेशी व्यापार पर 1872 और 1873 में दो भाषण दिए। इन्हें सुनकर वासुदेव बलवन्त फड़के को यह सूझ गया कि अरे, मैं किस चक्कर में फंसा हुआ हूं। पेट तो सभी पाल लेते हैं, मुझे अपनी मातृभूमि के लिए कुछ करना चाहिए। सारा व्यापार और सारी नौकरियों पर अंग्रज़ों का अधिकार था। साल-दर-साल अंग्रेज़ भारतमाता का खून चूसकर जोंक की तरह पुष्ट होते जा रहे थे। भारतीयों के लिए केवल गुलामी और सो भी बहुत छोटी गुलामियां खुली हुई थीं। यह सम्भव है कि रानाडे के भाषणों का कुछ असर पड़ा, पर असली

बात तो यह थी कि बालशास्त्री हरिदास ने लिखा है कि फड़के के मन में विद्रोह की चिनगारियां थीं, और वे सारी बातों को अपनी नौकरी के कारण प्रत्यक्ष देख रहे थे। पर अभी समय नहीं आया था, अभी और तजुर्बे करने थे, अभी और ठोकरें खानी थीं, क्योंकि चेतना अभी अच्छी तरह उभरी नहीं थी।

एक मज़े की बात यह है कि वासुदेव बलवन्त फड़के रोज़नामचा लिखा करते थे। उसमें उन्होंने लिखा : "अंग्रेज़ों के शासन के कारण भारत की हज़ारों-लाखों सन्ताने भूखों मर रही हैं। इन शासकों का हर काम बेईमानी से भरा हुआ है। इनके मन में होता कुछ है, करते कुछ हैं। हमारे ब्राह्मण भाई भी इनके पेंचों को नहीं समझते। जब किसी भारतीय की तरक्की होती है, तो हमारे सारे अखबार अंग्रेज़ों का गुणगान करने लगते हैं और डंके की चोट पर यह कहा जाता है कि देखो, गोरे कितने अच्छे हैं कि काले आदमियों को भी सम्मान और ऊंचे ओहदे दे रहे हैं। यदि इसमें ज़रा भी सच्चाई है और अंग्रेज़ सचमुच दयालु हैं, तो भूखों मरनेवाले और बेकार लोग सरकार द्वारा चलाए हुए सहायता–कार्यों में स्वयं खुशी से क्यों नहीं भाग लेते, क्या किसी ने इस पर सोचा है? रुपये में पांच सेर? फिर लोग भूखे क्यों न मरें? एक हाथ से तो सरकार पोषण करने का स्वांग रचती है, पर उसके दूसरे हाथ में डंडा है। जिससे भिखमंगा दुत्कारा जाता है। हमारे हज़ारों दुखड़े हैं, बशर्ते कि हम देखें और उन्हें समुझें।"

कहना न होगा कि समय को देखते हुए उनके विचार बहुत आगे बढ़े हुए थे और सबसे बड़ी विशेषता यह है कि इस व्यक्ति का ध्यान आर्थिक प्रश्नों की ओर गया, जबकि 1857 के विद्रोहियों का ध्यान इस ओर उतना नहीं था।

फड़के ने व्याख्यान दे-देकर लोगों को समझाना शुरू किया। ये कुछ लिखते भी रहे, जिसे वे छपवाकर बांटते भी रहे। पहले तो उन्होंने पूना में प्रचार किया, फिर इसके बाद वे और स्थानों के दौरे पर भी गए। लोग सुन तो लेते थे, पर थोड़े दिनों में फड़के को यह खयाल आया कि बीज जम नहीं रहा है, कोई बात बन नहीं रही है। लोग यह कहते थे–आप कहते तो ठीक हैं, पर इतनी बड़ी सरकार के विरुद्ध हम विद्रोह कैसे कर सकते हैं?

कुछ लोग तो यहां तक कहते थे कि ईश्वर की कृपा हुई कि अंग्रेज़ हमारे यहां आए। तब फड़के की समझ में यह बात आ गई कि सारी ज़िन्दगी व्याख्यान

देते रहने से भी कुछ लाभ नहीं होगा। उनकी यह धारणा पक्की बन गई कि इन पढ़े-लिखे लोगों से किया–कराया कुछ नहीं जाएगा, इनमें विद्रोह का माद्दा है ही नहीं। तब फड़के ने अपनी आंख अनपढ़ और पिछड़ी जनता की ओर उठाई। पूना शहर के बाहर रामोसी नाम से एक जाति रहती थी। यह जरायमपेशा जाति समझी जाती थी। ये लोग अपने को रामचन्द्र का वंशधर मानते थे, पर इनकी दशा बहुत ही खराब थी। सरकार इन्हें जरायमपेशा समझती थी और जनता इनसे घृणा करती थी। पर ये लोग बड़े ही साहसी और कौल के पक्के होते थे। इन लोगों से आसानी से विद्रोह कराया जा सकता था, क्योंकि इन्हें मरने-मारने से कोई डर नहीं लगता था। पर इन्हें संगठित करने के लिए रुपयों की ज़रूरत थी। पांच हजार रुपये मिलते तो काम बनता, और यहां तो सौ रुपये भी नहीं थे। इसलिए फड़के ने रामोसियों को संगठित करके डकैतियों से धन इकट्ठा करने की सोची। कई गांवों के साहूकारों को लूटा गया और उनसे अस्त्र-शस्त्र प्राप्त करने की चेष्टा की गई। वासुदेव बलवन्त फड़के को लोग 'महाराज' कहते थे और सब लोग उनका हुक्म मानते थे। अब फड़के अपनी टोली के साथ सह्याद्रि की पहाड़ियों में रहने लगे। उनकी खबर सरकार तक पहुंची और अखबारों ने भी यह लिखना शुरू किया कि ऐसे ऊधमी व्यक्ति को पकड़ लिया जाए, तभी साम्राज्य की भलाई है। चारों तरफ वासुदेव बलवन्त फड़के को गिरफ्तार करा देने के लिए सरकारी इश्तिहार दिखाई देने लगे। इनमें यह लिखा होता कि फड़के को गिरफ्तार करा देनेवाले को इनाम मिलेगा। पर तीसरे दिन के अन्दर इन इश्तिहारों के नीचे लिखा मिलता था–वासुदेव बलवन्त फड़के लापता–नाना साहब के लिए। इसके अलावा एक दिन यह भी इश्तिहार निकल गया कि "जो व्यक्ति बम्बई के अंग्रेज़ गवर्नर सर रिचर्ड टेम्पल का कटा हुआ सिर लाएगा, उसे फड़के के लिए घोषित इनाम का ड्योढ़ा इनाम मिलेगा।" इससे अंग्रेज़ों में आतंक फैल गया और उन दिनों के महाराष्ट्र के सात जिलों में फैले हुए सारे अंग्रेज़ पूना में एकत्र हो गए।

इन्हीं दिनों महाराष्ट्र की दुर्भिक्ष की हालत हो रही थी; इससे लोगों में अशान्ति और बेचैनी फैली हुई थी। क्रान्तिकारी विचारों के पनपने के लिए यह अच्छा समय था। इसी समय 1879 की 13 मई को विश्राम बाग और बुद्धबार नामक दो हवेलियों में, जिनमें सरकारी दफ्तर थे, एकाएक आग लग गई और वह किसी प्रकार बुझाई नहीं जा सकी। मध्यरात्रि में आग लगी थी और अगले

दिन तक जारी रही। जो अंग्रेज़ भागकर इधर-उधर से पूना में आए थे, वे बहुत घबराए कि यह शहर भी खतरे से खाली नहीं है। आग लगाने का दोष वासुदेव बलवन्त फड़के पर लगाया गया। लन्दन तक इस आग की खबर पहुंची और कहा जाता है कि लन्दन टाइम्स ने इसकी बहुत रंगीन और ब्यौरेवार खबर छापी। इससे भारत सरकार का क्रोध बहुत भड़क उठा और पूना में जहां-तहां चौकियां लगा दी गईं, क्योंकि यह खबर फैली कि अब फड़के हमला करके पूना शहर पर कब्जा करनेवाले हैं।

सरकार ने दमनचक्र ज़ोर से चला दिया और फड़के के सिर पर इनाम की राशि और बढ़ा दी गई। सरकार को ऐसा अनुभव हुआ कि सारी जनता, यहां तक कि कई राजभक्त माने जानेवाले लोग भी शायद फड़के के साथ हैं। यद्यपि सुप्रसिद्ध समाज-सुधारक न्यायाधीश रानाडे किसी प्रकार से विद्रोही विचार नहीं रखते थे और नरम विचार के राजनीतिज्ञ थे, फिर भी सरकार ने उन पर सन्देह किया और कहा जाता है कि पुलिस उनका भी चुपके-चुपके पीछा करने लगी। न्यायाधीश रानाडे का केवल चुपके-चुपके पीछा किया गया, ऐसी बात नहीं। बम्बई के टाइम्स अखबार ने, जो उन दिनों अंग्रज़ों का अखबार था, यह खुल्लम-खुल्ला लिखना शुरू किया कि फड़के जब-तब न्यायाधीश रानाडे के साथ मिला करते हैं। इन्हीं सब आन्दोलनों के कारण न्यायाधीश रानाडे को पूना से हटाकर धूलिया भेज दिया गया। कहना न होगा कि दूसरे लोग जो न्यायाधीश रानाडे की तरह बड़े सरकारी ओहदों पर नहीं थे, उनकी क्या दशा हुई होगी। साधारण जनता पर भी बहुत प्रतिबन्ध लगा दिए गए। रात नौ बजे के बाद एक तोप छूटती थी और उसके बाद कोई घर से निकल नहीं सकता था। कहते हैं, पहली बार पूना शहर में कर्फ्यू का आदेश जारी हुआ था।

फड़के के लिए यह समय बहुत ही भयंकर था। रामोसी जाति के अपने मित्रों के साथ वे एक जंगल से दूसरे जंगल भागते रहे। कई बार पहाड़ से गिर पड़े, जंगली जानवरों और सांपों से बचे। खाने-पीने तक को नहीं मिलता था, नहाने की बात तो बहुत दूर रही। कपड़ों में जुंएं भर गईं, फिर भी यह देशभक्त क्रान्ति के सपने देखता रहा और यह आशा करता रहा कि जल्दी ही एक पूरी सेना खड़ी हो जाएगी, जो अंग्रज़ों से लोहा लेगी। दुर्भाग्य से इन दिनों उनके दो विश्वस्त सहकारी मारे गए। एक साथी दौलतराव तो सैनिकों द्वारा गोली से मार

डाला गया, पर दूसरा साथी द्वारे पुलिस के हाथों पड़ गया। साथी द्वारे को पुलिस के थाने में ज़िन्दा जला दिया गया। यह थी अंग्रेज़ी सभ्यता!

अपने दो साथियों से वंचित होकर तथा चारों तरफ निराशा के बादलों को उमड़ते देखकर फड़के बहुत दुखी हुए। धन का अभाव भी बहुत खटकनेवाला था, इसलिए एक बार फड़के इतने निराश हुए कि उन्हें बुखार भी आ गया। तब उन्होंने सोचा कि शायद मैं इस योग्य नहीं हूं कि इस महान कार्य को, पूरा करूं, इसलिए उन्होंने श्री शैल मल्लिकार्जुन के सामने अपना सिर काटकर चढ़ाने की बात सोची। सौभाग्य से उन्होंने यह विचार बदल दिया और वे जाकर अपने एक मित्र कृष्णजी पन्त गोगाटे के घर में टिक गए। श्रीमती गोगाटे के पेट में यह बात न पची और उन्होंने किसी पड़ोसी से यह बात कह दी। बात फैलते-फैलते मेजर डेनियल के कानों में पहुंची, जो विशेष रूप से फड़के को पकड़ने के लिए नियुक्त थे। फौरन मेजर डेनियल चल पड़े, पर उसके पहले ही गोगाटे और फड़के निकल गए थे। जब मेजर डेनियल ने देखा कि शिकार उड़ गया है, तो उन्होंने अपनी सैनिक टुकड़ी को तीन हिस्सों में बांटा और तीनों को तीन तरफ भेज दिया। फड़के समुझे कि हम बच गए, पर उनके पीछे-पीछे फौज चली। गोगाटे भी उनसे अलग हो गए और कहते हैं कि चौदह साल बाद घर लौटे। इससे फड़के बिल्कुल अकेले हो गए और साथ ही उन्हें बुखार भी आ गया। वे दोरनभागी नामक गांव में गए, पर वहां लोगों ने चौपाल में रहने नहीं दिया। तब वे गांव के मन्दिर में गए और वहीं थके-हारे सो गए। मेजर डेनियल पीछा करते हुए वहां पहुंचे और उन्हें पहचान लिया। फिर वे एकदम से जूतों के बल उनके हाथों पर कूद गए और छाती पर चढ़ बैठे। फड़के ने शायद यह कहा कि इस तरह पकड़ना ठीक नहीं, आओ मुझसे द्वन्द्वयुद्ध कर लो। पर कौन सुनता? फौजियों ने उन्हें गिरफ्तार कर लिया। कहते हैं कि उनके सिर पर जो इनाम था, उसकी राशि हैदराबाद के निज़ाम के द्वारा दी गई।

1879 के 31 अगस्त को उन पर छोटी अदालत में मुकदमा चला और 22 अक्टूबर को उन्हें सेशन–सुपुर्द कर दिया गया। उन पर 121 (राजद्रोह), 124 (राजद्रोही भाषण) और 395 (डकैती) के दफे लगाए गए। फड़के पर अंग्रेज़ इतने नाराज़ थे कि कोई वकील डर के मारे उनका मुकदमा लेने के लिए सामने नहीं आता था। पर गणेश वासुदेव जोशी, जो सार्वजनिक काका कहलाते थे,

उनके वकील के रूप में सामने आए। उनके लिए यह बहुत साहस का कार्य था।

वासुदेव बलवन्त फड़के ने एक वक्तव्य दिया, जिसमें उन्होंने कहा- "हम भारतवासी मृत्यु के द्वार पर खड़े हैं। जनता इतनी पीसी जा चुकी है, फिर भी उस पर रोज़ नई-नई विपत्तियां आती रहती हैं। चारों तरफ आफत के मारे लोग हैं, कोई सिर नहीं उठा सकता। गुलामी के इस जुए को ढोने से मृत्यु श्रेयस्कर होती। मेरा उद्देश्य भारत में स्वतन्त्र गणराज्य स्थापित करना था, इसलिए मुझे न तो ईश्वर की ओर से कोई डर है न सरकार से। जैसा ईश्वर ने चाहा वैसा मैंने किया। मैंने परस्त्री को मां की तरह समझा और कभी दूसरों का धन नहीं छुआ। यदि मैंने सोना-चांदी इकट्ठा किया, तो इस महान उद्देश्य के लिए किया। इसलिए ईश्वर से मुझे क्या डर है! मैं तो बल्कि उनसे लड़ने-झगड़ने के लिए तैयार हूं। मैंने बराबर यह कहा है कि अंग्रज़ों की हत्या हमारा कर्तव्य है। मैं सैनिक वित्त–विभाग में नौकर था, जहां मुझे बहुत-सी सरकारी गुप्त बातें मालूम होती थीं। मेरा यह विश्वास है कि मेरी तरह पच्चीस तुले हुए व्यक्ति ब्रिटिश शासन को नष्ट कर सकते हैं। मैं ईश्वर का भक्त हूं। महर्षि दधीचि ने अपनी हड्डियां देकर देवताओं का कल्याण किया था, इसलिए ईश्वर से मेरी प्रार्थना है कि वह मेरा त्याग स्वीकार करें। भारतवासियो, मैं महर्षि दधीचि की तरह क्यों न कष्ट उठाऊं! यदि इससे आपका गुलामी से उद्धार होता है, तो मैं क्यों न सर्वस्व दान करूं! मेरा अन्तिम प्रणाम स्वीकार करो!"

कहना न होगा कि वासुदेव बलवन्त फड़के को दोषी पाया गया और उन्हें आजीवन कालेपानी की सज़ा दी गई। उन्हें समुद्र–पार अदन जेल में भेज दिया गया। 1880 की 31 अक्टूबर को फड़के जेल से किसी तरह निकल भागे और भागकर सत्रह मील चले गए, पर वहां की भाषा आदि से अपरिचित होने के कारण छिप नहीं पाए और अन्त में फिर पुलिसवालों के पंजे में पड़ गए। बराबर उन पर अत्याचार होते रहे और अन्त में 1883 की फरवरी में उनका देहान्त हो गया।

यह कहा जा सकता है कि वासुदेव बलवन्त फड़के ने अपने ढंग से विद्रोह की तैयारी की। उनकी सबसे बड़ी विशेषता यह है कि उनका ध्यान आर्थिक प्रश्नों पर भी गया था, जैसा कि बाद के क्रान्तिकारियों में भी बहुत कम लोगों का गया था।

चाफेकर बन्धु

क्रान्तिकारी आन्दोलन में चाफेकर बन्धुओं का स्थान बहुत ही उज्ज्वल है। दामोदर और बालकृष्ण दो भाई थे। इनके पिता हरिपन्त चाफेकर महाराष्ट्र के एक प्रसिद्ध कीर्तनकार थे। उनके कीर्तन की ख्याति दूर-दूर तक फैली हुई थी। यह तो स्पष्ट ही है कि यह एक धार्मिक परिवार था, जिसमें चाफेकर बन्धु पले। कीर्तन से अच्छी आमदनी हो जाती थी और परिवार खाता-पीता था।

दामोदर ने भी कीर्तन को अपना पेशा बनाया। पर उसका मन कीर्तन में उतना नहीं लगता था। यही हाल बालकृष्ण तथा तीसरे भाई वासुदेव का भी था। जब पिता कीर्तन करते थे तो दामोदर और बालकृष्ण उनके पीछे कोई-न-कोई वाद्य बजाते होते थे। पर तीनों भाइयों की दिलचस्पी कसरत, कुश्ती, खेल आदि में थी। दामोदर ने तो कसरत और कुश्ती के लिए एक अखाड़ा भी खोल दिया था। दामोदर की यह आकांक्षा थी कि किसी तरह फौजी तालीम प्राप्त हो। पर ब्रिटिश सरकार जिन लोगों को अपनी फौज में लेती थी, उनमें से मराठा ब्राह्मण और विशेषकर चितपावन ब्राह्मण बिल्कुल वर्जित थे। एन.सी. केल्कर के अनुसार दामोदर चाफेकर ने ब्रिटिश सरकार की फौज में भर्ती होने के लिए एक विशेष प्रार्थनापत्र भी भेजा था, जिसमें कहा गया था-मुझे फौज में भर्ती कर लिया जाए तो मैं चार सौ ब्राह्मणों की एक टुकड़ी बनाकर दिखा सकता हूं।

पर सरकार भला इस पर क्यों राज़ी होती, क्योंकि सरकार के दिमाग में यह बैठ गया था कि चितपावन ब्राह्मण बहुत ही खतरनाक होते हैं और उनमें बगावत करने की एक स्वाभाविक प्रवृत्ति है। जो कुछ भी हो, जब दामोदर को यह मौका नहीं मिला, तो वे बहुत दुखी और क्रुद्ध हुए। लोकमान्य तिलक ने यह चेष्टा की कि उन्हें किसी देशी राज्य की सेना में भर्ती करा दिया जाए, तो एक देशभक्त को सैनिक प्रशिक्षण मिल जाएं।

उन दिनों श्यामजी कृष्ण वर्मा उदयपुर के दीवान थे। लोकमान्य तिलक ने श्यामजी को लिखा-आप इस युवक को अपने यहां की सेना में भर्ती कर लें। श्यामजी स्वयं बड़े देशभक्त थे और क्रान्तिकारी विचार रखते थे। लोकमान्य

तिलक ने दामोदर चाफेकर की सिफारिश करते हुए श्यामजी वर्मा को जो पत्र लिखा था वह इस प्रकार था : "यहां के एक ब्राह्मण भद्र व्यक्ति, जो कारकुन से कहीं ज़्यादा सैनिक हैं, किसी देशी राज की सेवा वैयक्तिक प्रचारक, अंगरक्षक या यदि यह कार्य न मिल सके तो फौजी रूप में करना चाहते हैं। क्या उदयपुर में उन्हें कोई अवसर मिल सकता है? जब आप यहां आएंगे, तो आपसे उनके विषय में बातचीत करूंगा।"

पर दामोदर चाफेकर को अंगरक्षक या फौज में भर्ती होने का मौका ही नहीं मिला, क्योंकि स्वयं श्यामजी कृष्ण वर्मा को उदयपुर राज्य की दीवानी छोड़नी पड़ी और यह शायद इस कारण कि लोकमान्य तिलक के साथ उनका भीतर ही भीतर सम्बन्ध था।

इसलिए दामोदर चाफेकर को कीर्तनकार ही रह जाना पड़ा। पर भीतर जो आग जल रही थी, वह कीर्तन से शान्त कैसे होती? दामोदर ने अपने अखाड़े या क्लब के ज़रिये एक अच्छा जत्था इकट्ठा किया। इस प्रकार यह तरुण देशभक्तों की एक संस्था बन गई। हथियार एकत्र किए जाने लगे और फौज में भर्ती हुए बिना जितना फौजी प्रशिक्षण प्राप्त किया जा सकता था, वह प्राप्त किया जाने लगा। बीच-बीच में ये युवक कुछ काम भी करने लगे। इन युवकों का स्वप्न यही था कि भारत से अंग्रज़ों को मारकर भगा दिया जाए। जो लोग अंग्रज़ों के पिट्ठू थे, स्वाभाविक रूप से उन लोगों के विरुद्ध इस दल का क्रोध उन पर था। बाद में जब दामोदर चाफेकर पकड़े गए, तो उन्होंने स्वीकार किया कि मैंने ही वासुदेवराव पटवर्धन, कुलकर्णी और ऐसे लोगों को पीटा। इसी प्रकार मैंने थोराट और विलिंकन की भी पिटाई की और मैंने ही विश्वविद्यालय के पंडाल में आग लगाई। इसी दल की ओर से एक युवक ने बम्बई में महारानी विक्टोरिया की मूर्ति के मुंह पर कोलतार पोता था और गले में जूतों की माला लटका दी थी।

चाफेकर बन्धुओं के अन्दर कौन-सी भावना काम कर रही थी यह इसी से पता लगता है, तो उन दिनों शिवाजी और गणपति उत्सव पर उन्होंने श्लोक गाए थे, जिनका भाव इस प्रकार है :

शिवाजी श्लोक–केवल बैठे-बैठे शिवाजी की गाथा की आवृत्ति करने से किसी को आजादी नहीं मिल सकती है। हमें तो शिवाजी और बाजीराव की तरह कमर कसकर भयानक कृत्यों में जुट जाना पड़ेगा। दोस्तो, अब आपको आजादी

के निमित्त ढाल-तलवार उठा लेनी पड़ेगी। हमें अब शत्रुओं के सैकड़ों मुंडों को काट डालना पड़ेगा। सुनो, हम राष्ट्रीय युद्ध के मैदान में अपने जीवन का बलिदान कर देंगे और आज उन लोगों के रक्तपात से, जो हमारे धर्म को नष्ट कर रहे हैं या आघात पहुंचा रहे हैं, पृथ्वी को रंग देंगे। हम मारकर ही मारेंगे और तुम लोग घर बैठे औरतों की तरह हमारा किस्सा सुनोगे।

गणपति श्लोक–हाय! गुलामी में रहकर भी तुमको लाज नहीं आती? इससे अच्छा यह है कि तुम आत्महत्या कर डालो। उफ! दुष्ट, हत्यारे कसाइयों की तरह गोवध करते हैं। गोमाता को इस दयनीय दशा से छुड़ा लो। मर जाओ, किन्तु पहले अंग्रज़ों को मारो तो सही। चुप मत बैठे रहो, बेकार पृथ्वी पर बोझ मत बढ़ाओ। हमारे देश का नाम तो हिन्दुस्तान है, फिर यहां अंग्रेज़ क्यों राज्य करते हैं?

पूना में ताऊन–1897 में पूना में ताऊन भयंकर रूप से फैल रहा था। उसको दूर करने के लिए घर-घर तलाशी होने लगी, और जिन मकानों में बीमारी पाई गई, उनको ज़बरदस्ती खाली कराया गया। मिस्टर रैंड नामक एक अंग्रेज़ इस कार्य के लिए विशेष रूप से तैनात होकर आए। ये महाशय ज़रा कड़े मिजाज के थे। जिस बात को सहूलियत के साथ आसानी से किया जा सकता था, उसी को उन्होंने बदमिज़ाजी और सख्ती से किया। सच बात तो यह है कि मिस्टर रैंड ऐसे परोपकार के कार्य के लिए सर्वथा अयोग्य थे। नतीजा यह हुआ कि पूना तथा उसके आसपास मिस्टर रैंड की बड़ी बदनामी हुई और सभी लोग उन्हें सार्वजनिक शत्रु के रूप में देखने लगे। अखबार मिस्टर रैंड का तिरस्कार करने लगे।

4 मई, 1897 को लोकमान्य बालगंगाधर तिलक ने अपने समाचारपत्र 'केसरी' में इस आशय का लेख लिया कि बीमारी तो केवल एक बहाना है, वास्तव में सरकार लोगों की आत्मा को कुचलना चाहती है। उन दिनों यह पत्र काफी जनप्रिय हो चुका था। इसी लेख में यह भी लिखा था कि मिस्टर रैंड अत्याचारी हैं, और जो कुछ वे कर रहे हैं, वह सरकार की आज्ञा से कर रहे हैं, इसलिए सरकार के पास सहायता के लिए प्रार्थना-पत्र देना व्यर्थ है।

12 जून, 1897 ई. को शिवाजी का अभिषेकोत्सव मनाया गया था और 15 जून को उसी का विवरण देते हुए 'केसरी' ने कुछ पद्य छापे, जिनका शीर्षक 'शिवाजी की उक्तियां' था। पुलिस का कहना था कि शिवाजी की उक्तियों के

बहाने इनमें अंग्रेज़ जाति के विरुद्ध विद्वेष का प्रचार किया गया था। इस उत्सव के अवसर पर बोलते हुए पुलिस की रिपोर्ट के अनुसार, एक वक्ता ने कहा–"आज इस पवित्र उत्सव के मौके पर प्रत्येक हिन्दू तथा मराठे का, चाहे वह किसी भी दल या सम्प्रदाय का हो, दिल बांसों उछल रहा है। हम सभी अपनी खोई हुई स्वाधीनता को पा लेने की चेष्टा कर रहे हैं, और हम सबको आपस में मिलकर ही इस भारी बोझ को उठाना है। किसी भी ऐसे आदमी के पथ में रोड़ा अटकाना अनुचित होगा, जो अपनी बुद्धि के अनुसार इस भार को उठाने का कार्य कर रहा है। आपस के हमारे झगड़ों से हमारी उन्नति बहुत कुछ रुक जाती है। यदि कोई हमारे देश पर अत्याचार करता है, तो उसे खत्म कर दो। किन्तु दूसरों के कार्य में बाधा मत डालो।...ऐसे सभी मौके या उत्सव, जबकि हम सभी अनुभव करते हैं कि हम एक सूत्र में बंधे हैं, खूब मनाए जाने चाहिए।' पुलिस-रिपोर्ट के अनुसार एक और वक्ता ने उसी अवसर पर कहा–'फ्रांस की राज्य-क्रान्ति में भाग लेनेवालों ने इस बात से इंकार किया है कि वे कोई हत्या कर रहे हैं। उनका कहना है कि वे रास्ते । के कांटों को हटा रहे हैं। लोकमान्य तिलक स्वयं इस उत्सव-सभा के सभापति थे।

पुलिस-रिपोर्ट के अनुसार उन्होंने कहा–'क्या शिवाजी ने अफजलखां को मारकर कोई पाप किया? इस प्रश्न का उत्तर महाभारत में मिल सकता है। भगवान श्रीकृष्ण ने तो गीता में अपने गुरु तथा सम्बन्धियों तक को मारने की आज्ञा दी है। यदि कोई मनुष्य परार्थबुद्धि से कोई हत्या कर भी डाले, तो उस पर उसका दोष नहीं लग सकता। श्री शिवाजी ने अपने पेट भरने के लिए तो अफ़ज़ल को मारा नहीं था, उन्होंने दूसरों की भलाई और अच्छे उद्देश्य से अफ़ज़ल खां की हत्या की थी। यदि चोर हमारे घर में घुस आएं, और हममें उनको पकड़ने की शक्ति न हो, तो हम बाहर से किवाड़ बन्द कर लें और उन्हें ज़िन्दा जला डालें। इसे ही नीति कहते हैं। ईश्वर ने विदेशियों को हिन्दुस्तान के राज्य का पट्टा लिखकर नहीं दिया है। श्री शिवाजी ने जो कुछ भी किया, वह यह था कि उन्होंने अपनी जन्मभूमि पर से विदेशियों की राज्य-शक्ति हटाने के लिए लड़ाई लड़ी थी। उन्होंने इस प्रकार किसी पराई चीज़ पर दखल देने की चेष्टा नहीं की। एक कूपमंडूक की भांति अपनी दृष्टि को संकुचित मत बनाओ। 'भारतीय दंड विधान' से यह सबक मत लो कि क्या करना चाहिए और क्या

नहीं। इसके विपरीत श्रीमद्‍भगवद्‍गीता के भव्य वायुमंडल में चले जाओ और महापुरुषों के आचरणों पर विचार करो।'

मिस्टर रैंड की हत्या–22 जून को सारे साम्राज्य में महारानी विक्टोरिया का 60वां राज्याभिषेक दिवस मनाया जा रहा था। पूना शहर में भी उत्सव हो रहा था। रात को रोशनी हो रही थी, आतिशबाज़ियां छूट रही थीं। दो गोरे अफसर खुशी में मस्त झूमते हुए गणेशकुंड से लौट रहे थे। गदर हुए चालीस साल गुज़र चुके थे। इस बीच ब्रिटिश साम्राज्यवाद के विरुद्ध कोई भी चूं करनेवाला नहीं था। मुसलमान क्रान्तिकारियों की ओर किसी का ध्यान नहीं गया था। बड़े आनन्द से सरकार और उनके पिट्‍ठुओं के दिन कट रहे थे। मालूम होता था कि यही बहार सदा रहेगी, भारतवासी ऐसे ही गुलाम रहेंगे। किन्तु सहसा यह क्या रंग में भंग हो गया? धांय! धांय!! धांय!!! किसी ने गोली चला दी। मिस्टर रैंड और लेफ्टिनेंट एयर्स्ट एक चीख के साथ गिर पड़े। मारनेवाला जो भी हो, निशाने का पक्का था। दोनों की तत्काल मृत्यु हो गई। मारनेवाला भाग निकला था। सारे साम्राज्य में खलबली मच गई। साम्राज्य के भाड़े के टट्‍टू चिल्लाते दौड़ पड़े-'पकड़ो! पकड़ो! पकड़ो उस बदमाश को!' सचमुच ही साम्राज्यवाद की आंखों में वह बदमाश था। साम्राज्य का धन्धा कैसे सुन्दर रूप में चल रहा था। जो आज्ञा अफसर देता, वही चलती थी। न कोई उस पर बहस करता था, न कोई उस पर विद्रोह करता था, किन्तु यह कौन खूनी है? उसका क्या उद्देश्य है? वह क्या चाहता है? साम्राज्यवाद की सारी चेतना इस समय आंखों में केन्द्रित हो रही थी-'वह कौन है?'

यह युवक कठिनता से पकड़ में आया था। यह सवाल उठा था, उसका नाम क्या है? उसका नाम था दामोदर चापेकर। ब्रिटिश साम्राज्यवाद बड़ी देर तक इस युवक की ओर घूरा, फिर अंगड़ाई ली। शासकों की सुख-निद्रा में बाधा पड़ चुकी थी। वे सजग हो गए। फिर वे क्रोध के मारे थर-थर कांपते चिल्लाए-'पीस डालो उस बदमाश को!' ब्रिटिश साम्राज्यवाद की वह चक्की, जो गदर के दिनों के बाद से करीब-करीब बेकार पड़ी थी, हंसी और उससे एक पैशाचिक घर्र-घर्र की आवाज़ निकलने लगी। इस चक्की का नाम था, ब्रिटिश न्यायालय। ऊपर से यह कितनी भोली-भाली मालूम होती थी, किन्तु....

उधर जनता ने भी दामोदर की ओर देखा, 'कौन है यह बहादुर, जिसने गदर के बाद ब्रिटिश साम्राज्यवाद की छाती में पहली गोली चलाई थी?'

दामोदर चाफेकर ने अदालत में कबल किया कि उसने रैंड साहब की हत्या जान-बूझकर की है। केवल यही नहीं, उसने यह भी स्वीकार किया कि इस घटना के पहले बम्बई में महारानी विक्टोरिया की मूर्ति के मुंह पर कोलतार पोतनेवाला वही था। इसमें उसका उद्देश्य यह था कि 'आर्य भ्राताओं के दिल में उत्साह की लहर पैदा हो और हम लोग विद्रोह का टीका माथे पर लगाएं।' चाफेकर को फांसी की सज़ा हुई।

लोकमान्य को सज़ा–'केसरी' के 15 जून के अंक के लिए लोकमान्य बालगंगाधर तिलक को सज़ा हुई। जस्टिर मिस्टर रौलट ने लिखा है कि लोकमान्य को सज़ा इस कारण हुई थी कि उन्होंने अपने लेख में तार्किक रूप से राजनीतिक हत्या का समर्थन किया था।

बालशास्त्री हरिदास ने तो यहां तक लिखा है कि रैंड-हत्या के दस मिनट के अन्दर लोकमान्य तिलक को यह सन्देश दिया गया-'काम झाले यानी काम हो गया। इसका भी प्रमाण है कि अगले दिन सवेरे जब यह खबर फैल गई कि रैंड मारे गए, तो जनता में बड़ी सनसनी फैल गई। अवश्य तृप्ति और खुशी के साथ-साथ लोगों में भय भी था, क्योंकि यह तो निश्चित ही था कि दमनचक्र अब ज़ोरों के साथ चालू होगा। ब्रिटिश अखबारों ने यह हौआ खड़ा कर दिया कि अब तो पेशवाओं का राज्य फिर स्थापित होनेवाला है। पांच दिनों तक सरकार सोचती रही कि क्या करना चाहिए। अन्त में 1897 के 18 जून को अंग्रेज़ कलेक्टर मिस्टर लैम्ब ने विशिष्ट नागरिकों की एक सभा बुलाई और यह बताया कि किस प्रकार हत्या हुई और किस प्रकार यह एक राजनीतिक षड्यन्त्र के फलस्वरूप हुई है। यह बतलाया गया कि महारानी विक्टोरिया के हीरक जयन्ती समारोह के दिन इस कार्य को करना यह सूचित करता है कि जो लोग इसके पीछे हैं, वे लोग शरारत पर तुले हुए हैं। अन्त में मिस्टर लैम्ब ने यह कहा–इस प्रकार एक हत्या से ब्रिटिश साम्राज्य खत्म नहीं हुआ जाता, इसलिए जो लोग इसके पीछे हैं, उन्हें पकड़वाने में ही सबकी भलाई है।

इसके बाद पूना नगर में दमनचक्र ज़ोरों से चालू हुआ। प्रसिद्ध संस्कृत विद्वान डा. रामकृष्ण गोपाल भंडारकर ने हीरा बाग में एक सभा बुलाई और

उसमें बाकायदा इस हत्या की निन्दा की गई। 'लंडन टाइम्स' ने हत्या की निन्दा की और एंग्लो-इंडियनों ने तो यह शोर मचाया कि प्रत्येक ब्राह्मण को ही फांसी पर चढ़ा देना चाहिए। उन्होंने कहा कि यदि इस समय दया दिखलाई गई तो आगे चलकर अंग्रज़ों का खात्मा हो जाएगा।

यह भी मालूम हुआ कि कैसे चाफेकर पकड़े गए। चाफेकर के ही क्लब के एक सदस्य गणेश शंकर द्रविड़ ने बीस हजार रुपये के लोभ से दामोदर चाफेकर को गिरफ्तार करा दिया। बालकृष्ण चाफेकर भाग निकले। मिस्टर क्रो नामक एक अंग्रेज़ जज की अदालत में मुकदमा चला और उन्हें फांसी की सज़ा दी गई। लोकमान्य तिलक भी जेल जा चुके थे। फांसीघर से उन्होंने खबर भेजी कि मुझे आप अपनी गीता की प्रति भेज दें। लोकमान्य तिलक ने अधिकारियों की अनुमति लेकर अपने हस्ताक्षर के साथ गीता भेज दी। फांसी के दिन दामोदर चाफेकर के हाथ में तिलकवाली वही गीता थी और वे उस श्लोक की आवृत्ति कर रहे थे :

देहिनोऽस्मिन् यथा देहे कौमारं यौवनं जरा।
तथा देहान्तरप्राप्तिर्धीरस्तत्र न मुह्यति॥

श्लोक कहते हुए वे फांसी पर चढ़ गए। उस समय के अनुसार उनकी अन्तिम इच्छा यह थी कि उनकी लाश ब्राह्मणों के अलावा किसी के द्वारा न जलाई जाए। अत: लाश लोकमान्य तिलक के तदनुसार केसरी के व्यवस्थापक श्री विद्वांस को दिलवा दी और वैदिक रीति से उसका क्रियाकर्म हुआ।

बालकृष्ण भागकर निज़ाम के राज्य में छिपे हुए थे। लोकमान्य तिलक ने दामोदर चाफेकर के मामले में साढ़े सात हजार रुपये खर्च किए थे। जब उन्होंने सुना कि बालकृष्ण के पास खाने को नहीं है तो उन्होंने हैदराबाद के मुख्य न्यायाधीश केशवराव कोरटकर के जरिये सहायता भेजी। मज़े की बात यह है कि कोरटकर नरम विचारों के व्यक्ति थे और गोखले के अनुयायी थे। पर इस मामले में उन्होंने तिलक की आज्ञा नहीं मानी। बाद को कोरटकर ने लिखा कि मुझे बड़ा आश्चर्य हुआ जब मुझे लोकमान्य तिलक का यह पैगाम प्राप्त हुआ। पर मैंने उनका कहा हुआ कार्य कर दिया।

पर बालकृष्ण अधिक दिन छिपे नहीं रह सके। उनका मन नहीं लगा और वे लौटकर महाराष्ट्र आए और वहां पकड़ लिए गए। तीसरे भाई वासुदेव पर कोई

मुकदमा नहीं था। पर कुछ ऐसा प्रमाण मिल गया कि वासुदेव भी हत्या के समय मौजूद थे, इसलिए इस्तगासे ने यह तय किया कि वासुदेव से अपने बड़े भाई बालकृष्ण के विरुद्ध गवाही दिलवाई जाए। अब वासुदेव के लिए बड़ी अद्भुत समस्या पैदा हो गई।

वासुदेव ने सोच-साचकर गवाही देने की बात मान ली, पर साथ ही वे भीतर-भीतर यह सोचते रहे कि किसी प्रकार ऐसा कुछ किया जाए जिससे वे अपने भाइयों के योग्य हो सकें। वासुदेव ने यह तय किया कि मुखबिर द्रविड़ बन्धुओं को मार डाला जाए, पर ऊपर से सरकारी पिट्ठू बना रहा जाए। पिट्ठू बनने के दिखावे में कई लाभ थे। सबसे बड़ा लाभ यह था कि जेल में बन्द और हत्या में अभियुक्त क्रान्तिकारियों के भाई होने पर भी उन्हें घूमने-फिरने की पूरी आज़ादी रही। उन्होंने साठे और रानाडे नामक दो युवकों को भी षड्यन्त्र में लिया।

द्रविड़ बन्धु सदाशिव पेठ के मुरलीधर मन्दिर के सामने रहते थे। 1899 की 8 फरवरी की रात को 9 बजे चाफेकर और रानाडे पंजाबी नौकरों का भेस बनाकर द्रविड़ बन्धु के घर पहुंचे और वहां कोई एकाएक आ न पड़े इसलिए साठे दरवाज़े पर चौकीदारी करते रहे। द्रविड़ बन्धु बहुत सावधान रहते थे, इसलिए जब दो पंजाबियों ने उनका दरवाजा खटखटाया तो गणेश शंकर द्रविड़ ने जंगले से पूछा-तुम लोग क्या चाहते हो?

तब वासुदेव ने यह कहा कि पुलिस में उनका फौरन बुलावा है और मिस्टर ब्रीन उन्हें चाहते हैं। भला जो मुखबिर बन चुके हैं, वे पुलिस की बात कैसे न मानते! वे तैयार हो गए, बोले-हम लोग जाएंगे, तुम लोग चलो।

इस पर वासुदेव और रानाडे देखने में तो वहां से चले गए, पर असल में पास ही छिपकर खड़े रहे। जब थोड़ी देर बाद द्रविड़ बन्धु निकले और अभी दोनों भाई सौ गज़ चलकर सड़क पर मुड़े ही थे कि धांय-धांय से उन पर गोलियां चल गईं। गोलियों की आवाज़ सुनकर लोग जमा हो गए तो देखा कि दोनों भाई खून से लथपथ पड़े हैं। डाक्टर आए तो कहा कि हालत बहुत ही खतरनाक है और अगले दिन दोनों मुखबिर मर भी गए।

पूना शहर में ही नहीं, दूर-दूर जहां भी खबर गई, लोग बहुत खुश हुए।

दूसरे मुखबिर नीलकंठ द्रविड़ के बयान से रानाडे और साठे गिरफ्तार हो

गए थे। वासुदेव भी बुलाए गए। कहा जाता है कि पुलिस जांच कर रही थी और इन लोगों से पूछताछ कर रही थी, इतने में रामजी पांडे नामक एक हेड कांस्टेबिल ने कोई ऐसी बात कह दी कि वासुदेव रामजी पांडे पर कूद पड़े और उसका रिवाल्वर छीनकर उस पर गोली चला दी। रामजी को गोली नहीं लगी, पर वह बेहोश हो गया। अब वासुदेव की असलियत खुल गई और वासुदेव ने साफ बयान दे दिया कि मैंने ही द्रविड़ बन्धुओं को मारा है और मैं अपने भाइयों के साथ फांसी चढ़ना कहीं उपयोगी और सही मानता हूं, बनिस्बत इसके कि मैं सरकारी गवाह बनूं।

मुकदमा चला और उसमें चाफेकर बन्धुओं को फांसी की सज़ा हुई। रानाडे को भी फांसी की सज़ा हुई और साठे को सात वर्ष की सज़ा हुई। एक परिवार से तीन भाइयों को फांसी होने पर देश में बहत जोश फैला, इसी पर सावरकर ने एक कविता लिखी-तीन का क्या है, यदि हम सात भी होते, तो हम हवनकुंड में अपना सिर चढ़ा देते। हे माता! तेरी मुक्ति के लिए हमें यदि अपने को होमने का मौका मिले, तो यह हमारे लिए सबसे बड़ी खुशी की बात होगी।

चाफेकर बन्धुओं का नाम सदा अमर रहेगा।

विनायक दामोदर सावरकर

विनायक दामोदर सावरकर का क्रान्तिकारी आन्दोलन में एक बहुत बड़ा गौरवपूर्ण स्थान रहा है। वे जिस समय अभी बहुत कम उम्र के थे, उसी समय चाफेकर बन्धु को फांसी हुई थी। इसका उनके मन पर बहुत जबरदस्त प्रभाव पड़ा। अपनी आत्मकथा में उन्होंने इसके विषय में बहुत ही प्रशंसा-भरे शब्दों में उल्लेख किया है। उन्होंने लिखा है कि चाफेकर बन्धुओं ने देश के महायज्ञ में समिधा की तरह काम किया और यदि हम किसी लायक हैं तो हमें यज्ञ की इस लौ को बुझने नहीं देना है।

इस प्रकार बचपन में ही सावरकर ने यह प्रतिज्ञा की कि मैं सशस्त्र क्रान्ति का झंडा बुलन्द करूंगा, ताकि देश स्वतन्त्र हो और तब तक लड़ता रहूंगा, जब तक कि मैं दुश्मन से लड़ता हुआ मारा न जाऊं।

अभी वे स्कूल में ही थे कि स्कूली बच्चों को लेकर एक संस्था बनाई, जिसका नाम था-राष्ट्रभक्त समूह। इस संस्था के आपसी परिचय का शब्द या कोडवर्ड था-राम हरि। इसमें अनुशासन को बड़ा महत्त्व दिया गया था। 1900 ई. की 1 जनवरी को सावरकर ने मित्र-मेला के नाम से एक संस्था की स्थापना की। यह पहले से कुछ गम्भीर संस्था थी, जैसा कि बाद में चलकर साबित हुआ, क्योंकि इसके कई सदस्य क्रान्तिकारी बने। इस संस्था का उद्देश्य भारत को विदेशियों के शासन से मुक्त करना था। धीरे-धीरे यह संस्था बहुत महत्त्व की हो गई और गणेश-पूजा तथा शिवाजी-उत्सव में इसके सदस्य बहुत भाग लेने लगे। सदस्य जोश पैदा करनेवाला साहित्य पढ़ते थे। यद्यपि छात्र ही इसके सदस्य थे, पर छात्रों से यह कहा जाता था कि तुम अपनी पढ़ाई-लिखाई करते हुए सब काम करो। गणेश-पूजा और शिवाजी-उत्सव अपनाकर साधारण जनता में क्रान्तिकारी विचार फैलाया जाने लगा। सावरकर की आंखों के सामने शिवाजी का आदर्श था और उनका कहना था कि राजा शिवाजी एक राष्ट्रीय वीर के रूप में अविस्मरणीय हैं, क्योंकि उन्होंने मातृभूमि की स्वतन्त्रता का उद्धार किया था।

यह स्पष्ट था कि सावरकर के विचार हिन्दू राष्ट्रीयता के विचार थे और इस सम्बन्ध में वे उन, बल्कि अधिकांश मुसलमानों के साथ एक ही पंक्ति में रखने योग्य हैं, जिनके सामने मुस्लिम राष्ट्रीयता का आदर था और जिनके आदर्शों, दलबन्दियों तथा कूटनीति के कारण पाकिस्तान बना। सावरकर ऐसे भारत की कल्पना तो नहीं करते थे, जिसमें मुसलमान न हों, पर वे यह अवश्य चाहते थे कि हिन्दू आदर्शों की प्रधानता हो। सावरकर के इन विचारों में कोई परिवर्तन नहीं हुआ और इस दृष्टि से वे एक विशेष ढंग के क्रान्तिकारी रहे।

पर हिन्दू विचारों के कारण उनके साहस में कोई कमी नहीं थी। जब 1902 की 22 जनवरी को महारानी विक्टोरिया का देहान्त हुआ, तो भारत के राजभक्त शोकसभाएं करने लगे। मित्र-मेला के सामने यह प्रश्न आया, तब सावरकर ने

कहा-“राजा या रानी चाहे जो मरे, प्रश्न यह है, वह किसका राजा और
रानी है? इंग्लैंड की रानी अपने देश की रानी हैं, जो हमारा दुश्मन देश है।
हमें इस पर शोक प्रकट करना है, तो अन्तिम विश्लेषण में यह शोक महज गु
मनोवृत्ति का परिचायक है, जिसके कारण हम शोक मनाने का कम-से-कम ढ
तो रचते ही हैं।”

जिस दिन एडवर्ड सप्तम का अभिषेक हो रहा था, उस दिन सावरकर त्र्यम्बकेश्वर गए थे, जहां झंडियां आदि लगाकर बड़े ज़ोरों की तैयारियां हो रही थीं, रोशनी और उत्सव का प्रबन्ध था। जब ऐसा हो रहा था तो सवेरे दीवारों पर ये पोस्टर दिखाई दिए : “तुम लोग एक ऐसे राजा का अभिषेकोत्सव मना रहे हो, जिसने तुम्हारी मातृभूमि को गुलाम बना रखा है। क्या तुम्हें यह अनुभव नहीं होता कि यह अभिषेकोत्सव नहीं है बल्कि तुम्हारी गुलामी का उत्सव है? क्या तुम यह अनुभव नहीं करते कि विदेशी शासक के प्रति राजभक्ति का प्रदर्शन तुम्हारे अपने देश तथा जाति के प्रति द्रोह की अभिव्यक्ति है?”

कहते हैं, उत्सव समिति के अध्यक्ष ने यह कहा कि एडवर्ड सप्तम वाकई हमारे पिता हैं। इस पर दूसरे दिन लिखा दिखाई पड़ा : “यदि एडवर्ड तुम्हारे पिता हैं तो फिर घर में तुम्हारी मां के साथ तुम्हारे बाप का क्या सम्बन्ध है?”

बात कुछ भद्दे ढंग से कही गई थी, पर गुलामों की अकल पर चढ़ी हुई परतों को हटाने के लिए इस प्रकार की गालियों की आवश्यकता थी।

इस प्रकार से एक के बाद एक हमले होते रहे, उन लोगों पर जो गुलाम मनोवृत्ति के थे। 1904 में सावरकर ने मित्र-मेला का एक समारोह किया, जिसमें दो सौ क्रान्तिकारी आए। इसी अवसर पर संस्था का नाम बदलकर मैजिनी के ‘तरुण इटली’ के अनुकरण पर ‘अभिनव भारत’ कर दिया गया। संस्था का ज़ोरों से प्रचार होने लगा। बंगाल का विभाजन हुआ और उसके फलस्वरूप बंगाल में जो आन्दोलन चला, उसका महाराष्ट्र पर बहुत बड़ा असर हुआ और महाराष्ट्र में भी स्वदेशी और ‘बायकाट’ का प्रचार होने लगा।

सावरकर अब फर्गूसन कालेज में पहुंचकर लोकमान्य तिलक के प्रभाव में आ गए थे। इन्हीं दिनों सावरकर ने पूना में विदेशी वस्त्रों को जलाकर होली खेली। विनायक के बड़े भाई गणेश सावरकर भी क्रान्तिकारियों में थे। वे यह नहीं चाहते थे कि महज़ कपड़ों की होली हो, वे ब्रिटिश साम्राज्य को जलाना

चाहते थे। इसी प्रकार प्रचार करते हुए विनायक सावरकर 1906 में बी.ए. पास हो गए और यह तय हुआ कि विनायक लन्दन जाकर पढ़े। क्रान्तिकारी श्यामजी कृष्ण वर्मा ने भारतीय देशभक्तों को प्रशिक्षित करने के लिए कई छात्रवृत्तियां दी थीं। उन्हीं में से एक छात्रवृत्ति लोकमान्य तिलक की सहायता से विनायक को मिली।

1907 की 28 मई को विनायक सावरकर को विलायत जाने के लिए विदाई दी गई। उसमें विनायक ने यह सन्देश दिया : "जनता को संगठित करो, एक विचार से लोगों का मन भर दो और अपने रक्त की सारी शक्ति से म्लेच्छों पर हमला बोलो।" विनायक ने यह भी कहा कि हमने स्वदेशी का व्रत ले लिया, पर बंग-भंग रद्द नहीं हुआ।

स्पष्ट ही उनका विचार यह था कि केवल स्वदेशी या बायकाट से ही काम नहीं चलेगा, आगे जाना पड़ेगा। 'अभिनव भारत' संस्था काफी फैल चुकी थी। उस संस्था के सदस्यों को जो प्रतिज्ञा लेनी पड़ती थी, उसी से ज्ञात होता है कि वे किन विचारों से काम करते थे।

प्रतिज्ञा इस प्रकार थी–"छत्रपति शिवाजी के नाम पर, अपने पवित्र धर्म के नाम पर और अपने प्यारे देश के लिए पूर्वपुरुषों की कसम खाते हुए मैं यह प्रतिज्ञा करता हूं कि मेरा राष्ट्र तभी समृद्धिशाली हो सकता है, जब उसे स्वतन्त्रता, पूर्ण स्वतन्त्रता मिले। इस विश्वास से मैं तन, मन, धन से देश की स्वतन्त्रता और उसके सब प्रकार के कल्याण के लिए प्रतिज्ञा करता हूं। मैं अपनी अन्तिम सांस तक अधिक-से-अधिक परिश्रम करूंगा। मैं न तो आलस्य करूंगा और न इस उद्देश्य से हटूंगा। मैं अभिनव भारत की नियमावली का पालन करूंगा और संस्था के विषय में किसी से कुछ भी नहीं खोलूंगा।"

छत्रपति शिवाजी और भारतमाता की जय से सभा समाप्त होती थी। अभिनव भारत की सदस्य-संख्या बढ़ती ही गई। गणेश सावरकर ने कई रियासतों को भी अपनी तरफ कर लिया था। लोगों में बहुत जोश था और सब लोग यही कहते थे कि बिना युद्ध के देश स्वतन्त्र नहीं हो सकता।

विनायक सावरकर लन्दन पहुंच चुके थे और वे वहां अपने विचारों का प्रचार करने लगे थे। श्यामजी कृष्ण वर्मा वहां पहले से ही मौजूद थे। संस्कृत के एक महान विद्वान के रूप में श्यामजी की ख्याति सारे यूरोप में फैल चुकी थी और वे

कैम्ब्रिज में संस्कृत के अध्यापक लग गए थे। वे पठन-पाठन के साथ-साथ देश को स्वतन्त्र कराना चाहते थे। उन्होंने देखा था कि भारतीय कितने भी प्रतिभावान हों, जब तक वे स्वतन्त्र नहीं होते, तब तक संसार में उनकी पूछ नहीं हो सकती। स्वतन्त्रता के बिना संसार में भारतीयों की कद्र नहीं हो सकती थी और न ही भारतीय पूर्ण विकास ही कर सकते थे। श्यामजी कृष्ण वर्मा ने इंडियन सोशलाजिस्ट नाम से एक अखबार भी चलाना शुरू किया था, जिसमें भारतीय स्वतन्त्रता का प्रचार किया जाता था। श्यामजी-सा गुरु पाकर सावरकर का उत्साह चौगुना हो गया। इन्हीं दिनों वहां हरदयाल भी पहुंच गए। इस प्रकार भारतीयों को लेकर इंडिया हाउस नाम से एक संस्था कायम हो गई। इस संस्था से एक तो अंग्रज़ों में प्रचार-कार्य किया जाता था, पर असल में संस्था का उद्देश्य यह था कि विलायत में पढ़ने गए हुए भारतीयों को गुलाम होने से रोककर क्रान्तिकारी बनाया जाए।

विनायक सावरकर ने इन दिनों कई लेख लिखे जिनमें उन्होंने भारतीय राष्ट्रीयता के पक्ष को तार्किक और बौद्धिक समतल पर स्थापित किया। ये लेख अंग्रेज़ी में लिखे जाते थे और उनकी प्रतियां भारत भेजी जाती थीं।

इन लेखों का प्रकाशन होना चाहिए। तभी पता लग सकता है कि भारतीय क्रान्तिकारी किन विचारों से प्रभावित थे। सावरकर ने सविनय प्रतिरोध की 'सफलता और पराजय' नामक एक लेख लिखा, जिसमें पूरी तरह से सविनय प्रतिरोध का विश्लेषण किया गया था। इस लेख में पौराणिक उदाहरण तथा फ्रांस के इतिहास से यह दिखलाया गया कि सविनय प्रतिरोध कहां और किस हद तक सफल हो सकता है। इस लेख में यह बताया गया था कि वसिष्ठ की गाय ने जब देखा कि विश्वामित्र उसे जबरदस्ती ले जाने पर तुले हैं, तो उसके शरीर से एक सेना पैदा हुई जिसने विश्वामित्र की सेना को हरा दिया। सावरकर ने इसका अर्थ यह लगाया कि केवल वसिष्ठ ऋषि के प्रतिरोध से कुछ नहीं होता, जब तक कि यह सेना न पैदा होती। दूसरे शब्दों में इस लेख का वक्तव्य यह था कि सविनय अवज्ञा या सविनय प्रतिरोध का महत्त्व इसी में है कि वह ऐसी स्थिति उत्पन्न करे कि लोग सशस्त्र प्रतिरोध के लिए तैयार हों। युद्ध से ही अन्त में काम बन सकता है। यदि देखा जाए तो सावरकर का यह विश्लेषण बहुत सही था, क्योंकि बाद को चलकर गांधीजी के सहयोग और सत्याग्रह से जो शक्तियां पैदा हुईं, वे क्रान्तिकारी विचारों में मिल गईं, जिससे 1942 की क्रान्ति हुई। इसमें जो कसर

रही, वह आज़ाद हिन्द फौज तथा उसके मुकदमे से उत्पन्न शक्तियों से पूर्ण हो गई और इस प्रकार ब्रिटिश साम्राज्यवादियों ने यह अनुभव किया कि अब भारत छोड़ जाने में ही कल्याण है, नहीं तो आगे चलकर और बुरी गति होगी।

इंडिया हाउस में भारतीय देशभक्तों का जो अड्डा बन गया, उसमें बहुत-से भारतीय आने-जाने लगे। सावरकर और हरदयाल के अलावा अन्य कई भारतीय वहां एकत्र हुए। पांडुरंग महादेव बापट, जो बाद को सेनापति बापट के नाम से प्रसिद्ध हुए, बम्बई विश्वविद्यालय की एक छात्रवृत्ति पाकर लन्दन पहुंचे और एक ही भेंट में वे सावरकर के मत के हो गए। बापट पहले से ही क्रान्तिकारी विचारों के थे और वे चाहते थे कि देश को जिस भी तरह हो, स्वतन्त्र किया जाए।

क्रान्तिकारी साहित्य भी बराबर तैयार हो रहा था। इन दिनों भारतीयों के सामने इटली की स्वतन्त्रता का आन्दोलन था। जोसेफ मैत्सिनी और गैरिबाल्डी भारतीय क्रान्तिकारियों के समक्ष आदर्श वीरों के रूप में थे। अब इटली के इन वीरों के साथ-साथ आयरलैंड और रूस के क्रान्तिकारियों की बात भी लन्दन के भारतीय क्रान्तिकारियों के कान में पहुंच चुकी थी।

1907 के दिसम्बर के इंडियन सोशलाजिस्ट में एक लेख निकला, जिसमें यह स्पष्ट रूप से कहा गया था : "ऐसा लगता है कि भारत में आन्दोलन केवल गुप्त रूप से ही चलाया जा सकता है और ब्रिटिश सरकार को तभी अक्ल आ सकती है जब रूसी तरीके बहुत ज़ोरदार ढंग से अपनाए जाएं। तभी अंग्रज़ों की अक्ल ठिकाने आ सकती है। पर इस सम्बन्ध में एक खास बात यह है कि रूसी तरीके के प्रयोग में पहले भारतीय अफसरों पर हमला होना चाहिए, फिर अंग्रेज़ अफसरों पर।"

विनायक सावरकर 1857 के विद्रोह के इतिहास में भी बहुत दिलचस्पी ले रहे थे। वे समझते थे कि भारतीय स्वतन्त्रता का वह प्रथम युद्ध था और इसी रूप में 10 मई, 1907 को प्रथम विद्रोह का पचासवां वार्षिकोत्सव मनाने का निश्चय किया गया। लन्दन के इंडिया हाउस में यह उत्सव होना निश्चित हुआ। इसमें अधिक-से-अधिक भारतीय आए। सावरकर ने इनका वर्णन कुछ इस तरह लिखा : "बरतानिया में रहनेवाले भारतीयों का इतना सुन्दर समारोह कभी नहीं हुआ। बहुत दिनों से लोग इस समारोह की प्रतीक्षा कर रहे थे। मई के प्रारम्भ से ही गली-गली जाकर हर भारतीय को तैयार किया गया कि वे सभा में आएं।

कार्यक्रम और समारोह के ब्यौरे प्रस्तुत किए गए। कार्यकर्ता चुने गए। प्रचारक जा-जाकर हर भारतीय को 1857 का महत्त्व समझाने लगे। धीरे-धीरे लन्दन के सारे भारतीयों का जोश बढ़ता गया। अन्त में 10 मई को इंडिया हाउस की सारी सड़कों पर भारतीय ही भारतीय दिखाई पड़े। असल में यह समारोह तो एक बहाना था, जिसकी आड़ में तरुण क्रान्तिकारी भविष्य-क्रान्ति का प्रचार करना चाहते थे। इंडिया हाउस रोशनियों और फूलों से सजाया गया था। लाल पर्दों पर फूलमालाएं तथा झंडियां बनी हुई थीं। स्वर्णाक्षरों में तथा दूसरे रंगों में बहादुरशाह, नाना साहब, रानी लक्ष्मीबाई, राजा कुंवरसिंह, मौलवी अहमद शाह के नाम लिखे गए थे। कुछ भारतीय देशभक्तों के चित्र भी टांगे गए थे। फूलों और धूप-दीप के कारण एक घरेलू वातावरण बन गया जिसमें लन्दनवासी भारतीयों को भारतमाता की सहज ही में याद आ जाती थी।

"देशभक्त वर्मा ने समारोह का आरम्भ राष्ट्रीय गान से किया। बड़े ज़ोरों से वन्दे मातरम के नारे उठाए गए, जो हाल की दीवारों में गूंजकर पास की सड़कों तक फैल गए। साढ़े चार बजे इस समारोह के अध्यक्ष राणा साहब, जो उन दिनों पेरिस में रहते थे, कुछ नेताओं के साथ पधारे। उन्हें विशेष रूप से पेरिस से बुलाया गया था। वे मादाम कामा से एक बहुत जोशीला सन्देश ले आए थे।

"राष्ट्रीय गान के बाद श्री अय्यर ने राष्ट्रीय प्रार्थना की आवृत्ति की। इंडिया हाउस खचाखच भरा था और बहुत-से लोगों को बैठने की जगह न मिलने के कारण खड़ा रहना पड़ा था। कैम्ब्रिज, आक्सफोर्ड आदि दूर-दूर के स्थानों से भारतीय आए थे। गीत तथा प्रार्थना से सब लोग जोश में थे। सावरकर ने मंच पर आकर एक जोशीला बयान दिया, जिसमें उन्होंने भारत के लिए महान त्यागी बहादुरशाह और नाना साहब की प्रशंसा की और भारतीय स्वतन्त्रता-युद्ध का महत्त्व समझाया। व्याख्यान के अन्त में लोगों ने जयकारे लगाए और बाद में वन्दे मातरम कहा। इसके बाद श्री खान राजा कुंवरसिंह पर, श्री दास लक्ष्मीबाई पर बोले। श्री मास्टर तथा अन्य बहुत-से सम्प्रदायों और प्रान्तों के वक्ता भी बोले। व्याख्यानों के बाद लोगों ने भारतीय स्वतन्त्रता के लिए त्याग और कष्ट झेलने की प्रतिज्ञा ली।"

इस सभा में डॉक्टर, बैरिस्टर, सम्पादक, अध्यापक, व्यापारी, पुरुष,

स्त्रियां, बच्चे सब थे। इस प्रकार से उत्सव मनाकर लोगों ने अपने जोश का प्रदर्शन किया, तब छात्रों ने टोपी हाथ में लेकर चन्दा एकत्र किया। किसी ने कुछ दिया, किसी ने कुछ। राणाजी ने एक महीने की आय दे दी। मादाम कामा ने भी चन्दा दिया। जब सब कार्य समाप्त हो गया तो श्रीमती दत्त ने राष्ट्रीय गीत गाया और 1857 की स्मृति में चपातियां और प्रसाद बांटा गया।

इस उत्सव का प्रभाव सर्वत्र पड़ा। बहुत दिनों तक चर्चा रही। कुछ छात्रों ने 1857 के बैज लगाए, जिस पर कॉलेज में बड़ा झगड़ा मचा। ब्रिटिश संसद में यह प्रश्न उठा और प्रिंसिपल से यह कहा गया कि यदि छात्रों ने बैज लगाए, तो प्रिंसिपल को चुप रहना चाहिए था।

इन्हीं दिनों पंजाब की एक महिला धनदेवी सामने आईं और उन्होंने यह घोषणा कर दी कि जो भारतीय छात्र साहस दिखलाएंगे, उन्हें 'यारे-हिन्द' की पदवी दी जाएगी। 'यारे-हिन्द' पदवी देने का एक उत्सव हुआ, जिसमें फिर एक बार भारतीय वीरों की सराहना की गई।

इन घटनाओं से भारतीयों के प्रति ब्रिटिश सरकार का रुख पहले से कड़ा पड़ गया। कुछ राजभक्त भारतीय भी इससे नाराज हुए और उन लोगों ने अपनी भलाई के लिए यह जरूरी समझा कि वे खुलकर सामने आएं और यह स्पष्ट कर दें कि हम लोग इन विद्रोही किस्म के छात्रों के साथ नहीं। बात यह है कि विलायत में गए हुए कुछ भारतीयों का लक्ष्य न तो ज्ञान प्राप्त करना था और न अपने साथियों को संगठित करना। उनका तो एकमात्र उद्देश्य लौटकर भारत में अच्छी नौकरी प्राप्त करना था। विलायत में हो आना ही ब्रिटिश शासकों की आंखों में एक बहुत बड़ी योग्यता थी और वहां से किसी प्रकार की डिग्री या डिप्लोमा लेना तो बहुत ही ऊंची योग्यता समझी जाती थी। स्वाभाविक रूप से ऐसे भारतीय सावरकर जैसे लोगों को पसन्द नहीं करते थे। राजभक्त भारतीयों की कैक्सटन हाल में एक सभा हुई और उसमें दुख प्रकट किया गया, पर कोई प्रस्ताव पास नहीं हो सका, क्योंकि जो भी व्याख्यान देने उठता, उस पर तालियां पीटी जातीं और वह बैठने के लिए मजबूर हो जाता। भारतीयों के साथ-साथ इस सभा में कुछ अंग्रेज़, जो अपने को भारतीयों का मित्र बताते थे, बोले, पर उनकी भी बात नहीं सुनी गई। जब सभा बिना प्रस्ताव पास किए ही समाप्त हो गई, तो यह स्पष्ट हो गया कि युवक किसके साथ हैं। अब देशभक्त भारतीयों के पीछे खुफिया पुलिस लग गई।

यह साफ हो गया कि विलायत में गए हुए भारतीयों में भी दो गुट हैं। एक राजभक्त और दूसरा देशभक्त। सावरकर इससे नहीं घबराए। वे क्रान्तिकारी साहित्य प्रस्तुत कर रहे थे। 1857 पर उनकी पुस्तक तैयार हो रही थी और उसके अध्याय साथियों को पढ़कर सुनाए जाते थे। सावरकर इस पुस्तक को मराठी में लिख रहे थे और साथ ही साथ श्री वी.वी.एस. अय्यर अंग्रेज़ी में इसका अनुवाद करते जा रहे थे। यह पुस्तक ब्रिटेन में कहीं प्रकाशित नहीं हो सकी, यद्यपि यह माना जाता है कि ब्रिटेन में स्वतन्त्र चिन्तन और अभिव्यक्ति का अधिकार प्राप्त है। अन्त तक यह पुस्तक किस तरह प्रकाशित हुई और कैसे इसका प्रकाशन हुआ, यह एक रोमांचकारी अध्याय है; 'क्रान्तिकारी आन्दोलन का इतिहास' में विस्तार के साथ दिखाया गया है। पुस्तक प्रकाशित होने के पहले ही ज़ब्त कर ली गई; पर इससे पुस्तक का प्रचार नहीं रुका और इसकी प्रतियां दूसरी जिल्द चढ़ाकर भारत भी पहुंच गईं।

इस प्रकार सावरकर के इर्द-गिर्द क्रान्ति के बहुत जबरदस्त तत्त्व एकत्र हो गए। लन्दन अब इतना गरम हो गया कि श्यामजी कृष्ण वर्मा ने अब लन्दन छोड़कर पेरिस में रहना शुरू कर दिया। ब्रिटिश सरकार सोच रही थी कि लन्दन के भारतीय क्रान्तिकारियों पर एकाएक छापा डालना चाहिए। इतने में भारत में भी घटनाएं बहुत तीव्र गति से होने लगीं। वारीन्द्रकुमार घोषवाला अलीपुर षड्यन्त्र तो सामने आ ही चुका था। अब 1909 की 28 फरवरी को विनायक सावरकर के बड़े भाई गणेश सावरकर को राजद्रोही कविताओं को रखने के अपराध में गिरफ्तार कर लिया गया और उन्हें ब्रिटिश राज्य के विरुद्ध षड्यन्त्र और युद्ध-घोषणा करने के अपराध में आजन्म कालेपानी की सज़ा दी गई। साथ ही उनकी सारी सम्पत्ति ज़ब्त करने की आज्ञा दी गई।

यह खबर लन्दन पहुंची, तो युवकों में क्रोध छा गया। 20 जून की एक सभा में विनायक सावरकर ने यह भविष्यवाणी की कि अब सरकार ने आंतक फैलाना शुरू कर दिया है तो इसका जवाब भी दिया जाएगा। हुआ भी ऐसा ही। कर्जन वायली नामक एक अंग्रेज़ लन्दन में इंडिया आफिस का एक अध्यक्ष था। यों देखने के लिए उसके कर्तव्यों में भारत से आए हुए छात्रों की मदद करना तथा उनका हर तरह से कल्याण करना था, पर होता यह था कि इंडिया आफिस छात्रों पर खुफियागीरी का काम करता था और यह देखता रहता था कि कौन छात्र किस

प्रकार का कार्य कर रहा है। लोग जानते थे कि कर्जन वायली खुफियागीरी का काम बड़ी खैरख्वाही से कर रहा है।

1909 की पहली जुलाई को लन्दन के जहांगीर हाल में एक सभा हो रही थी। वहां सर कर्ज़न वायली पर मदनलाल धींगरा नामक एक तरुण ने गोली चलाई और वे वहीं ढेर हो गए।

ये मदनलाल धींगरा कौन थे? वे भारत से पढ़ने के लिए आए हुए थे। उनका परिवार प्रसिद्ध राजभक्त परिवार था। जब वे लन्दन आए थे, तो उनके सम्बन्ध में क्रान्तिकारियों की यह धारणा बनी थी कि यह एक बेकार शौकीन युवक है। लोग समझते थे कि यह एक तितली है, इससे कुछ नहीं होने का। पर असल में मदनलाल धींगरा उस धातु के बने थे, जिससे शहीद बने होते हैं। वे आवारा किस्म के युवक इसलिए थे कि उन तक कोई अच्छा विचार पहुंचा ही नहीं था। पर ज्यों ही अच्छे विचारों के सम्पर्क में आए, त्योंही वे क्रान्तिकारी बन गए और उन्हें यहां तक उपयुक्त समझा गया कि ब्रिटिश साम्राज्य के विरुद्ध लन्दन में पहला हमला उन्हीं से कराया गया। मदनलाल के साथ दो और व्यक्ति थे, एक ज्ञानचन्द वर्मा और एक कोरेगावकर। सभा समाप्त हो चुकी थी और सर कर्जन वायली लोगों से मिल-जुल रहे थे और वे मदनलाल की तरफ बढ़े कि फौरन ही मदनलाल ने उन पर गोली चलाई। श्री लाल काका नामक एक व्यक्ति धींगरा पर दौड़ पड़ा। तब मदनलाल ने काका पर भी गोली चलाई। जब मदनलाल अपना काम कर चुके, तो उन्होंने पिस्तौल फेंक दी और शान्त होकर कहा–कोई जल्दी नहीं है, मुझे चश्मा ठीक से लगा लेने दीजिए, फिर मेरे हाथ बांधिए।

इस हमले की खबर सारे संसार के पत्रों में और भारत में भी छप गई। राजभक्त भारतीय बुरी तरह घबराकर आगे आए और उन्होंने कैक्सटन हाल में श्री भाव नगरी की अध्यक्षता में एक सभा की। मदनलाल धींगना के पिता, जो भारत में थे, पहले ही तार दे चुके थे-यह मेरा लड़का नहीं है, क्योंकि इसने मेरे मुख पर कालिख लगा दी। इस सभा में मदनलाल के भाई ने भाषण दिया और उसने भी अपने भाई की निन्दा की। धींगरा के कार्य की निन्दा करते हुए प्रस्ताव रखा गया। इस पर विनायक सावरकर ने उठकर विरोध करना चाहा। तब किसी ने सावरकर को एक घूंसा मारा, जिससे उनकी आंख पर चोट लगी। मारनेवाला एक अंग्रेज़ था। इस पर एम.टी.टी. आचार्य नामक एक भारतीय ने उस अंग्रेज़

के सिर पर अपनी छड़ी से वार किया और उसका सिर फट गया। आचार्य कद में बहुत छोटे थे। उन्होंने कहा कि हम लोग भारतीय सिनफिनर हैं। हम ब्रिटेन से लोहा लेने की जुर्रत रखते हैं।

इधर मदनलाल पर मुकदमा चला रहा था, वे ब्रिक्शटन जेल में रखे गए थे। उन्होंने अपने भाइयों से जेल में मिलने से इंकार किया, पर वे अपने क्रान्तिकारी मित्रों से मिलते रहे। मदनलाल की जेब में उनका बयान मिला था, जिसमें यह स्पष्ट किया गया था कि मैंने जान-बूझकर अंग्रेज़ का रक्तपात किया है और यह भारतीयों को जिस प्रकार फांसियों और कालेपानी की सज़ा दी जा रही है, उसका एक छोटा-सा प्रतिवाद मात्र है। अदालत में बयान देते हुए मदनलाल ने और भी कहा : "हिन्दू होने के नाते मैं यह विश्वास करता हूं कि मेरे देश का अपमान ईश्वर का अपमान है। धन और बुद्धि से हीन मेरी ही तरह व्यक्ति अपनी माता को रक्त के सिवाय और क्या दे सकता है! ईश्वर से मेरी एकमात्र प्रार्थना यह है कि मैं फिर इसी मातृभूमि में पैदा होऊं और इसी में मरूं और तब तक ऐसा होता रहे जब कि मानवता की सेवा और ईश्वर के गौरव के लिए मातृभूमि को स्वतन्त्रता प्राप्त न हो।'

इस मुकदमे से सारे साम्राज्य में बड़ी खलबली मच गई। विलायत के सभी बड़े अखबारों ने इस पर विशेष खबरें छापीं। बार-बार जब भी मदनलाल को मौका मिला, तो वे यही कहते रहे कि एक अंग्रेज़ भारत की किस प्रकार लूट मचाता है, और जितना धन है उससे एक हजार गरीब भारतीयों की गुज़र हो सकती है। यदि जर्मनी को इंग्लैंड पर राज्य करने का अधिकार नहीं है, तो इंग्लैंड को भारत पर राज्य करने का क्या अधिकार है? हर साल लाखों भारतीय भूखों मर रहे हैं। इसलिए मुझ पर अंग्रज़ों के बनावटी आंसुओं का कोई प्रभाव नहीं पड़ता, जिन्हें ढार-ढारकर वे रूसियों और कांगोवासियों पर रोते हैं।

मदनलाल धींगरा ने अंग्रेज़ न्यायाधीश से यह भी कह दिया कि मैं तुम्हारे अधिकार को नहीं मानता। रहा यह कि मैं तुम्हारे हाथ में हूं, जो चाहो कर सकते हो, पर याद रखो कि भारत में एक दिन नया सवेरा आएगा, जब भारत तगड़ा होगा और उस रोज हम भी वही करेंगे जो हम करना चाहते हैं।

न्यायाधीश ने मदनलाल को मृत्युदंड दिया। इस पर मदनलाल ने कहा– "मुझे गर्व है कि मुझे यह सम्मान मिला कि मैं मातृभूमि पर अपनी नाचीज़ ज़िन्दगी अर्पित करने का मौका पा रहा हूं।'

1906 की 16 अगस्त को मदनलाल को फांसी दे दी गई। इसके बाद दो भारतीयों को उनकी लाश के सामने लाया गया। इनमें से एक थे विनायक सावरकर । मदनलाल की फांसी तथा उनके वक्तव्य से सारे साम्राज्य में सनसनी फैल गई। मदनलाल जिस तैयार वक्तव्य के साथ गिरफ्तार हुए थे, वह उन्हें अदालत में पढ़ने नहीं दिया गया। पर सावरकर तथा अन्य साथियों ने उसे सारे अखबारों में प्रकाशित कराया। सब ब्रिटिश अखबारों ने उसकी निन्दा की। केवल आयरलैंड के अखबारों ने यह लिखा : आयरलैंड. मदनलाल धींगरा को सम्मान की दृष्टि से देखता है, क्योंकि उन्होंने अपने देश के लिए पूर्ण आत्मत्याग किया।

सुदूर लन्दन में तो यह हुआ, पर साथ ही देश में भी कुछ करने का कार्यक्रम बना। यह कहा जाने लगा कि मदनलाल धींगरा ने लन्दन में रहकर ऐसा काम किया, तो देश में भी कुछ करना चाहिए। गणेश सावरकर को कविताओं के लिए कालेपानी की सज़ा दी गई। उसका एक बदला तो सर कर्जन वायली की हत्या से लिया गया, पर देश में भी कुछ होना चाहिए। जैक्सन नामक अंग्रेज़ ने गणेश सावरकर को यह अमानुषिक सज़ा दी थी; उस पर क्यों न हमला किया जाए। इसके लिए अनन्त कन्हेरे नामक एक युवक सामने आए और उन्होंने एक गुप्त सभा में क्रान्तिकारियों से यह कहा कि केवल साहित्य के प्रचार से कुछ नहीं होने का, कुछ कार्य होना चाहिए। उन्होंने सभा में, जो 1909 की 19 सितम्बर को हुई थी, एक जलती हुई लालटेन की गरम चिमनी पर हाथ रख दिया और तब तक हाथ रखे रहे जब तक कि वह हिस्सा जलकर कोयला नहीं हो गया। दो अन्य युवक कृष्णजी केशव कर्वे और विनायक देशपांडे इसके लिए तैयार हुए। यह निश्चित हुआ कि जैक्सन साहब पर उस समय हमला किया जाए, जबकि उनके सम्मान में 21 दिसम्बर को एक समारोह हो रहा हो। जैक्सन की बदली हो गई थी और इस उपलक्ष्य में विदाई में एक प्रेक्षागृह में समारोह होनेवाला था। उन दिनों शारदा नामक नाटक की बड़ी धूम थी, जिसे किरलोस्कर ड्रामा कम्पनी खेला करती थी। इस उपलक्ष्य में वह नाटक भी खेला जानेवाला था।

जैक्सन कुछ देर से आए, इससे छिपे हुए क्रान्तिकारी बेचैन हो रहे थे कि कही ऐसा न हो कि वह आएं ही नहीं। जैक्सन साढ़े नौ बजे रात को पहुंचे। उनके साथ वार्लो नाम का एक अंग्रेज़ तथा दो मेमें भी थीं। अनन्त कन्हेरे ने अच्छी तरह

पहचान लिया कि यही वह व्यक्ति है, जिसने न्याय के आसन को कलंकित कर केवल कविताओं के लिए कालेपानी की सज़ा दी है। फिर उन्होंने एक के बाद एक उन पर सात गोलियां चलाईं। जैक्सन वहीं पर गिर पड़े। कन्हेरे पकड़ लिए गए। यथासमय मुकदमा चला। उसमें अनन्त कन्हेरे ने बयान देते हुए कहा : "मैंने जो कुछ किया, अपने कर्तव्य के रूप में किया। गणेश दामोदर सावरकर को ब्रिटिश शासन में कालेपानी की सज़ा मिली, जबकि एक अंग्रेज़ इंजीनियर मिस्टर विलियम को, जिसने एक भारतीय बैलगाड़ीवाले को जान से मार डाला, पुरस्कृत किया गया, तो यह है वह शासन। इसीलिए मैंने जैक्सन को मारा। मैं भागना नहीं चाहता था।"

पुलिस अनन्त कन्हेरे को सज़ा देकर ही सन्तुष्ट नहीं हुई। गणुवैद्य नामक एक व्यक्ति मुखबिर बन गया और सैंतीस युवकों पर मुकदमा चला। कृष्णजी पत कर्वे, विनायक देशपांडे और अनन्त कन्हेरे को फांसी की सज़ा दी गई। 1910 की 19 अप्रैल को इन तीनों व्यक्तियों को फांसी दे दी गई।

इन दिनों की घटनाओं का विनायक सावरकर पर बहुत भारी असर पड़ा। और उन्होंने इस समय के विषय में लिखा : "मैं बहुत ही परेशान था, क्योंकि मेरे मित्रों और साथियों को सजाए हो रही थीं और उनको अमानुषिक यातनाएं दी जा रही थीं। मैं अपने से कहा करता था–मेरे भाई, मेरे मित्र सब जेलों में सड़ रहे हैं और मैं यहां पेरिस के बागों में चहलकदमी कर रहा हूं। क्या यह भी कोई जीवन है? हरदयाल मुझे तसल्ली दिया करते थे और कहा करते थे–नहीं, तुम यहीं रहो, नहीं तो सारा सत्यानाश हो जाएगा। पर मैंने कहा-नहीं, ऐसा नहीं हो सकता, मुझे अपने बन्धुओं और साथियों में पहुंचना चाहिए। तदनुसार मैं पेरिस से रवाना हो गया। स्टेशन पर दो दुखी चेहरे दिखाई दे रहे थे। एक तो हरदयाल का चेहरा था और दूसरा मादाम कामा का। मैं पेरिस से इंग्लैंड पहुंचा और जाते ही गिरफ्तार हो गया।"

विनायक सावरकर के विरुद्ध लन्दन में कोई मुदकमा नहीं चल सकता था, क्योंकि कोई गवाही नहीं थी। दूसरे, वहां की अदालतें भारत की तरह सम्पूर्ण रूप से पुलिस के अधीन नहीं थीं। इसलिए ब्रिटिश सरकार ने नासिक षड्यन्त्र में सावरकर को फंसाना चाहा। तदनुसार उन्हें जहाज पर चढ़ाकर ले आया जाने लगा।

जब जहाज फ्रांस के मारसेई के बड़े बन्दरगाह में पहुंचा, तो सावरकर

पाखाने में गए और वहां से कूदकर समुद्र में पहुंच गए और फिर आधा मील तैरकर मारसेई में फ्रेंच भूमि में पहुंच गए। थोड़ी देर में ब्रिटिश अफसरों को पता लग गया कि वे भाग चुके हैं और वे उनके पीछे पहुंच गए। सावरकर के पास एक भी पैसा नहीं था कि वे किसी सवारी पर भागते। पर एक फ्रेंच सिपाही मिल गया और सावरकर ने उससे कहा–मैं आश्रय चाहता हूं।

इतने में ब्रिटिश अफसर पहुंच गए और उन्होंने कहा कि यह भागा हुआ चोर है। तब सावरकर ने बताया–मैं चोर नहीं हूं और हूं भी तो तुम मुझे इन लोगों के हाथ नहीं सौंप सकते। मुझे फ्रेंच अदालत में ले चलो।

पर पुलिस का सिपाही उतने सारे अंग्रज़ों के रोब में आ गया और उसने सावरकर को अंग्रेज़ अफसरों के हवाले कर दिया।

इसके बाद तो सावरकर में त्याग और तपस्या का वह जीवन शुरू हुआ जो वर्षों चलता रहा। जब सावरकर नासिक षड्यन्त्र में लाए गए, तो उन्होंने यह कहा कि अन्तर्राष्ट्रीय कानून के अनुसार इस अदालत का मुझ पर कोई क्षेत्राधिकार नहीं, इसलिए मैं इस गैरकानूनी कार्यवाही में हिस्सा नहीं लेता।

सावरकर को आजन्म कालेपानी की सज़ा दी गई। सावरकर का मामला हेग की अन्तर्राष्ट्रीय अदालत में गया। वहां अदालत ने यह मानते हुए कि अंग्रेज़ अफसरों को फ्रेंच भूमि पर से किसी को गिरफ्तार करने का कोई हक नहीं था, यह अजीब फैसला दिया–यदि अभियुक्त फ्रेंच भूमि पर था तो यह निश्चित है कि अंग्रज़ों को उसे गिरफ्तार करने का अधिकार नहीं था, पर कानून की अज्ञता के कारण फ्रेंच सिपाही ने उसे अंग्रज़ों के हाथ सौंप दिया तो अब यह भी उचित न होगा कि ब्रिटिश सरकार को इसके लिए मजबूर किया जाए कि वह कैदी को फ्रेंच सरकार के हाथों में सौंप दे।

इस प्रकार अन्तर्राष्ट्रीय अदालत में भी न्याय का गला घोंटा गया और सावरकर के साथ न्याय नहीं हुआ। आखिर इन अन्तर्राष्ट्रीय अदालतों में भी साम्राज्यवादियों का ज़ोर था और वह ऐसा फैसला किस प्रकार दे सकती थी, जिससे साम्राज्यवाद की जड़ ही हिल जाए। यदि अन्तर्राष्ट्रीय अदालत के फैसले के कारण ब्रिटिश सरकार सावरकर को छोड़ देती, तो यह न केवल ब्रिटिश सरकार की हार होती बल्कि संसार के सारे साम्राज्यवादियों की हार होती।

विनायक सावरकर को 1911 की 22 मार्च को सज़ा सुनाई गई और उसके

बाद वे अन्दमन भेज दिए गए। कहा जाता है कि अब सावरकर को लोगों ने यह कहकर तसल्ली करानी चाही कि पचास साल का कालापानी बहुत लम्बी सज़ा है, तो सावरकर ने कहा था–क्या ब्रिटिश शासन पचास साल रहने जा रहा है?

सावरकर का जेल-जीवन बहुत ही कष्टकर रहा। इतने बड़े विद्वान और लेखक को जेल के सभी कठिन काम करने पड़े। कई राजनीतिक कैदी उनके सामने आए, मर गए और पागल हो गए, पर सावरकर सही-सलामत बने रहे।

उन्होंने जेल से छूटकर मराठी में अपनी आत्मकथा लिखी है, जिसका हिन्दी में अनुवाद भी हुआ है। कुछ हिस्से का अनुवाद 'क्रान्तिकारी आन्दोलन का इतिहास' में उद्धृत है। सावरकर के विचार शिवाजी के युग के विचार रहे। वे उससे आगे नहीं बढ़ सके। क्रान्तिकारी आन्दोलन का विकास होता गया और आगे के क्रान्तिकारी धार्मिक मतवाद को छोड़कर रूसी ढंग से समाजवादी विचारों की ओर बढ़े, पर सावरकर जहां थे वहीं डटे रहे। अवश्य यह नहीं कहा जा सकता कि सावरकर के विचार बिल्कुल ही दकियानूसी और युग-विरोधी हैं। मुस्लिम लीगी विचारधारा के मुकाबले में सावरकर की विचारधारा अच्छी तरह समझ में आती है। लीग तो अपने प्रतिक्रियावादी विचारों की बदौलत पाकिस्तान बना ले गई और इस समय जबकि यह लिखा जा रहा है, कश्मीर हड़पने को तैयार है, यह सबकुछ हुआ। संसार का भविष्य किस तरफ जा रहा है और संसार का कल्याण किस तरफ है, यह प्रकट है। धर्मनिरपेक्ष राष्ट्र ही वर्तमान समय का आदर्श हो सकता है, यद्यपि यह भी उस राष्ट्र के मुकाबले में पिछड़ा हुआ है जिसमें लोग वैज्ञानिक विचारों के होंगे और धर्म का, जो एक पिछड़ी हुई विचारधारा पर आधारित गुटबन्दी है, कोई अस्तित्व ही नहीं होगा। कोई भी धर्म हो, उसका कार्य इस युग में जनता को अफीम के रूप में नशा देने का है। इस दृष्टि से देखा जाए तो सावरकर के विचार अब भी वही हैं जो पचास साल पहले थे, सरदार भगतसिंह आदि पूर्ण विकसित क्रान्तिकारियों के मुकाबले में त्याज्य और पिछड़े हुए हैं। पाकिस्तान का उत्तर हिन्दू पाकिस्तान बनाना नहीं है, बल्कि सारे पाकिस्तानों को तोड़कर जनता की आंखों पर से कट्टरता और कठमुल्लापन की पट्टी को हटाकर धर्मनिरपेक्ष और उससे भी आगे चलकर समाजवादी राष्ट्र बनाने का है।

वानीकुमार घोष

जिसे हम क्रान्तिकारी आन्दोलन कहते हैं उसका प्रारम्भ, कम-से-कम क्रियात्मक प्रारम्भ, महाराष्ट्र में हुआ और लोकमान्य तिलक तथा सावरकर बन्धु की अनुप्रेरणा से वह आन्दोलन चला, पर बाद को चलकर जैसा कि हमने 'क्रान्तिकारी आन्दोलन का इतिहास में विस्तार के साथ दिखलाया है, क्रान्तिकारी आन्दोलन का रंगमंच बंगाल हो गया। अरविन्द घोष और वारीन्द्र घोष इस आन्दोलन के नेता हुए और यहां भी आन्दोलन धर्म की ज़मीन पर पुष्ट हुआ। वारीन्द्रकुमार घोष बंगाल के इस आन्दोलन के नेता बने। नेता आन्दोलन की सृष्टि नहीं करते हैं, बल्कि आन्दोलन नेता की सृष्टि करते हैं, यानी परिस्थितियों में ही नेता उत्पन्न करने की शक्ति होती है, यह वारीन्द्रकुमार घोष की जीवनी से अच्छी तरह प्रमाणित होता है। कैसे, यह बाद में बताया गया है।

अरविन्द और वारीन्द्र बड़े बाप के बेटे थे। उनके पिता डा. कृष्णधन घोष एक बड़े डाक्टर थे, जो ब्रिटिश सरकार की सेवा में थे। मज़े की बात यह है कि डा. घोष उन लोगों में थे, जो समझते थे कि भारत का कल्याण इसी में है कि भारतीय अंग्रेज़, अंग्रेज़ी और अंग्रेज़ियत उनके लिए एकमात्र लक्ष्य था, यहां तक कि उन्होंने यह चाहा कि उनके बेटे भारतीय न बनें, बिल्कुल अंग्रेज़ बनें।

अरविन्द घोष विलायत में ही रहे और वहीं पढ़े। वे आई.सी.एस. बनाए जा रहे थे, पर बाकी विषयों में अधिक-से-अधिक नम्बर पाने पर भी घुड़सवारी में उनको पूरे नम्बर नहीं मिले। इसलिए वे आई.सी.एस. हो नहीं पाए। वारीन्द्र घोष जब मां के गर्भ में ही थे, तब उनकी मां इंग्लैंड भेज दी गईं, ताकि उनका जन्म एक अंग्रेज़ के रूप में हो और उन्हें अंग्रेज़ी राष्ट्रीयता प्राप्त हो।

डा. कृष्णधन घोष जो चाहते थे, वह तो बताया जा चुका है, पर हुआ यह कि अरविन्द घोष, यद्यपि वे अपनी मातृभाषा भी नहीं जानते थे, भारतीय धर्म और संस्कृति के बहुत बड़े प्रतिपादक और व्याख्याता बने; और वारीन्द्रकुमार घोष क्रान्तिकारी आन्दोलन के नेता बने।

कहते हैं, 1930 में ही वारीन्द्र चाहते थे कि बंगाल में एक क्रान्तिकारी दल बने। पर वे निराश होकर लौट गए। बंगाल के दौरे से मालूम हुआ कि युवक अभी तैयार नहीं हैं। अभी लोगों को वह मानसिक धक्का नहीं लगा था, जिसके बिना कोई क्रान्तिकारी नहीं हो सकता। लार्ड कर्ज़न ने बंगाल को दो टुकड़ों में बांटने की सोची, जिससे बंगालियों में बड़ा जोश फैला, बल्कि यहीं से क्रान्तिकारी आन्दोलन की नींव पड़ी और ज़मीन उस बीज के लिए तैयार हो गई जिसे वारीन्द्रकुमार घोष ने एक बार बिखेरा था, पर वह बेकार और बांझ साबित हुआ था।

बंग-भंग होकर रहा, यद्यपि इसका पहले से ही विरोध हो रहा था। वारीन्द्रकुमार ने अब युवकों को एकत्र करना शुरू किया। उन्होंने मानिकतला बागान में किराये पर एक मकान लिया। प्रचार-कार्य के लिए 'युगान्तर' नाम से एक अखबार निकाला गया। इसके सम्पादक स्वामी विवेकानन्द के छोटे भाई भूपेन्द्रनाथ दत्त हुए और यह इतना जनप्रिय हुआ कि 1908 में इसकी बिक्री बीस हजार प्रतियों तक पहुंच गई थी। इस पत्र में कर्मयोग की आड़ में क्रान्ति का प्रचार हो रहा था।

इसी दल के हेमचन्द्र दास बम बनाना सीखने के लिए अपना सर्वस्व बेचकर 1906 में पेरिस गए थे। वहां सावरकर के 'अभिनव भारत' क्रान्तिकारी दल के साथ और कहा जाता है कि रूसी क्रान्तिकारियों के साथ उनका सम्पर्क हुआ और अन्त तक वे बम बनाना सीखकर देश में लौटे।

दूर-दूर तक दल की शाखाएं फैल गई थीं। वारीन्द्रकुमार घोष के दल के अतिरिक्त बंगाल में एक दूसरा दल भी काम कर रहा था, जिसका नाम था अनुशीलन समिति। ये दोनों दल बंगाल के युवकों को क्रान्तिकारी बना रहे थे और क्रान्तिकारी विचारों का ज़ोरों से प्रचार हो रहा था। पहले बंगाली युवकों के सामने इतना-भर उद्देश्य था कि बंगाल के दो टुकड़े मिला दिए जाएं, पर जल्दी ही यह उद्देश्य छोड़ दिया गया और अब लक्ष्य रखा 'स्वराज्य'। इसके लिए स्वदेशी का व्रत लिया गया और चरखा-करघा का प्रचार होने लगा। लोगों से कहा गया कि वे सरकारी अदालत में न जाएं और सरकारी स्कूलों में न पढ़ें। इस प्रकार गांधीजी का असहयोग का पूरा नक्शा स्वदेशी आन्दोलन के युग में ही आ चुका था। इस सम्बन्ध में मैंने 'राष्ट्रीय आन्दोलन का इतिहास' में पूरा ब्यौरा दिया है। यहां इतना ही बताना यथेष्ट है कि स्वदेशी आन्दोलन भारत का प्रथम जन-

आन्दोलन था और उसमें असहयोग तथा सत्याग्रह की सारी बातें आ गई थीं।

पर वारीन्द्रकुमार घोष के साथ ही और अनुशीलन के लोग स्वदेशी तक ही रुकनेवाले नहीं थे। वे अस्त्र-शस्त्र एकत्र कर रहे थे और बम बना रहे थे। 1907 के अक्टूबर में क्रान्तिकारियों ने यह तय किया कि बंगाल में अंग्रेज़ गवर्नर की गाड़ी पर बम फेंका जाए। पर बम फटने से रह गया। इसी प्रकार दिसम्बर में फिर हमला हुआ, वह भी खाली गया। पर जब तीसरी बार हमला हुआ, तो गवर्नर तो बच गए, पर विस्फोट हुआ, पटरी उखड़ गई और कई फुट गहरा गड्ढा हो गया।

चारों तरफ बड़े ज़ोर से काम हो रहा था और साथ ही सरकार का दमनचक्र तेज़ी से चल रहा था। छोटी-छोटी बातों पर लोगों को सज़ाएं दी जाती थीं। 'वन्दे मातरम' कहने पर मारपीट की जाती थी और सज़ा दी जाती थी। सज़ा देने के मामले में किंग्सफोर्ड नामक एक अंग्रेज़ अफसर बहुत कुख्यात हो चुका था। उसके सामने जो भी देशभक्त भेजा जाता था, उसे बहुत कड़ी सज़ा दी जाती थी। क्रान्तिकारी इस ताक में थे कि किसी तरह किंग्सफोर्ड साहब का खातमा कर दिया जाए। वे सबको सज़ा देते थे, ज़रा उनको भी तो सज़ा का मज़ा मिल जाए।

तदनुसार खुदीराम बोस और प्रफुल्ल चाकी दो युवक वारीन्द्र के दल की ओर से नियुक्त हुए कि वे किंग्सफोर्ड साहब का काम तमाम कर दें। इस बीच किंग्सफोर्ड साहब का तबादला मुज़फ्फरपुर में हो गया था, अतएव अब वे दोनों युवक रिवाल्वर और बम लेकर मुज़फ्फपुर पहुंचे। उन दिनों सफर इतना आसान नहीं था, इसलिए दोनों युवक बड़े कष्ट से मुज़फ्फरपुर पहुंचे, जहां उन्हें जाननेवाला कोई नहीं था।

कोई जाननेवाला न होना एक तरह से अच्छा भी होता है और दूसरी तरह से बुरा भी। एक नई जगह पर जाकर यह पता लगाना कि फलाना अफसर कहां रहता है, बहुत मुश्किल काम है। फिर इन युवकों को सब गोरे एक-से दिखाई देते थे। किसी तरह इन लोगों ने किंग्सफोर्ड का पता लगा लिया और यह भी पता लगा लिया कि वह कैसी गाड़ी में कब निकलता है। एक दिन वही गाड़ी ठीक समय निकली तो इन युवकों ने उस पर बम डाल दिया। बड़े ज़ोर का विस्फोट हुआ, पर दुर्भाग्य से उस दिन गाड़ी में किंग्सफोर्ड नहीं था, बल्कि कनेडी परिवार की दो

महिलाएं थीं जो बम से मारी गईं। यह बहुत बड़ा दुर्भाग्य रहा, पर सबको मालूम हो गया कि युवक किसे मारना चाहते

दोनों युवक बम डालकर भागे। प्रफुल्ल चाकी अलग भागे और खुदीराम अलग। प्रफुल्ल चाकी ऐसे फंस गए कि उन्होंने गिरफ्तार होने की बजाय अपने तमंचे से आत्महत्या कर ली। खुदीराम बोस भागते-भागते थक गए। वे 1908 की पहली मई को गिरफ्तार हो गए। कई महीनों तक मुकदमा चला और अन्त में खुदीराम को फांसी की सज़ा हुई। 1908 की 11 अगस्त को उन्हें फांसी दे दी गई। खुदीराम ने अपने बयान में बता दिया था कि मुझे कनेडी परिवार की स्त्रियों के मरने पर बहुत दुख है, मैं किंग्सफोर्ड को सज़ा देना चाहता था।

खुदीराम ने गीता हाथ में लेकर फांसी की रस्सी का आलिंगन किया। फांसी पर चढ़ते समय उनके चेहरे पर सन्तोष की हंसी खेल रही थी। उनकी लाश उनके वकील कालिदास मुकर्जी को दे दी गई थी और उन्होंने ही उसे जलाया। उस अवसर पर हज़ारों लोग उपस्थित थे और उनकी भस्मी हज़ारों परिवारों में बंट गई। लोगों ने उससे गंडा-तावीज़ें बनवाईं और बच्चों के गले में बांधी गईं। सैकड़ों कविताएं बनीं जिनमें से कई कविताएं हर बंगाली की ज़बान पर चढ़ गईं। खुदीराम की शहादत ने एक बार बंगाल को झकझोरकर रख दिया। लोग इस फांसी से डरे नहीं, बल्कि सैकड़ों युवक यह चाहने लगे कि हाय, मुझे भी फांसी हो जाती तो अच्छा रहता। इस प्रकार शहीद के खून ने हिना की तरह पिसकर रंग दिखलाया।

खुदीराम द्वारा किए गए आक्रमण के कारण बंगाल पुलिस सचेत हो गई। थोड़े ही दिनों के अन्दर वारीन्द्रकुमार घोष और उनके बड़े भाई अरविन्द घोष के साथ-साथ उपेन्द्रनाथ बनर्जी, उल्लासकर दत्त, इन्द्रभूषण राय, कन्हाईलाल दत्त, हेमचन्द्र दास आदि गिरफ्तार हो गए। इन लोगों पर ब्रिटिश सरकार के विरुद्ध षड्यन्त्र करने और उसे उलटने का अभियोग लगाया गया। सरकार की ओर से उस युग के प्रसिद्ध बैरिस्टर नार्टन साहब नियुक्त हुए। चित्तरंजनदास, जो बाद को चलकर देशबन्धु चित्तरंजनदास कहलाए, अरविन्द घोष की तरफ से पैरवी करने लगे।

वारीन्द्रकुमार घोष तथा उनके साथियों ने जब देखा कि लगभग सभी मुख्य

क्रान्तिकारी गिरफ्तार हो चुके हैं और अब पुलिस व्यर्थ में लोगों को सता रही है, तो निर्णय किया गया कि किसी नए आदमी को बिना फंसाए सारी बात खोलकर अदालत के सामने रख दी जाए। ऐसा करने में उनका उद्देश्य केवल यह था कि दूसरे निर्दोष लोगों पर दमनचक्र जारी न हो।

वारीन्द्रकुमार ने अपने बयान में यह स्पष्ट कर दिया कि उनका उद्देश्य राष्ट्रीय मिशनरी की तरह भारतीय स्वतन्त्रता-आन्दोलन का प्रचार करना था। इस उद्देश्य से उन्होंने अखाड़े स्थापित किए, जहां लोगों को स्वास्थ्य बनाने के साथ-साथ स्वतन्त्रता के लिए भी शिक्षा दी जाती थी। इसी उद्देश्य में 'युगान्तर' निकाला गया और युवकों को क्रान्तिकारी दल में भर्ती करना शुरू किया। इसी उद्देश्य से हेमचन्द्र दास पेरिस भेजे गए। अन्त में वारीन्द्रकुमार ने अपने बयान में कहा–"हम कभी यह नहीं समुझे कि राजनीतिक हत्याओं से आज़ादी मिल जाएगी। हम हत्याएं केवल इसलिए करते हैं क्योंकि हम समझते हैं कि जनता को इसकी आवश्यकता है।"

इसी प्रकार उपेन्द्रनाथ बनर्जी तथा अन्य साथियों ने भी साहसपूर्ण बयान दिए। क्रान्तिकारियों में नरेन्द्र गोस्वामी नामक एक युवक मुखबिर हो गया और उसने बयान दे दिया था। इसी बयान में उसने बहुत-से लोगों को फंसाया था। यों तो सभी अभियुक्त नरेन्द्र गोस्वामी से नाराज़ थे, पर कन्हाईलाल दत्त ने यह तय किया कि नरेन्द्र गोस्वामी को इसकी सज़ा दी जाए। पर यह कार्य बहुत कठिन था। नरेन्द्र गोस्वामी को जेल में औरों से अलग बन्द रखा जाता था। उस पर विशेष पहरा भी रहता था। इसके अलावा कन्हाईलाल उसे मारते तो कैसे मारते? पर कन्हाईलाल इससे हतोत्साह होनेवाले नहीं थे। उन्होंने जेल के बाहर से कटहल के अन्दर पिस्तौल मंगाई और मौका निकालकर सत्येन्द्र चाकी के साथ मिलकर नरेन्द्र गोस्वामी पर हमला किया। नरेन्द्र गोस्वामी को सरकार से माफी मिल चुकी थी, पर कन्हाईलाल और सत्येन्द्र चाकी ने कुछ और ही निश्चय किया और वही निश्चय सफल हुआ। सत्येन्द्र बीमारी बनाकर अस्पताल की कोठरी में पहुंचे, क्योंकि नरेन्द्र गोस्वामी वहीं कोठरी में बन्द था। इसी प्रकार कन्हाई ने भी नरेन्द्र गोस्वामी को यह खबर भेजी कि मैं भी मुखबिर बनना चाहता हूं।

जो कुछ भी हो, एक दिन धांय-धांय हुई और सरकार से माफी पाए हुए नरेन्द्र गोस्वामी की लाश जेल की ज़मीन पर लोटने लगी। कन्हाईलाल और

सत्येन्द्र पर मुकदमा चला और उन्हें फांसी की सज़ा हुई। 1908 के 10 नवम्बर में उन्हें फांसी दे दी गई। जब कन्हाई की लाश को चिता पर रखा गया, तो वहां बहुत बड़ी भीड़ इकट्ठी थी और सारी राख लूट ली गई। हज़ारों लोग रो पड़े थे। इसका पूरा ब्यौरा बहुत ही मर्मस्पर्शी है (क्रान्तिकारी आन्दोलन का इतिहास, पृष्ठ 54)

कन्हाईलाल और खुदीराम पर सैकड़ों कविताएं लिखी गईं और उनका बड़े ज़ोर-शोर से प्रचार हुआ। ये कविताएं हर ज़ुबान पर चढ़ गईं। यह कहा जा सकता है कि ये दोनों युवक अपनी वीरता के कारण बंगाल की चेतना के सबसे भीतरी स्तर में प्रविष्ट हो गए, यहां तक प्रविष्ट हो गए कि जब बाद को चलकर गांधीजी का आन्दोलन चला तो सबसे अधिक संख्या में बंगाल के लोग उसमें कूद पड़े। फिर भी गांधीवाद कभी बंगाली युवकों के मन में एक क्षण के लिए भी उतर न सका, वह सतही तौर पर बना रहा। यद्यपि जहां तक जेल जानेवालों के आंकड़ों का सम्बन्ध है, गांधीजी के आन्दोलनों में बंगाल से ही सबसे अधिक लोग जेलों में गए। यह एक बहुत बड़ी बात है, जिसे साधारण इतिहासकार समझ नहीं पाते।

वारीन्द्रकुमार घोष, उपेन्द्र बनर्जी आदि सबको आजन्म कालेपानी की सज़ा हुई और वे कालेपानी भेजे गए। वहां पर उन्हें बहुत यातनाएं दी गईं, जिसका ब्यौरा वारीन्द्रकुमार, उपेन्द्र बनर्जी तथा उल्लासकर ने लिखा है। ये पुस्तकें उन्हीं दिनों प्रकाशित हुईं, जब प्रथम असहयोग आन्दोलन चल रहा था और उनका बहुत बड़ा असर पड़ा। उपेन्द्र बनर्जी की लिखी हुई जेल-कहानी का साहित्यिक स्तर इतना ऊंचा माना गया है कि उनकी गिनती उच्चकोटि के साहित्य में की जाती है।

अरविन्द घोष भी इस मुकदमे में फंसे थे, पर वे छोड़ दिए गए। तब वे पांडिचेरी में आध्यात्मिक साधना करने लगे। इसमें कोई आश्चर्य की बात नहीं है कि अरविन्द क्रान्तिकारी आन्दोलन को सफल न होते देखकर आध्यात्मिक साधना में जुट गए। उस ज़माने के सभी क्रान्तिकारी आध्यात्मिक विचारों के थे। इसमें सन्देह नहीं कि अरविन्द बहुत बड़े विद्वान थे और लेखक के रूप में भी उनका स्थान बहुत ऊंचा है। कुछ लोग तो उन्हें बहुत बड़ा कवि भी मानते हैं। ऐसा माननेवालों में सुमित्रानन्दन पन्त भी हैं। पर क्रान्तिकारियों में से कुछ ने अरविन्द के विशुद्ध अध्यात्मवादी बन जाने की घटना को कभी

क्रान्ति के साथ नहीं लिया। उनका कहना था कि सामयिक रूप से क्रान्तिकारी आन्दोलन का भट्ठा भले ही बैठ गया हो, पर यदि अरविन्द जैसे प्रतिभाशाली व्यक्ति देश के कार्य में लगते, तो अवश्य ही कुछ-न-कुछ होता। सत्य इतना है कि अरविन्द जो छूटे, तो फिर उन्होंने राजनीति का नाम नहीं लिया, यद्यपि बार-बार भारतीय जनता की यह मांग होती रही कि अरविन्द भी कार्य-क्षेत्र में उतरें।

जो कुछ भी हो, इसमें कोई सन्देह नहीं कि वारीन्द्रकुमार घोष के दल ने न केवल बंगाल पर बल्कि भारत पर स्थायी छाप छोड़ी। वर्षों तक क्रान्तिकारी युवक उन देशद्रोहियों का पीछा करते रहे जिन्होंने खुदीराम, कन्हाईलाल आदि को पकड़ा-पकड़ाया था।

रासबिहारी बोस

जिन दिनों लाला हरदयाल उत्तर भारत में काम कर रहे थे, उन्हीं दिनों रासबिहारी बोस भी उत्तर भारत में काम करने के लिए आए। उनके पिता विनोदबिहारी बोस पटना के सरकारी छापेखाने में एक लिपिक थे। कहा जाता है कि रासबिहारी जब क्रान्तिकारी विचारों की ओर बढ़े, तो वे फौज में भर्ती होना चाहते थे। पर उन दिनों बंगालियों के लिए फौज में भर्ती होना सम्भव नहीं था, इस कारण उन्हें उसकी आशा छोड़ देनी पड़ी और वे देहरादून की जंगल-शोध संस्था में लिपिक लग गए।

लिपिक लगने के बाद उनको खयाल आया कि यदि लिपिक ही रह गया, तो क्रान्ति का स्वप्न तो अधूरा ही रह जाएगा, इसलिए वे अब दूसरी तरफ देखने लगे। उन्होंने जल्दी ही अपने साथ कुछ नौजवान कर लिए और फिर षड्यन्त्र चलने लगा। सबसे पहले यह समझा गया कि क्रान्तिकारी साहित्य तैयार करना चाहिए। तदनुसार 'लिबर्टी' नाम से एक के बाद एक कई पर्चे

निकाले गए। ये पर्चे केवल जनता में ही नहीं फौजों में भी बांटे जाते थे। रासबिहारी एक बहुत अच्छे संगठनकर्ता थे, और जल्दी ही उन्होंने छोटे-छोटे गुटों में काम करनेवाले दूसरे क्रान्तिकारियों को अपने साथ कर लिया। इन गुटों में सबसे महत्त्वपूर्ण गुट मास्टर अमीरचन्द और लाला हनुमन्त सहाय का था। लाला हनुमन्त सहाय की गिनती दिल्ली के रईसों में थी और उन्होंने तन-मन-धन सब क्रान्ति के सुपुर्द कर दिया। देशभक्ति के जोश में उन्होंने अपनी बहुत अच्छी चलती हुई बजाजे की दुकान बन्द कर दी, क्योंकि उसमें विदेशी कपड़े बेचे जाते थे।

मास्टर अमीरचन्द कैम्ब्रिज मिशन हाई स्कूल के शिक्षक थे। वे उर्दू और अंग्रेज़ी के अच्छे ज्ञाता थे और लेख भी लिख लेते थे। कहते हैं, 'लिबर्टी' पर्चों में बहुत-से उन्हीं के द्वारा लिखे हुए थे। इन पर्चों में यह लिखा होता था कि 'गीता, वेद, कुरान सबका कहना यही है कि स्वतन्त्रता हमारा लक्ष्य होना चाहिए। और बिना स्वतन्त्रता के जीने का कोई अर्थ नहीं होता। कहते हैं, मास्टर अमीरचन्द बड़े मजाकिया थे और अपने ही मुंह से अपने को बन्दर मास्टर कहते थे, क्योंकि वे देखने में अच्छे नहीं थे। पर वे अपने को जो कुछ भी कहें, उन्हें जाननेवाले यह जानते थे कि वे बहुत पवित्र चरित्र के सच्चे आदमी है।

जब लाला हनुमन्त सहाय ने अपने घर में एक राष्ट्रीय स्कूल खोल दिया, तो उसमें मास्टर अमीरचन्द पढ़ाने लगे। इसके अलावा उसके साथ गणेसीलाल और अवधबिहारी नाम के भी युवक पढ़ाने लगे। अवधबिहारी अमीरचन्द के छात्र थे और उनसे लगभग बीस साल छोटे थे। वे पढ़ने-लिखने में बहुत अच्छे थे और बी.ए. में उन्हें स्वर्ण-पदक मिला था। मास्टर अमीरचन्द के कारण अवधबिहारी एक बहुत पक्के क्रान्तिकारी विचारों के युवक बन गए थे।

रासबिहारी का इन युवकों से परिचय हुआ तो वे बहुत खुश हुए, साथ ही काशी में उन्हें शचीन्द्रनाथ सान्याल नामक एक युवक से परिचय हुआ, जो बहुत ही आदर्शवादी थे और वहां नवयुवकों का एक व्यायाम क्लब चलाते थे। शचीन्द्रनाथ सान्याल के भी इर्द-गिर्द कई होनहार क्रान्तिकारी थे, जिनमें दामोदर स्वरूप सेठ, सुरेशचन्द्र भट्टाचार्य आदि थे।

काशी में एक बड़ा केन्द्र था और दूसरा केन्द्र दिल्ली में था। पंजाब में भी धीरे-धीरे केन्द्र कायम होते जा रहे थे। इन्हीं दिनों ब्रिटिश सरकार ने यह तय

किया कि राजधानी कलकत्ता से हटा दी जाए। ऐसा करने का मुख्य कारण यह था कि सरकार यह समझती थी कि बंगाल में राजधानी रखने में खतरा है, क्योंकि वहां क्रान्तिकारी आन्दोलन धीरे-धीरे ज़ोर पकड़ता जा रहा था। इसलिए यह सोचा गया था कि दिल्ली में राजधानी स्थापित की जाए। सम्राट जार्ज पंचम के आने पर 12 दिसम्बर, 1911 को एक दरबार हुआ जो दिल्ली दरबार के नाम से मशहूर है। इसमें भारत के सारे राजे-महाराजे, नवाब आदि बुलाए गए, ठाट-बाट का बोलबाला रहा और उसमें यह घोषणा की गई कि अब राजधानी दिल्ली में लाई जाती है। घोषणा तो उस मौके पर हुई, पर इसका बाकायदा समारोह 23 दिसम्बर 1912 को होनेवाला था। इस अवसर पर उस युग के बड़े लाटसाहब या वायसराय लार्ड हाडिज एक विराट शानदार जुलूस में चलनेवाले थे और उसके बाद से दिल्ली राजधानी होनेवाली थी। जुलूस चांदनी चौक के अन्दर से गुजर रहा था। लार्ड हार्डिज एक बहुत ही ऊंचे भव्य हाथी पर सवार थे, जिस पर बहुमूल्य हौदा लगा हुआ था और हाथी का सारा शरीर कीमती कामदार कपड़े से ढंका हुआ था। सम्राट के प्रतिनिधि का जुलूस जो ठहरा, ऐसे सम्राट का जिसके साम्राज्य में सूर्यास्त होता ही नहीं। दिल्ली महानगरी किसी-न-किसी रूप में सैकड़ों वर्षों से भारत की राजधानी रही। पाटलिपुत्र आदि नगर प्रान्तीय महत्त्व के नगर होकर रह गए, जबकि दिल्ली की शान बराबर बनी रही। अब दिल्ली की उस शान में कुछ इज़ाफा होने जा रहा था, क्योंकि अखिल भारत के ही नहीं, आस्ट्रेलिया, कनाडा और जाने कितने छोटे-मोटे देशों और टापुओं के सम्राट के प्रतिनिधि अब दिल्ली को राजधानी बनाकर उसे फिर महानगरियों की रानी बनानेवाले थे। फिर एक बार दिल्ली के यश का गौरव सारे संसार में फैलनेवाला था।

जुलूस बड़ी शान से बढ़ आया था। सम्राट और साम्राज्य की जय-जयकार हो रही थी। उस जुलूस में स्थान पाकर राजा-महाराजा-नवाब अपने को धन्य मान रहे थे। साधारण जनता उस विराट तमाशे की कुछ झलक पाने के लिए तोप की खुराक के रूप में मौजूद थी। यह सब शान इसलिए तो थी कि जनता पर प्रभाव पड़े, इतना प्रभाव पड़े कि वह कभी सिर उठाकर न देखे, उसकी कमर झुकी ही रहे। वह कभी उठ न पाए, इसी के लिए यह सारा षड्यन्त्र था।

दूसरी तरफ कुछ इने-गिने क्रान्तिकारी यह चाहते थे कि सारा समारोह व्यर्थ हो जाए और जनता पर जो असर सरकार अफीम के रूप में डालना चाहती थी, वह न पड़ पाए। इसीलिए जब जुलूस चांदनी चौक की ओर बढ़ रहा था, तो बड़े ज़ोर का धड़ाका हुआ और जब लोग कुछ संभल पाए, तो वे समझ गए कि सम्राट के परम श्रेष्ठ प्रतिनिधि पर बम पड़ा है। भयंकर बमचख और भगदड़ मच गई। सब लोग घबराए कि हाय यह क्या हो गया। अब तो बहुत भारी अत्याचार होगा। भारतीय प्रजा की यह दशा थी कि वह अत्याचार के डर से हर समय सिकुड़ी रहती थी। अब तक क्रान्तिकारियों ने छोटे-मोटे अफसरों पर ही हमला किया था, पर अबकी बार तो स्वयं वायसराय पर हमला था।

बाद को पता चला कि वायसराय तो सही-सलामत बच गए, पर उनके एक ए.डी.सी. मारे गए। लाखों रुपया खर्च करके ब्रिटिश सरकार ने जनता पर जो रोब डालना चाहा था, वह नष्ट हो गया। सारे साम्राज्य की पुलिस फौरन दौड़ने लगी। इसके बाद ही एक पर्चा भी बंटा कि भारत अब स्वतन्त्र होने को है। बहुत समय तक कुछ सुराग नहीं मिला कि यह सब कौन लोग कर रहे हैं, पर जब कलकत्ता के राजा बाज़ार में रासबिहारी को पकड़ने के लिए गए तो रासबिहारी लापता थे। फिर पुलिस को कुछ पत्र मिले। इनमें एक एम. एस. का नाम मिला। पता लगा कि एम.ए. माने दीनानाथ। बहुत-से दीनानाथ गिरफ्तार हुए। पहले तीन दीनानाथ ने तो कहा कि कुछ नहीं जानते, पर जब चौथे दीनानाथ पकड़े गए, तो वे रोने लगे और उन्होंने मुखबिर बनकर सारी बात खोलकर पुलिस के सामने रख दी। पता लगा कि इस षड्यन्त्र में कई आदमी हैं और वसन्तकुमार विश्वास और रासबिहारी बसु ने बम फेंकने में भाग लिया था। मास्टर अमीरचन्द तो दिल्ली के नेता थे ही, पर उन पर कोई सबूत नहीं बैठ रहा था। सिर्फ इतना ही सबूत बैठ रहा था कि वे लिबर्टी नामक पर्चे के लिखने में कुछ हिस्सा ले चुके थे। पर इससे सरकार का काम नहीं बनता था। इतने में एक ऐसी बात हुई जिसकी किसी को आशंका नहीं थी। मास्टर अमीरचन्द ने सुल्तानचन्द नामक एक नवयुवक को गोद ले रखा था। वह गवाह के रूप में सामने आ गया। जब वह युवक गवाह के रूप में अदालत में पेश किया गया, तो मास्टर अमीरचन्द भावुकता से रो पड़े। दीनानाथ और सुल्तान की गवाहियों के कारण अमीरचन्द, अवधबिहारी, भाई बालमुकन्द और वसन्तकुमार विश्वास को फांसी की सज़ा

दी गई और हनुमन्त सहाय, बलराज भल्ला को सात साल की कालेपानी की सज़ा हुई।

मास्टर अमीरचन्द तथा उनके साथियों ने फांसी की सज़ा बड़े साहस के साथ ली। फांसी की सज़ा सुनकर भाई बालमुकन्द ने कहा–मेरे पूर्वज भाई मतिदास ने धर्म और स्वतन्त्रता के लिए प्राण दिया था, मुझे भी यह सौभाग्य है कि मैं अपनी मातृभूमि के लिए प्राण देने जा रहा हूं।

भाई बालमुकन्द की पत्नी भी एक आदर्श प्रेमिका निकलीं। अभी साल-भर पहले ही शादी हुई थी। जब बालमुकन्द को फांसी लग गई, तो उन्होंने खाना-पीना छोड़ दिया और, डाक्टर पता नहीं इसके लिए क्या कहेंगे, वे भी मर गईं। शचीन्द्रनाथ सान्याल ने इस घटना को अपने बन्दी-जीवन में लिखा है : "बालमुकन्द की गृहिणी, तुम धन्य हो। ऐसी पत्नी के बिना ऐसा पति कैसे हो सकता है! हाय रे भारत का भाग्य, ऐसी पत्नी और ऐसे पति का बना रहना तेरे भाग्य में न था!"

रासबिहारी को कभी किसी ने दुखी नहीं देखा था, पर जब उन्होंने सुना कि चारों और साथियों को फांसी हो गई, तो वे रो पड़े। इन चारों में सभी बड़े बहादुर निकले। इन चारों में वसन्तकुमार विश्वास की उम्र सबसे कम थी। सबसे पहले उन्हें आजन्म कालेपानी की सज़ा हुई थी, पर अपील में बढ़कर सज़ा फांसी की हो गई। अवधबिहारी ने फांसी पर चढ़ने से पहले एक अंग्रेज़ अफसर के इस प्रश्न के उत्तर में कि तुम्हारी अन्तिम इच्छा क्या है, कहा था–मेरी अन्तिम इच्छा यह है कि ब्रिटिश राज्य का जल्दी अन्त हो।

इस पर उस अंग्रेज़ अफसर ने पूछा–इस कथन से तुम्हें इस समय क्या लाभ पहुंच रहा है? अपनी अन्तिम घड़ी में तुम शान्ति क्यों नहीं रखते?

इस पर अवधबिहारी ने कहा–इस समय मैं शान्त रहूं? शान्ति की बात भली चलाई। मैं बल्कि यह चाहता हूं कि चारों तरफ ज्वाला बनकर आग तुम्हें, तुम्हारे साम्राज्य को और हमारी गुलामी को जला दे और भारत का पुनर्जन्म हो।

रासबिहारी ने काशी केन्द्र का जो संगठन किया था, वह भी पुलिस के हमले के आगे ज़्यादा न टिक सका। धन की बहुत कमी थी और कोई भी संगठन बिना धन के नहीं हो सकता। शचीन्द्रनाथ सान्याल ने अपनी उक्त पुस्तक में लिखा है कि एक तरफ तो अपार धन-बल और जन-बल था, और दूसरी तरफ गरीब

क्रान्तिकारी दल था, इतना गरीब कि एक दिन रासबिहारी ने शचीन्द्रनाथ सान्याल आदि से कहा–मुझे अंग्रज़ों के हवाले करके साढ़े सात हज़ार रुपये वसूल कर लो। दल के साथ लोगों को सहानुभूति थी। वे उसे मदद भी करना चाहते थे, पर डरते थे।

फिर भी रामबिहारी निराश न होकर काम कर रहे थे। उनके साथ उस समय कोई-न-कोई रहता था। क्रान्तिकारी छावनियों में पहुंच रहे थे। ब्रिटिश फौजों में जो भारतीय थे, उनमें देशभक्ति थी और वे चाहते थे कि अंग्रज़ों से छुटकारा मिल जाए। पर साथ ही वे डरते थे। उन्हें यह विश्वास कैसे होता, कि ये कम उम्र के युवक, जो सम्पूर्ण रूप से साधनहीन हैं, किस प्रकार ब्रिटिश शासन का तख्ता उलट सकते हैं? फिर भी दल की ओर से करतारसिंह तथा अन्य क्रान्तिकारी भी छावनियों में जाते रहे। इस प्रकार छावनियों में जानेवाला एक महाराष्ट्रीय युवक पिंगले भी थे।

दिल्ली में भी फिर से संगठन होने लगा। पर लोग अभी डरे हुए थे और ऐसा लगा कि कम-से-कम कुछ दिनों तक संगठन नहीं हो सकता। यद्यपि रासबिहारी वर्षों तक भागे हुए रहे, पर अब लग रहा था कि सबसे बड़ी कमी यह है कि भारत में क्रान्तिकारियों के पास यथेष्ट अस्त्र-शस्त्र नहीं हैं। इसके लिए यूरोप से अस्त्र-शस्त्र मंगाना ज़रूरी था। रासबिहारी ने देखा कि लोगों में जोश है, पर अस्त्र-शस्त्र नहीं हैं। इसलिए यह निश्चय हुआ कि यदि नए सिरे से संगठन करना है तो अस्त्र-शस्त्र की ज़रूरत पड़ेगी। इसके लिए यह तय हुआ कि रासबिहारी विदेश जाएं। पहले तो वे राज़ी नहीं हुए, फिर उन्होंने कहा–अच्छी बात है, भारत के प्रत्येक युवक और युवती को सशस्त्र कर देना होगा, फिर उसके बाद देखेंगे कि अंग्रेज़ भारत पर किस प्रकार शासन करते हैं।

यह तय हुआ कि रासबिहारी विदेश जाकर यथेष्ट संख्या में मौजर-पिस्तौलें और गोलियां भेजेंगे और बाद को जब संगठन कुछ तैयार हो जाएगा तो वे लौट आएंगे। वे अप्रैल, 1915 को देश छोड़ने को तैयार हो गए। रासबिहारी ने जाते समय बड़े स्नेह से साथ शचीन्द्रनाथ सान्याल को कहा था–भाई, देश छोड़ते मुझे कितना कष्ट हो रहा है, यह तुमसे क्या कहूं। देखो, सावधानी से रहना। देश के काम को ठीक ढंग पर लाकर तुम भी मेरे पास चले आना।

रासबिहारी के साथ शचीन्द्रनाथ सान्याल की यही अन्तिम बातचीत थी। शचीन्द्रनाथ सान्याल पर भी गिरफ्तारी वारंट निकल चुका था, इसलिए वे बहुत कुछ बेकार हो चुके थे। सार्वजनिक कार्य में जो नेता जितना नामी होता है, वह उतना अधिक काम कर सकता है। पर गुप्त संगठन में कोई व्यक्ति नामी हुआ कि मारा गया। तिस पर वारंट निकल जाए तो और भी बेकार हो जाता है। इसलिए शचीन्द्रनाथ सान्याल चले जाते तो ठीक ही था, पर देश में अलग-अलग काम करनेवाले क्रान्तिकारी गुटों को मिलानेवाले शचीन्द्रनाथ सान्याल ही थे।

कुछ भी हो, रासबिहारी घूम-घामकर जापान पहुंचे। वहां वे अच्छे प्रसिद्ध हुए। जापानियों को अंग्रेज़ी पढ़ाते रहे, जापानी भाषा में लेख और पुस्तकें लिखते रहे और भारत के पक्ष में प्रचार-कार्य करते रहे। ब्रिटिश सरकार ने उन्हें जापान से पकड़कर मंगाने की चेष्टा भी की थी, पर कुछ जापानी अफसरों के कारण उन्हें ब्रिटिश पुलिस के हाथ नहीं सौंपा गया। रासबिहारी जापानी सरकार की प्रजा बन गए।

शचीन्द्रनाथ सान्याल उसी प्रकार से अपने केन्द्र के नेता थे, जैसे दिल्ली केन्द्र के नेता मास्टर अमीरचन्द थे। रासबिहारी के चले जाने के बाद शचीन्द्रनाथ सान्याल अपने अन्य कई साथियों के साथ गिरफ्तार हो गए और बनारस षड्यन्त्र नाम से एक मुकदमा चला। इस मुकदमे में शचीन्द्रनाथ सान्याल को कालेपानी की सज़ा मिली और वे अन्दमान भेज दिए गए। उन्होंने 'बन्दी जीवन' नामक पुस्तक में अपनी पूरी कहानी लिखी है, जिसका सार यह है कि प्रथम महायुद्ध में ब्रिटिश पक्ष की जीत हो जाने की खुशी में जो आम माफी हुई, उसमें वे अन्दमान से छोड़ दिए गए। इसके बाद वे किस तरह फिर क्रान्तिकारी आन्दोलन में पड़े और काकोरी षड्यन्त्र के नेता बने, यह बाद की बात है। उनका सारा परिवार देशभक्त रहा है। उनके भाई जितेन्द्र सान्याल, रवीन्द्र सान्याल तथा भूपेन्द्र सान्याल सभी क्रान्तिकारी आन्दोलन के कारण जेल में गए थे। इसी पर शचीन्द्रनाथ सान्याल ने बड़े गौरव के साथ अपने 'बन्दी जीवन' में लिखा था कि न मालूम कितने जन्मों की सुकृतियों का फल यह था कि मैंने ऐसी माता पाई थी जो हमें अनुप्रेरणा देती रहती थी। शचीन्द्रनाथ सान्याल की कहानी यहीं समाप्त होगी, इसलिए यह बता देना ज़रूरी है कि वे पहले खेवे के क्रान्तिकारियों की तरह धार्मिक विचारों के थे। वे इतने प्रकांड

विद्वान थे कि क्रान्तिकारी आन्दोलन में ही नहीं, राजनीतिक आन्दोलन में ऐसे थोड़े ही व्यक्ति थे। काकोरी षड्यन्त्र में उन्हें आजन्म कालेपानी की सज़ा हुई थी, पर बारह साल जेल में रहने के बाद सरकार ने उन्हें छोड़ दिया। लेकिन दूसरा महायुद्ध छिड़ने के बाद ही वे फिर गिरफ्तार कर लिए गए और देवली जेल में नजरबन्द रखे गए। वहां से वे तपेदिक की बीमारी से ग्रस्त होने के कारण बहुत बुरी हालत में पहले सुलतानपुर जेल में भेजे गए और जब वहां भी ठीक नहीं हुए तो छोड़ दिए गए और उनकी मृत्यु उसी रोग से हुई। जब उनकी मृत्यु हुई तो देश की अजीब हालत थी। सारे देशभक्त जेलों में बन्द थे, जिनकी संख्या पचास हजार के करीब थी। न किसी ने फूलमाला चढ़ाई और न कोई सभा हुई। इसी हालत में वे संसार से चले गए। पर 'बन्दी जीवन' में हम उनके धड़कते हृदय का स्पन्दन सुन सकते हैं और आशा है कि जब बहुत-से लोग, जो अखबारों की सुर्खियां बनाते हैं, मर और भुला दिए जाएंगे, तब उनका 'बन्दी जीवन' पढ़ा जाएगा, जिसमें न केवल उनका और रासबिहारी का दर्शन होता है, बल्कि कापले, पिंगले, करतारसिंह आदि कितने ही देशभक्तों के दर्शन होते हैं, जो किसी भी प्रकार किसी अन्य वीर या शहीद से घटकर नहीं थे।

जब रासबिहारी जापान में थे तो वे बैठे नहीं थे। अवश्य उन्होंने एक जापानी महिला से शादी कर ली और गृहस्थ जीवन बिताने लगे, पर वह आग जलती रही। मास्टर अमीरचन्द, अवधबिहारी, बालमुकन्द और विश्वास को शहीद हुए अनेक वर्ष हो गए, यहां तक कि शचीन्द्रनाथ सान्याल भी कालेपानी की सज़ा के बाद तपेदिक से मर रहे थे, पर रासबिहारी के हृदय में जो आग जल रही थी, उसे मौका तब मिला, जब जापान भी दूसरे महायुद्ध में शरीक हो गया।

रासबिहारी जून, 1915 में राजा पी.एन. टैगोर नाम से शंघाई में पहुंचकर वहां से जर्मन अस्त्र-शस्त्र भारत भेजना चाहते थे, पर यह कार्यक्रम सफल नहीं हो सका। इसलिए रासबिहारी टोकियो लौट गए, पर वहां भी उन्होंने देश में क्रान्ति करने का स्वप्न नहीं छोड़ा। जापान में उन्हें लाला लाजपतराय और हेरम्ब लाल गुप्त मिले। वे जापानी भाषा नहीं जानते थे और जापानियों में थोड़े ही लोग अंग्रेज़ी जानते थे; फिर भी उन्होंने जापान में एक शहर में एक सभा की और उसमें ब्रिटिश-विरोधी भाषण दिया। ब्रिटिश दूतावास को इसके सम्बन्ध में मालूम हुआ और उन्होंने पहचान लिया कि राजा पी.एन. टैगोर और कोई नहीं

रासबिहारी बसु हैं।

तब ब्रिटिश दूतावास ने यह ज़ोर डाला कि इन तीनों भारतीयों को जापान से निकालकर ब्रिटिश सरकार के हवाले कर दिया जाए। जब यह दबाव पड़ रहा था, तो लाला लाजपतराय अमरीका चले गए और हेरम्ब लाल और रासबिहारी बसु जापान में रह गए। थोड़े दिनों में हेरम्ब लाल ने भी जापान छोड़ दिया।

तब रासबिहारी अकेले रह गए, पर उन्हें अब जापानी सैनिक पुनरुत्थान के नेता मितसूई तोयामा का आश्रय मिला। तोयामा का प्रभाव सम्राट के प्रासाद से लेकर सारे जापान में फैला हुआ था। अब तोयामा और ब्रिटिश दूतावास में रस्साकशी हुई और इसमें जापानी सरकार ने तोयामा का पक्ष लिया। फिर भी रासबिहारी पर खतरा बना रहा, क्योंकि ब्रिटिश दूतावास के किराये के लोग रासबिहारी को जीवित या मृत पकड़कर चुपचाप बाहर भेज सकते थे। तोयामा ने ही रासबिहारी की भलाई के लिए जापान की रस्मों को तोड़कर उच्चकुल की एक जापानी तरुणी से उनकी शादी करा दी। रासबिहारी की सास श्रीमती सोमा बहुत शक्तिशाली महिला थीं और अब उनकी पत्नी तोसिको भी पूर्ण रूप से उनकी रक्षा करने लगी। तोयामा के संरक्षकत्व में इन दो महिलाओं की सहायता से ही रासबिहारी 1923 तक जापान में लगभग फरार बने रहे। ब्रिटिश दूतावास के षड्यन्त्रों से बचने के लिए उन्हें सत्रह बार जगह बदलनी पड़ी। जब उन्हें अन्ततोगत्वा जापानी नागरिकता प्राप्त हुई, तभी ब्रिटिश दूतावास ने खुल्लमखुल्ला षड्यन्त्र करना छोड़ दिया।

रासबिहारी अपने अज्ञातवास के दिनों में भी जापान के जनमत को भारतीय स्वतन्त्रता के पक्ष में शिक्षित करते रहे। पर पहले विश्व युद्ध में जापान अंग्रज़ों के पक्ष में था। इस नाते बहुत सफलता नहीं मिल सकी। अब वे जापान में ऐसा प्रचार-कार्य करने लगे कि अगले महायुद्ध में जापान भारतीय स्वतन्त्रता का समर्थन करे।

रासबिहारी ने जापानी भाषा सीख ली थी। इसी बीच चीन के डा. सनयात सेन भी जापान में आश्रय लेकर तोयामा की ही संरक्षकता में रहे। कई बार वे दोनों देशभक्त बैठकर एकसाथ अपने-अपने देश की स्वतन्त्रता का स्वप्न देखा करते थे। सनयात सेन के सामने भी वही प्रश्न थे जो रासबिहारी के सामने थे, पर रासबिहारी के सम्बन्ध में यह लिखा गया है कि उनके पास काफी साधन

हो गए थे और अब सनयात सेन को जापान से बीस हजार जापानी मुद्रा की सहायता दिलवाई। रासबिहारी ने तोकियो में एक होटल भी खुलवाया, जहां भारतीय इकट्ठे होते थे और वहां उन्हें भारतीय खाना मिलता था। उस युग के सभी भारतीय, जो जापान में थे या आते थे, रासबिहारी से किसी-न-किसी प्रकार की सहायता प्राप्त करते थे।

कवीन्द्र रवीन्द्र एक बार घूमते-घामते जापान पहुंचे, तो उन्होंने भी, रासबिहारी ने जापान में भारतीयों के पक्ष में जो कार्य किया था, उसकी प्रशंसा की। कवीन्द्र रासबिहारी के घर में गए और उनके परिवार तथा रिश्तेदारों के साथ बैठे, जिसका चित्र मौजूद है। इसके बाद जब कवीन्द्र भारत लौट गए, तो उन्हें मालूम हुआ कि हाल में भूकम्प में रासबिहारी का मकान भी क्षतिग्रस्त हुआ। इस पर उन्होंने सहायता के प्रतीक के रूप में छः सौ रुपये भेजे। केवल कवीन्द्र ही यह साहस कर सकते थे कि रासबिहारी की इस प्रकार सहायता करें, क्योंकि उस समय तक ब्रिटिश राज्य भारत में बहुत ज़ोर से तप रहा था। रासबिहारी ब्रिटिश आंखों में एक फरार ही थे।

रासबिहारी ने न्यू एशिया नाम से एक पत्र का प्रकाशन शुरू किया, जिसमें विशेषकर भारत पर लिखा जाता था। वे हर साल तोकियो में जलियांवाला दिवस मनाते थे। जापानी भाषा में भी वे बराबर लिखते रहे। उन्होंने जापानी भाषा में सोलह पुस्तकें लिखीं, जिनमें भारतीय स्वतन्त्रता, संस्कृति, लोककथा, रामायण, भगवद्गीता और रवीन्द्र काव्य का अनुवाद भी था। उन्होंने अपनी जापानी रचनाओं के द्वारा जापानियों के हृदय में बहुत ऊंचा स्थान प्राप्त कर लिया।

1938 में जब दूसरा महायुद्ध शुरू हुआ, तब रासबिहारी समझ गए कि अब शायद उन्हें कार्य करने का मौका मिले, जो वे प्रथम महायुद्ध में नहीं कर पाए थे। वे भीतर ही भीतर तैयारी करते रहे। इन दिनों डी.ए. देशपांडे नामक एक महाराष्ट्रीय युवक उनके सचिव के रूप में काम कर रहे थे। 1941 की 8 दिसम्बर को महायुद्ध में जापान ने जर्मनी के पक्ष में योगदान किया, बस इस पर उनकी खुशी का ठिकाना नहीं रहा। उन्होंने तोकियो में भारतीयों को बुलाया और अपनी बात समझाई कि अब हमें अपना देश स्वतन्त्र कराने का मौका है। उन्होंने एक कार्यक्रम बनाया और युद्ध-घोषणा के अट्ठारहवें दिन तोकियो के भारतीयों ने रासबिहारी के नेतृत्व में भारत की स्वतन्त्रता की घोषणा कर दी,

और साथ ही उन्होंने एक योजना बनाई कि कैसे भारत को स्वतन्त्र किया जाए। इस उद्देश्य से इंडियन इंडिपेंडेंस लीग या आई.आई.एल. की स्थापना तोकियो के सनो होटल में हुई।

यद्यपि रासबिहारी भारतीयों के नेता के रूप में सामने आए और जापानी सरकार का उन पर विश्वास था, फिर भी रासबिहारी स्वयं समझते थे कि भारतीय उनको भूल चुके हैं। नए जनप्रिय नेताओं में कोई आ जाए तो अच्छा रहेगा। कहा जाता है कि उन्होंने ही सुभाषचन्द्र बोस को वीर सावरकर के जरिये अपने कार्य और तैयारियों के विषय में खबर भेजी।

जापान ने युद्ध में आते ही दक्षिण-पूर्व एशिया के देशों पर बहुत जल्दी कब्जा कर लिया। जिन-जिन देशों में जापानियों का अधिकार होता गया, उन-उन देशों में भारतीयों को संगठित करके आई.एन.ए. या आजाद हिन्द फौज का संगठन होने लगा। दक्षिण पूर्व एशिया में लाखों भारतीय बसे हुए थे और उनकी तरफ से तन-मन-धन देकर आजाद हिन्द फौज का संगठन हुआ। जैसे गदर पार्टी के नेतृत्व में लोगों ने अपनी सारी कमाई चन्दे में दे दी थी, उसी प्रकार से रासबिहारी के नेतृत्व में दक्षिण-पूर्व एशिया के भारतीयों ने अपने को संगठित किया और सर्वस्व अर्पण कर दिया।

सुभाषचन्द्र बोस के भागकर आ जाने से आजाद हिन्द फौज में एक नई चमक आ गई। यद्यपि रासबिहारी बोस सुभाषचन्द्र से कहीं पुराने देशभक्त थे और उनके सिर के पास फांसी का फन्दा लटक रहा था, फिर भी उन्हें एक असुविधा थी, वह यह कि जापानी उन पर हावी रहते थे। रासबिहारी पर जापानियों के इतने एहसान थे कि वे उनके बोझ से दबे थे। इसके अलावा जापान में रहते-रहते वे उस जापानी प्रचार-कार्य के एक हद तक इच्छुक या अनिच्छुक शिकार हो चुके थे, जिसके अनुसार यह विश्वास किया जाता था कि जापान का साम्राज्य माने स्वतन्त्रता है। रासबिहारी जापानी साम्राज्यवाद के नंगे रूप को समझ नहीं पाए थे, ऐसा न भी कहा जाए तो यह कहना पड़ेगा कि वे उसके विरुद्ध जा नहीं सकते थे। इसके विपरीत सुभाषचन्द्र बोस किसी प्रकार भी जापानी सरकार से बंधे नहीं थे। वे एक क्रान्तिकारी नेता के रूप में गए थे, इसलिए सारी बात को समझकर 1943 की जुलाई को आजाद हिन्द फौज का मुख्य सेनापतित्व सुभाषचन्द्र बोस को सौंप दिया गया। यह उत्सव जब हुआ था, तो रासबिहारी ने व्याख्यान देते हुए कहा था–मैं

बूढ़ा हो गया हूं।...यह एक मुझसे जवान व्यक्ति का काम है, और सुभाषचन्द्र बोस सौभाग्य से भारत में जो कुछ भी श्रेष्ठ हैं, उसका प्रतिनिधित्व करते हैं।

इस प्रकार रासबिहारी ने एक बहुत ही उचित कार्य किया और यह दिखलाया कि किस प्रकार नेतृत्व योग्यतर व्यक्ति के हाथ में सौंपा जाता है। यहां यह विस्तार से बताने की आवश्यकता नहीं है कि किस प्रकार आजाद हिन्द फौज ने सुभाष के नेतृत्व में कार्य किया और जब जापानी हार गए और साथ ही साथ आजाद हिन्द फौज के अफसर पकड़कर लाल किले लाए गए, तो उनके मुकदमों से एक ऐसी लौ निकली, जिससे भारतीय आजादी के मार्ग का अन्तिम रोड़ा यानी भारतीय फौज ऐसी हो गई कि ब्रिटिश का उस पर भरोसा नहीं रहा और इसके फलस्वरूप ब्रिटेन को भारत छोड़कर जाना पड़ा। अक्सर इस घटना को कम करके दिखाया जाता है, पर 'राष्ट्रीय आन्दोलन का इतिहास' में इसकी पूरी कहानी लिखी है।

1945 की 21 जनवरी को आजाद हिन्द फौज की अन्तिम हार होने के पहले ही रासबिहारी का देहान्त हो गया और जापानी राजमहल से भेजे हुए वाहन पर उनकी लाश ले जाई गई। एक राजकीय घोषणा में उनकी मृत्यु का समाचार दिया गया और उनकी गैर-सरकारी लोगों के लिए प्राप्त सबसे उच्च सम्मान के साथ अन्त्येष्टि क्रिया की गई। इस प्रकार एक महान जीवन का अन्त हुआ।

लाला हरदयाल

लाला हरदयाल दिल्ली के रहनेवाले थे और उनके सम्बन्ध में यह कहावत मशहूर थी कि एक बार वे जो बात सुन या पढ़ लेते थे, वह उन्हें याद हो जाती थी। भला छात्र के रूप में ऐसे व्यक्ति का क्या कहना! उन्होंने विश्वविद्यालय की सारी परीक्षाएं बड़ी योग्यता से पास कीं और चाहते तो बहुत बड़े अध्यापक के रूप में आरामकुर्सियों पर ही मशहूर हो जाते; पर उनके हृदय में देशभक्ति की

आग जल रही थी और वे बलिदान के लिए लालायित हो रहे थे। वे जानते थे कि देशभक्ति का मार्ग बहुत कठिन मार्ग है, फिर भी वे उसमें कूद पड़े।

पंजाब और दिल्ली में बहुत पहले से ही कुछ युवक बहुत बेताब हो रहे थे, जिनमें लाला लाजपतराय तथा सरदार अजीतसिंह का नाम अग्रगण्य है। इन लोगों ने जो देशभक्ति का प्रचार शुरू किया, तो ब्रिटिश सरकार का ध्यान इनकी ओर गया और 1818 के रेगुलेशन तीन के अनुसार इन्हें नजरबन्द कर दिया गया। ब्रिटिश सरकार तथा उसके गुर्गों का यह खयाल था कि इन दो नेताओं को चहारदीवारी के अन्दर बन्द कर देने से ही सारा असन्तोष काफूर हो जाएगा। पर असन्तोष की जड़ें तो आर्थिक और सामाजिक कार्यो में थीं, जिन्हें 'क्रान्तिकारी आन्दोलन का इतिहास' में स्पष्ट किया गया है।

अवश्य नेताओं का कुछ महत्त्व तो होता ही है, इसलिए जब दो नेता गिरफ्तार कर लिए गए, तो आन्दोलन धीमा पड़ा। पर आन्दोलन की जड़ें गहरी होती हैं तो नए नेता निकल आते हैं। इस अवसर पर भी ऐसा ही हुआ था। लाला लाजपतराय और अजीतसिंह बन्द कर दिए गए तो भाई परमानन्द, श्यामजी कृष्ण वर्मा आदि नेता सामने आए। लालाजी ने कोई गुप्त दल नहीं बनाया था और न सरदार अजीतसिंह ने ही ऐसा काम किया था, पर जब देखा गया कि खुला आन्दोलन दबा दिया गया तो गुप्त दल की जड़ें पड़ीं। दिल्ली के गुप्त क्रान्तिकारी दल का संगठन होने लगा। इसमें कई क्रान्तिकारी सामने आए, जिनमें मास्टर अमीरचन्द का नाम बहुत ही मशहूर है। वे दिल्ली में धार्मिक तथा सामाजिक सुधार के क्षेत्र में काम करते थे और उस रूप में बहुत मशहूर हो चुके थे। लोग जानते थे कि उनका जीवन सब तरह से पवित्र है। मास्टर अमीरचन्द को इस बात से तृप्ति नहीं हुई कि केवल धार्मिक और सामाजिक सुधार के क्षेत्र में काम किया जाए। उन्होंने यह समझ लिया था कि देश स्वतन्त्र हुए बिना न तो धर्म सुधर सकता है, न समाज।

इन्हीं दिनों लाला हरदयाल कार्य-क्षेत्र में आए। बहुत अच्छे छात्र होने के नाते एम.ए. कर लेने के बाद उन्हें विलायत जाने के लिए सरकारी छात्रवृत्ति मिली। वे छात्रवृत्ति लेकर आक्सफोर्ड गए और वहां कुछ दिन रहने के बाद एकाएक उनके मन में आया कि विदेशी शिक्षा में फंसे रहने की कोई ज़रूरत नहीं, इसलिए उन्होंने आक्सफोर्ड की पढ़ाई बन्द कर दी और भारत लौटकर राजनीतिक प्रचार में लग गए। उन्हें साथियों के रूप में मास्टर अमीरचन्द और

लाला हनुमन्त सहाय, दीनानाथ, जे.एम. चटर्जी ऐसे लोग मिले जो पहले ही से काम कर रहे थे।

लाला हरदयाल को इन्हीं दिनों खबर मिली कि विदेश में गए हुए भारतीय बहुत बेचैन हो रहे हैं। वे धन तो खूब कमा रहे हैं, पर उन्हें इससे खुशी नहीं है। लाला हरदयाल ने देखा कि वे जल्दी ही गिरफ्तार हो जाएंगे, इसलिए वे मास्टर अमीरचन्द और हनुमन्त सहाय पर सारा काम छोड़कर स्वयं विदेश चले गए। वहां, जैसा कि पहले ही बताया जा चुका है, काम शुरू हो चुका था। एक-से-एक देशभक्त लोग वहां जमा थे। पांडुरंग सदाशिव खानखोजे नागपुर के रहनेवाले थे। वे लोकमान्य तिलक के प्रभाव में आकर सैनिक शिक्षा के लिए विदेश गए थे। पहले तो वे जापान पहुंचे, पर वहां उन्हें सुविधा नहीं मिली। खानखोजे ने बम बनाने की शिक्षा प्राप्त करने की चेष्टा की ओर वे घूमते-घूमते 1908 में अमरीका पहुंचे। वहां पहले से ही कुछ भारतीय मौजूद थे जो अच्छी तरह जमे हुए थे। ऐसे लोगों में सुरेन्द्रमोहन बोस, अधरचन्द 'लश्कर', खगेनदास, तारकनाथ दास, गिरीन मुकर्जी आदि थे। ये लोग देशभक्त थे, पर जब गिरीन मुकर्जी ने सुना कि खानखोजे सैनिक शिक्षा चाहते हैं, तो उन्होंने कहा, यह सम्भव नहीं है। पर खानखोजे तो तुले हुए थे। उन्होंने सैनिक अकादमी में भर्ती होकर लोगों को आश्चर्य में डाल दिया। यहां तक कि उन्होंने डिप्लोमा प्राप्त कर लिया और कैलिफोर्निया में इंडिया इंडिपेंडेंस लीग की स्थापना की। पर वे विशेष सफल नहीं रहे। अमरीका में असली काम पंजाब से गए हुए लोगों ने ही किया। इन लोगों ने जिस दल की स्थापना की उसका नाम 'गदर पार्टी' रखा गया था। यह एक बहुत ही ध्यान देने योग्य बात है कि 'गदर पार्टी' के सारे पंजाबी क्रान्तिकारी जब अमरीका या कनाडा गए थे, तो उनके मन में केवल रोजी-रोटी का प्रश्न था। स्वतन्त्रता के लिए लड़ने का कोई प्रश्न था। इन पंजाबियों में से बहुतों ने अच्छे पैसे इकट्ठे कर लिए थे और इन्होंने हिन्दी एसोसिएशन नाम से एक संस्था की स्थापना कर दी थी। यहां हिन्दी शब्द से भाषा का अर्थ नहीं था, बल्कि भारतीय का अर्थ था।

जब लाला हरदयाल यूरोप से अमरीका पहुंचे, तो हिन्दी एसोसिएशन का परिवर्तित रूप गदर पार्टी हो गया। लाला हरदयाल बहुत सुन्दर व्याख्यान देते थे और कहा जाता है कि उन्होंने अमरीकनों में भारतीय दर्शनशास्त्र

और सभ्यता पर ऐसे भाषण दिए कि लोग सुनकर दंग रह गए। वे चाहते तो अमरीका में भारत विद्या का अध्यापक बनकर मजे से आनन्द करते, पर जिस पीड़ा के कारण उन्होंने आक्सफोर्ड छोड़ा, उसी पीड़ा के कारण उन्होंने विद्यादेवी से विदा लेकर रणचंडी की उपासना की और बढ़े। गदर पार्टी के अध्यक्ष बाबा सोहनसिंह, उपाध्यक्ष बाबा केशरसिंह, मन्त्री लाला हरदयाल और कोषाध्यक्ष पंडित काशीराम बने। स्वाभाविक रूप से इस दल की ओर से एक अखबार निकाला गया जिसका नाम 'गदर' रखा गया। 'गदर' पत्र कई भाषाओं में छपता था। इसका पहला अंक नवम्बर, 1913 में लाला हरदयाल के सम्पादकत्व में निकला। प्रथम अंक का प्रकाशन युगान्तर आश्रम में हुआ। युगान्तर शब्द वारीन्द्रकुमार घोष के दल के मुखपत्र से लिया गया था।

पहले ही अंक में यह साफ कर दिया गया था कि गदर पत्र का क्या लक्ष्य है। उसमें लिखा था : "1913 की पहली नवम्बर को भारतीय इतिहास में एक नए युग का सूत्रपात होता है, क्योंकि आज विदेश में, पर अपनी भारत की भाषा में अंग्रेज़ी राज्य के विरुद्ध संग्राम का आरम्भ होता है। हमारे पत्र का नाम क्या है? गदर। हमारा कार्य क्या है? गदर। यह गदर कहां होगा? भारत में। कब होगा? कुछ सालों में। क्यों होगा? क्योंकि अब भारत की जनता ब्रिटिश राज्य के अत्याचार के जुए को झेलते-झेलते उकता चुकी है और अब वह आगे झेल नहीं सकती।"

गदर पत्र में जो लेख लिखे जाते थे, उनमें यह स्पष्ट कर दिया जाता था कि अंग्रज़ों के शासन का अर्थ भारत की लूट है। ब्रिटिश सरकार अपने लाभ के लिए सेना पर करोड़ों रुपये खर्च कर रही है, जनता दिन-ब-दिन दुर्भिक्ष की हालत में पहुंच रही है। आगे इस शासन को सहन नहीं किया जा सकता।

एक तरफ तो यह अखबार चलता रहा और दूसरी तरफ संगठन का काम ज़ोरों से होता रहा। गदर अखबार की प्रतियां बहुत दूर-दूर तक भेजी जाती थीं। जहां भी ये प्रतियां पहुंचती थीं, वहां भारतीय इनका स्वागत करते थे। 'गदर' पत्र में लेखों के अतिरिक्त कविताएं भी छपती थीं और कभी-कभी फोटो भी छपता था। गदर पत्रिका का प्रचार इतना हो गया कि पंजाब के अन्दर 'गदर' के सम्बन्ध में कई लोकगीत प्रचारित हुए। एक गीत का बहुत ही प्रचार हुआ जो बाद में

शहीद होनेवाले करतारसिंह गाया करते थे :

चलो चलिए देश नू युद्ध करन

एहो आखिरी बचन, ते फरमान हो गए।

बीच-बीच में सभाएं भी होती रहती थीं, जिनमें लोग बढ़-बढ़कर, यही इरादा जाहिर करते थे कि किसी तरह भारतीय स्वतन्त्रता-संग्राम में हिस्सा लेने का मौका मिले। फरवरी, 1914 में स्टाकटन नगर में एक सभा हुई, जिसमें यह तय हुआ कि अखबार और छापेखाने में काम करनेवाले लोग सानफ्रांसिस्को में रहें। कुछ लोग दौरा करने के लिए नियुक्त हुए। इन अवसरों पर, जब सभाएं होती थीं, लोगों में कितना जोश होता था इसका अनुमान इस बात से चल सकता है कि जब चन्दा करने की बारी आती थी, तो लोग बैंक की अपनी किताब ही, यानी सारी जायदाद चन्दे में दे देते थे। दल का प्रचार सिंगापुर के भारतीयों तक हो चुका था। कहीं भी रहनेवाला कोई भी भारतीय गदर पार्टी में शरीक हो सकता था। एक बहुत ही मार्के की बात यह थी कि गदर पार्टी का दृष्टिकोण राष्ट्रीय होते हुए भी सम्पूर्ण रूप से अन्तर्राष्ट्रीय था। गदर पार्टी के सदस्यों को यह हिदायत थी कि संसार के किसी कोने में स्वतन्त्रता की लड़ाई हो, तो वे उसमें हिस्सा लें। इस प्रकार यह स्पष्ट है कि किसी भी कांग्रेसी नेता से कहीं पहले गदर पार्टी के लोगों ने अन्तर्राष्ट्रीयता के सिद्धान्त को अपनाया था। इसी के साथ-साथ उन्होंने धर्मनिरपेक्षता के सिद्धान्त को भी अपने दल में चालू किया था, वह इस प्रकार कि सदस्यों के लिए दल के बाहर या भीतर धार्मिक बहस करना मना था।

गदर पार्टी स्वयं एक बड़ी संस्था थी, पर अन्ततोगत्वा यह उस महान संस्था का एक अंग हो गई जो सारे संसार में काम कर रही थी। इसमें बर्लिन की सुप्रसिद्ध क्रान्तिकारी कमेटी का बहुत महत्त्व है। 1914 में अंग्रज़ों के साथ जर्मनों की लड़ाई छिड़ते ही भारतीय क्रान्तिकारियों ने जर्मनों की सहायता से भारत को स्वतन्त्र कराने का षड्यन्त्र शुरू किया। दुश्मन का दुश्मन मित्र होता है, इस नाते भारतीय क्रान्तिकारियों और जर्मनी के पक्षवालों की दोस्ती हो गई। भारत से बाहर विद्याध्ययन करने के लिए बहुत-से भारतीय गए हुए थे। उन्हीं में से कुछ क्रान्तिकारी हो गए। साथ ही कुछ ऐसे भारतीय भी थे जो पहले से क्रान्तिकारी

थे और क्रान्ति का प्रचार करने के लिए बाहर गए हुए थे। लाला हरदयाल ऐसे ही लोगों में थे।

हरदयाल यूरोप और अमरीका में भारतीय क्रान्ति के लिए जो प्रयास चल रहे थे, उसके एक प्रमुख नेता हो गए। पर सारी तैयारियों के बावजूद क्रान्ति का प्रयास सफल नहीं हो सका। इसके लिए बहुत तरह के कारण बताए गए हैं, पर सबसे बड़ा कारण यह है कि जर्मनी युद्ध में हार गया। यदि जर्मनी युद्ध में नहीं हारता, तो भारतीय इतिहास बिल्कुल दूसरे ढंग का होता, इसमें सन्देह नहीं। अवश्य यह कहना कदापि सम्भव नहीं कि कैसर के राज्य में भारत सम्पूर्ण रूप से स्वतन्त्र हो ही जाता, पर इतना तो कहा ही जा सकता है कि इतिहास दूसरा होता।

गदर पार्टी और बर्लिन कमेटी ने जो काम किए उनका पूरा ब्यौरा बहुत दीर्घ है। 'क्रान्तिकारी आन्दोलन का इतिहास' में मैंने उसका कुछ दिग्दर्शन कराने की चेष्टा की है। यहां केवल इतना ही बताना यथेष्ट होगा कि अमरीका से गदर पार्टी ने कई जहाज भेजे, जिनमें क्रान्तिकारी भरे थे। इन जहाजों को भारतीय बन्दरगाहों में उतारना था। कहना न होगा कि यह सारी योजना ही अजीब थी। यह तो समझ में आता है कि लोग क्रान्ति करने के लिए विदेशों से भारत में भेजे जा रहे थे, पर वे गाजा-बाजा करके विज्ञापन करते हुए आ रहे थे कि हम क्रान्ति करने आ रहे हैं। यह कहां की अक्लमन्दी थी? ब्रिटिश साम्राज्य के जासूस सारे संसार में फैले हुए थे और ऐसे जहाजों का जैसा स्वागत हो सकता था, उसकी कल्पना की जा सकती है। 1916 की 21 फरवरी क्रान्ति के लिए निर्दिष्ट हुई थी। पर कृपालसिंह नामक एक व्यक्ति ने कृपा कर दी और ब्रिटिश सरकार को इस तारीख का पता हो गया। यह भी पता हो गया कि क्रान्तिकारी जहाजों में आ रहे हैं। ऐसी हालत में जो होना था, सो हुआ। जहाज ज्योंही बन्दरगाह में लगा, त्योंही गिरफ्तारियां शुरू हो गईं।

इस प्रकार गदर पार्टी का सारा स्वप्न ही नष्ट हो गया। अवश्य ऐसे मामलों में जो इतिहासकार यह कहता है कि व्यर्थ प्रयास कोई माने नहीं रखते, वह इतिहासकार बहुत ही गलत बात कहता है। कई षड्यन्त्र चले और उनमें फांसियां हुईं, लोग कालेपानी भेजे गए और इस प्रकार हमारे राष्ट्र को धरोहर के रूप में शहीदों की एक परम्परा प्राप्त हुई जो बहुत ही महत्त्वपूर्ण थी। कई मुकदमे चले। लाहौर में एक मुकदमा चला, जिसमें डॉक्टर मथुरासिंह, बलवन्त सिंह आदि तीन

व्यक्तियों को फांसी हुई और बयालीस आदमियों को आजन्म कालेपानी की सज़ा हुई। एक दूसरे मुकदमे में अरुणसिंह, केशरसिंह, उत्तमसिंह, जीवनसिंह को फांसी की सज़ा हुई, और भी कई ऐसे मुकदमे चले जिनमें फौजियों को भी सजाएं हुईं, क्योंकि फौजियों को भी क्रान्तिकारी दल में भर्ती किया गया था। अभी तक इन फौजियों का पूरा ब्यौरा नहीं लिखा जा सका है। गदर पार्टी का एक पूरा इतिहास प्रकाशित हुआ है। इसलिए केवल इतना कह देना कि इसमें बीसियों लोगों को फांसी हुई, कोई महत्त्व नहीं रखता और न उस आन्दोलन के प्रति कोई न्याय होता है।

1914 से 1918 के दौरान जो विराट क्रान्ति-प्रयास हुआ था और जिसमें कुछ इने-गिने नवयुवक नहीं, बल्कि कई हजार भारतीय क्रान्तिकारी संयुक्त थे, थोड़े से वर्णित नहीं हो सकता। केवल हरदयाल या रासबिहारी या करतारसिंह या पिंगले के वर्णन से इस आन्दोलन का पता नहीं मिल सकता और न यह अन्दाजा लग सकता है कि क्रान्ति का प्रयास कितना जबरदस्त था। जैसा कि पहले ही बताया जा चुका है कि अंग्रेज़ जीत गए, इसी कारण यह प्रयास असफल हो गया, नहीं तो फांसियां दे देने के बाद भी कालेपानी में तथा भारतीय जेलों में जितने क्रान्तिकारी सड़ रहे थे, उन्हें निकालकर बहुत जबरदस्त क्रान्तिकारी सरकार बन सकती थी। इसके साथ ही यह भी मानना पड़ेगा कि क्रान्ति की जबरदस्त तैयारी होते हुए भी जनता अभी क्रान्तिकारियों के साथ उस हद तक नहीं हुई थी। जिस हद तक होने पर जर्मनी जीतता, चाहे अंग्रेज़ जीतते, कृपालसिंह कृपा करते चाहे न करते, क्रान्ति होकर ही रहती, जैसा कि कुछ हद तक द्वितीय महायुद्ध में अंग्रज़ों की जीत के बावजूद हुआ। 1942 की जनक्रान्ति के कारण, साथ ही आजाद हिन्द फौज के द्वारा मुक्त क्रान्तिकारी शक्तियों के कारण ब्रिटिश भारतीय फौज इस प्रकार बिगड़ गई कि किसी-न-किसी प्रकार का स्वराज्य देकर ब्रिटिश साम्राज्यवाद को सिर पर पांव रखकर भागना पड़ा। जनता अबकी बार भी पूरी तरह साथ नहीं थी, पर फौज बिगड़ खड़ी हुई थी, इस कारण कुछ-न-कुछ क्रान्ति हुई। कुछ-न-कुछ इस कारण कि जो कुछ हुआ उसमें ब्रिटिश स्वार्थ सुरक्षित रहा।

अब हम फिर हरदयाल के जीवन पर लौटते हैं। जब भारत में क्रान्ति न हो सकी तो जो क्रान्तिकारी भारत से बाहर थे, उनमें से कई पढ़ने-पढ़ाने में लग गए, पर कई क्रान्ति का स्वप्न फिर भी देखते रहे। ऐसा लगता है कि लाला हरदयाल अपनी

विराट प्रतिभा के बावजूद बड़ी हद तक यूरोप के क्रान्तिकारियों से अलग हो गए। जवाहरलाल नेहरू ने हरदयाल के विषय में यह लिखा है कि 1926-27 में वे बहुत अप्रिय बन चुके थे और लोग उनके सम्बन्ध में कोई अच्छी बात नहीं करते थे। उनके शब्द इस प्रकार हैं : "हरदयाल, जो अमरीका से आए थे, बहुत पहले ही अलग किए जा चुके थे। उनकी बर्लिन कमेटी से बनती नहीं थी और बर्लिन कमेटी तथा जर्मनी सरकार उन्हें विश्वास के अयोग्य समझती थी और वे चुपचाप अलग कर दिए गए थे। जब मैं 1926-27 में यूरोप गया था तो मैंने देखा कि यूरोप में मौजूद पुराने भारतीयों में अधिकांश हरदयाल को किस प्रकार कड़ुवेपन से देखते और नापसन्द करते थे। मुझे इससे बड़ा ताज्जुब हुआ। उन दिनों हरदयाल स्वीडन में थे, पर मैं उनसे नहीं मिला।"

लाला हरदयाल जिस प्रकार बाद में बदल गए और कुछ जानकार लोगों का तो यहां तक कहना है कि वे इस सिद्धान्त के प्रतिपादक बन गए कि ब्रिटिश राज्य मिट नहीं सकता। इसके विषय में हम केवल इतना ही कह सकते हैं कि निराश हो जाने तथा बहुत से साथियों के मुखबिर आदि हो जाने से इस प्रकार का परिवर्तन कोई बहुत आश्चर्यजनक नहीं है। यह इस बात को भी दिखलाता है कि नेता आते हैं और जाते हैं, पर देश आगे बढ़ता है, प्रगतिशील शक्तियां पुष्ट होती हैं। यह भी स्पष्ट है कि एक युग का क्रान्तिकारी बाद को प्रतिक्रियावादी भी बन सकता है, पर इसलिए क्रान्ति के सम्बन्ध में निराश होने की कोई आवश्यकता नहीं है।

लाला हरदयाल स्वीडन में ही रहे, उनके बाद के दिनों का कुछ विशेष पता नहीं है। इस सम्बन्ध में यह एक आश्चर्य की बात है और इतिहास के एक छात्र के नाते इस बात को हम कहे बिना नहीं रह सकते कि हरदयाल तो बदल गए या कम-से-कम चुप हो गए, पर गदर पार्टी के सैकड़ों बाबाओं ने बाद के आन्दोलनों में हिस्सा लिया और उनमें से कई तो पुस्तक लिखे जाते समय भी सामाजवाद स्थापित करने के लिए जो लड़ाई जारी है, उसमें भाग ले रहे हैं। बौद्धिक रूप से क्रान्तिकारी होने के बजाय हृदय से क्रान्तिकारी बन जाना शायद ज़्यादा महत्त्व का है, यह उन सब लोगों को जरूर ही पता होगा जो 1914-18 के युग में नौजवान और बाद को सफेद दाढ़ी और बालवाले गदर पार्टी के इन बाबाओं के दर्शन कर चुके हैं। मज़े की बात यह है कि बौद्धिक रूप से बने हुए क्रान्तिकारी अक्सर बाद को लड़खड़ा गए या क्रान्ति की पूजा छोड़कर सम्प्रदायवादी हो गए

जैसे सावरकर, एम.एन. राय। पर इन बाबाओं में से लगभग सभी जो ज़िन्दा रहे, वे बराबर उग्र-से-उग्र होते गए।

गेंदालाल दीक्षित

यद्यपि देश-भर में क्रान्तिकारी आन्दोलन की बड़ी लहरें फैली हुई थीं, एक तरफ इसके नेता लोकमान्य तिलक, सावरकर आदि थे, तो दूसरी तरफ अरविन्द घोष, वारीन्द्र घोष आदि थे। गदर दल का अलग ही आन्दोलन चल रहा था, जिसे रासबिहारी बोस ने भारत में चालू अन्य आन्दोलनों के साथ संयुक्त करने की कोशिश की, फिर भी कुछ छुटपुट आन्दोलन ऐसे चल रहे थे, जिनका इनमें से किसी आन्दोलन से प्रत्यक्ष सम्बन्ध नहीं था।

ऐसे ही एक आन्दोलन का नेतृत्व करने का भार पंडित गेंदालाल दीक्षित पर पड़ा, जो अपने ढंग के एक बहुत बड़े क्रान्तिकारी हुए हैं। उन्हें कोई रास्ता दिखानेवाला नहीं था, पर मन की बाती को आत्मा की चिनगारी से जलाकर वे आगे बढ़े, बढ़ते गए, बढ़ते गए, जब तक कि उनकी देह बर नहीं गई। उनका जन्म आगरा जिले के एक गांव में 1889 में हुआ था। जिस किसी तरह उन्होंने एंट्रेंस पास किया। वे और आगे पढ़ना चाहते थे, पर गरीबी के कारण नहीं पढ़ सके और रोजी के लिए शिक्षक का कार्य अपना लिया।

इस प्रकार नाव किनारे से लग गई और वे चाहते तो उसी प्रकार अपनी ज़िन्दगी गुजार देते, पर डी.ए.वी. स्कूल में कार्य करते हुए उनके मन में बहुत तरह की उमंगें उठती रहीं। उनको अपने देश की अवस्था पर बड़ा दुख होता था। वे आर्यसमाजी थे और उस ज़माने में आर्यसमाज एक क्रान्तिकारी शक्ति के रूप में था। वह केवल एक गुटबन्दी ही नहीं थी, बल्कि लोगों के मन में एक

ज्वाला थी, जिसके कारण वे बेचैन रहते थे। पर आर्यसमाज भी एक हद तक ही उसकी उमंगों की पूर्ति कर सकता था। आर्यसमाज का लक्ष्य पुनरुत्थान था। पर वह पुनरुत्थान धार्मिक पुनरुत्थान तक ही सीमित था और वह भी एक विशेष प्रकार का पुनरुत्थान। आर्यसमाज का लक्ष्य हिन्दुओं को एक ढंग से आगे बढ़ाना था। इस आगे बढ़ने में मुसलमानों का कोई स्थान नहीं था। कहीं गलत न समझा जाए, इसलिए यह बता दिया जाए कि मुसलमानों में भी बराबर ऐसे आन्दोलन चालू थे, जिनका उद्देश्य मुसलमानों को ही उठाना था। उनमें भारतीयता के लिए कोई स्थान नहीं था।

गेंदालाल दीक्षित तक बंगाल और महाराष्ट्र के क्रान्तिकारी आन्दोलन की बात पहुंच चुकी थी और उनका मन व्याकुल था कि किसी भी प्रकार इन क्रान्तिकारियों से सम्पर्क स्थापित किया जाए। पर कैसे स्थापित किया जाए, यह समझ में नहीं आता था। उन्होंने सोचा, एकलव्य की तरह बिना गुरु के साधना क्यों न की जाए! इस उद्देश्य से उन्होंने एक समिति बनाई जिसका नाम उन्होंने छत्रपति शिवाजी के नाम पर शिवाजी समिति रखा। इस समिति का उद्‌देश्य देश को स्वतन्त्र कराना था, उन्हीं उपायों से जिनसे शिवाजी ने महाराष्ट्र को मुगलों की ज़ंजीरों से छुड़ाया था। स्वाभाविक रूप से एक शिक्षक होने के नाते उनका ध्यान अपने आसपास के पढ़े-लिखे लोगों की ओर गया। पढ़े-लिखे लोग उन्नति करने, यानी धन और ओहदे के पीछे पड़े हुए थे। इसके अलावा जिस इलाके में वे कार्य कर रहे थे, वह कुछ अधिक पिछड़ा हुआ भी था। इसलिए उन्हें कुछ विशेष सफलता नहीं मिली। उन्हें बड़ा दुख हुआ कि पढ़े-लिखे लोग उन्नति माने अपनी उन्नति समझते हैं, देश की उन्नति नहीं।

इसलिए उनका ध्यान अब दूसरी तरफ गया। उन्होंने देखा कि चम्बल और जमुना के बीच बहुत-से लोग डाकू बने हुए हैं और वे बडे साहसी लोग हैं। उन्हें अपने प्राणों की कोई परवाह नहीं है। अस्त्र-शस्त्र चलाना भी जानते हैं, सज़ा से नहीं डरते। यदि इन लोगों का ध्यान स्वार्थी कार्यों की ओर से हटकर देशसेवा की ओर लग जाए, तो बहुत लाभ हो सकता है। इसलिए वे बड़ी आशा के साथ डाकुओं की और बढ़े और उन्हीं दिनों उन्हें ब्रह्मचारी नामक एक व्यक्ति मिल गया जो डाकुओं का एक सरदार था।

गेंदालाल दीक्षित को यह लगा कि अब उन्होंने वह गुर पा लिया है, जिसके

जरिये वे भारत को स्वतन्त्र करा सकते हैं। पढ़े-लिखे लोग उन्नति करना चाहते हैं, वे लिबलिबे हैं, और उनका दिमाग पिलपिला है। यदि उनमें से कुछ देश की सेवा करने को तैयार भी हो जाएं, तो वे मरने-मारने से डरेंगे और सबसे बड़ी कमी यह है कि उन्हें बाकायदा गोलियां चलाने की शिक्षा देनी पड़ेगी; जबकि ये डाकू प्रकृति के पुत्र हैं, न तो मारने से घबराते हैं और न मरने से चौंकते हैं। गोलियां चला लेते हैं। अक्सर अच्छे निशानेबाज भी हैं। यदि भारत के सारे डाकू संगठित हो गए और देश का कार्य करने पर तुल गए, तो वे देश को स्वतन्त्र करा सकेंगे। इसके अलावा धन की भी किल्लत नहीं रहेगी, क्योंकि जब धन की ज़रूरत होगी तो कहीं डाका डाल लिया जाएगा।

गेंदालाल दीक्षित को यह कार्य बहुत आसान जान पड़ा। उन्होंने यह नहीं सोचा कि भले ही एकाध डाकू वाल्मीकि बन जाए, पर सब डाकू देशभक्त नहीं हो सकते और न उनमें नैतिक मूल्य तथा मान्यताएं ही उत्पन्न हो सकती हैं। उनमें कई तरह की बुरी आदतें होती हैं। और वे लोग बड़े घटिया दर्जे के होते हैं। लोग श्रमविमुखता के कारण ही अपराध की ज़िन्दगी की ओर जाते हैं। अवश्य कुछ लोग ऐडवेंचर के लिए भी अपराध की ओर जाते हैं। पर गेंदालाल दीक्षित अकेले डाकुओं के सम्बन्ध में इस प्रकार के विचार नहीं रखते थे। मैंने अपनी पुस्तक 'क्रान्तिकारी आन्दोलन का इतिहास' में यह दिखाया है कि शचीन्द्रनाथ सान्याल जैसे लोग भी यह समझते थे कि विद्रोह या क्रान्ति के समय जेल में अपराधी कैदियों को भी रिहा कर दिया जाएगा। तो वे विद्रोह को आगे बढ़ा सकेंगे। पर जब शचीन्द्रनाथ सान्याल बहुत दिनों तक जेल में मामूली कैदियों के साथ रहे तो उन्होंने समझ लिया कि उनका यह विचार गलत था और चोर तथा डाकू छूटकर विद्रोह को सफल नहीं बनाते, बल्कि लूट-खसोट का बाजार गर्म करके जनता को सताते हैं, जिससे वह विद्रोह के विरुद्ध हो जाती है।

गेंदालाल दीक्षित डाकुओं का संगठन करने के साथ-साथ कुछ छात्रों को भी संगठित करने लगे। इस टोली का नाम 'मातृवेदी' रखा गया और इसमें बहुत-से भले घर के लोग शामिल हुए, जिनमें रामप्रसाद 'बिस्मिल' का नाम सबसे प्रमुख है।

बाद को हम रामप्रसाद बिस्मिल के विषय में विस्तृत रूप से लिखेंगे। उनके अतिरिक्त चोरैया के मुकुन्दीलाल भी इस दल में शामिल हुए। इस प्रकार एक

दल खड़ा हो गया जिसमें केवल शिक्षित लोग ही थे। बाद को इस दल के लोगों पर मैनपरी षड्यन्त्र के नाम से मुकदमा चला। इस दल के सामने क्या उद्देश्य था, यह उसके सदस्यों द्वारा गाई जानेवाली प्रतिज्ञा से ही पता लग सकता है। प्रतिज्ञा इस प्रकार है :

है देश को स्वाधीन करना जन्म मम संसार में,
तत्पर रहूंगा मैं सदा अंग्रेज़-दल-संहार में।
अन्याय का बदला चुकाना मुख्य मेरा धर्म है,
मद-दलन अत्याचारियों का यह प्रथम शुचि कर्म है।
मेरी अनेकों भावनाएं उठ रहीं हृद्धाम में,
बस शान्त केवल कर सकूंगा मैं उन्हें संग्राम में।
स्वाधीनता का मूल्य बढ़कर है सभी संसार से,
बदला चुकेगा हरणकर्ता के रुधिर की धार से।
अंग्रेज़-रुधिर-प्रवाह में निज पितृगण तर्पण करूं,
अंग्रेज़ सिर सहित भक्ति में जननि के अर्पण करूं।
हो तुष्ट दुःशासन रुधिर स्नान से यह द्रौपदी,
हो सहस्त्रबाहु विनाश से यह रेणुका सुख में पड़ी।
है कठिन अत्याचार का ऋण ब्रिटिश ने हमको दिया,
सह ब्याज उसके उऋण का हमने कठिन प्रण है किया।
मैं अमर हूं मेरा कभी भी नाश हो सकता नहीं,
है देह नश्वर त्राण इसका हो नहीं सकता कहीं।
होते हमारे मात जग में पद-दलित होगी नहीं,
रहते करोड़ों पुत्र के जननी दुखित होगी नहीं।
उद्धार हो जब देश का इस क्लेश से तलवार से,
भयभीत होंगे नहीं हम जेल से कारागार से ।
रहते हुए तन प्राण रण से मुख न मोड़ेंगे कभी,
कर शक्ति है जब तक न अपने शस्त्र छोडेंगे कभी।
परतन्त्र होकर स्वर्ग के भी वास की इच्छा नहीं,
स्वाधीन होकर नरक में रहना भला उससे कहीं।
है सुवर्ण पिंजर वास अति दुखपूर्ण सुन्दर कीर को,

वह चाहता स्वच्छन्द विचरण अति विपन गम्भीर को।
ज़ंजीर की झनकार में शुभ गीत गाते जाएंगे,
तलवार की आघात में निज जय मनाते जाएंगे।
हे ईश! भारतवर्ष में शत बार मेरा जन्म हो,
कारण सदा ही मृत्यु का देशोपकारक कर्म हो।

यह कविता किसकी रचना है ज्ञात नहीं, शायद गेंदालाल दीक्षित की ही रचना हो, पर रामप्रसाद बिस्मिल ने भी इस रचना में हाथ बंटाया था।

इस प्रकार गेंदालाल दीक्षित एक तरफ तो डाकुओं का संगठन करते रहें। इसमें उनका दाहिना हाथ ब्रह्मचारी रहा। ब्रह्मचारी बहुत ही साहसी व्यक्ति था और हर समय जान हथेली पर लिए हुए घूमता था। वह डाकू तो था ही, पर अब नैतिक बल मिल जाने के कारण बहुत ही भयंकर हो गया, यहां तक कि ग्वालियर राज्य को अब यह फिकर हुई कि ब्रह्मचारी को पकड़ लिया जाए, यद्यपि उस समय तक किसी को पता नहीं था कि ब्रह्मचारी इस प्रकार एक क्रान्तिकारी नेता की देखरेख में कार्य कर रहा है। चारों तरफ खुफिया दौड़ने लगे और लोगों से कहा गया कि ब्रह्मचारी को गिरफ्तार करा दो तो इनाम-इकराम मिलेगा।

पर ब्रह्मचारी पकड़ में नहीं आया और अपना काम साहस के साथ करने लगा। अस्सी आदमियों का एक गिरोह बन गया और इस गिरोह के साथ ब्रह्मचारी तथा गेंदालाल एक महाजन के यहां डाका डालने के लिए रवाना हुए। धनी का घर बहुत दूर था। इसलिए पैदल चलते हुए रास्ते में एक जगह पड़ाव डालना जरूरी था। वहीं पर खाने-पीने की व्यवस्था हुई और सब लोग विश्राम करने लगे।

साथ में एक ऐसा आदमी भी था जो पुलिस से मिला हुआ था। उसने सोचा कि अच्छा मौका है, किसी तरह ब्रह्मचारी को ज़हर खिला दूं, तो काम बन जाए। इसलिए वह सबकी सेवा करने के लिए बड़े उत्साह से आगे बढ़ा। उसने पूड़ियां बनवाईं, और ज़हर डाली हुई पूड़ियां ब्रह्मचारी के सामने रख दीं। जब ब्रह्मचारी ने पूड़ियां खाईं, तो उसकी जीभ ऐंठने लगी। पर वह बहुत तगड़ा आदमी था, मरा नहीं। इसके विपरीत वह सावधान हो गया और उसने चारों तरफ आंखें दौड़ाकर समझ लिया कि कौन इसके लिए दोषी है। मुखबिर ने भी समझ लिया

कि उसका पता लग गया है। तो वह जल्दी से पानी लेने के बहाने जाने लगा। इस पर ब्रह्मचारी ने पास रखी हुई बन्दूक उठाई और धांय से उसे वहीं पर गोली मार दी। गोली चलते ही चारों तरफ हलचल मच गई और पास ही कहीं पुलिस थी, वह भी आ गई। मुखबिर ने पुलिसवालों को आस-पास ही रखा था। पुलिस और ब्रह्मचारी के दल में डटकर लड़ाई हुई और दल के पैंतीस आदमी वहीं पर गोली से मारे गए। पुलिसवाले संख्या में कम थे, पर उनके पास सब तरह का सामान था। जो मारे गए सो मारे गए और घटनास्थल पर ब्रह्मचारी और गेंदालाल गिरफ्तार हो गए।

इस प्रकार डाकुओं को देशभक्त बनाने का पर्व समाप्त हुआ और गेंदालाल दीक्षित ने यह समझा कि उनका जीवन भी समाप्त हुआ, क्योंकि उस ज़माने में जो लोग रियासतों की जेलों में पहुंचते थे, उनके छूटने की नौबत ही नहीं आती थी।

गेंदालाल तो गिरफ्तार हो गए, पर उनके युवक काम करते रहे। यह तय हुआ कि एक टुकड़ी ग्वालियर जाए और जेल तोड़कर गेंदालाल को निकाल लाए, पर यह काम अभी हो नहीं पाया था, योजना चालू थी कि षड्यन्त्र फूट गया और गिरफ्तारियां हुईं।

इस प्रकार वह षड्यन्त्र चला जिसका नाम मैनपुरी षड्यन्त्र पड़ा।

सोमदेव नाम का एक युवक मुखबिर बन गया और उसने सारी बात बता दी कि किस प्रकार गेंदालाल के नेतृत्व में यह षड्यन्त्र हुआ था और इस समय गेंदालाल ग्वालियर की जेल में बन्द है। तब सरकारी आदमी दौड़े और गेंदालाल के विषय में उन्हें और भी बहुत-सी बातों का पता लगा।

ग्वालियर जेल में रहते समय गेंदालाल का स्वास्थ्य बहुत बिगड़ गया था। उसी हालत में वे मैनपुरी जेल में लाए गए। ताकि उन पर मैनपुरी षड्यन्त्र का मुकदमा चले। जब गेंदालाल मैनपुरी आए, तो उन्हें पता लगा कि क्षय रोग हो चुका है। उस ज़माने के कैदी को स्टेशन से जेल पैदल चलाकर लाया जाता था। पर वे इतने दुर्बल हो गए थे कि रास्ते में उन्हें कई बार बैठना पड़ा।

जब गेंदालाल मैनपुरी जेल पहुंचे तो उन्होंने यह देखा कि बचने का कोई उपाय नहीं है; इसीलिए उन्होंने एक जबरदस्त जुआ खेलने की बात सोची। उन्होंने पुलिसवालों से कहा कि इस लड़के सोमदेव को कुछ नहीं मालूम। मैं सारी बातें जानता हूं। मैं चाहता हूं कि मैं सरकार की मदद करूं। मैनपुरी की तो यह

छोटी-मोटी शाखा है, असली धाकड़ क्रान्तिकारी तो बम्बई और बंगाल में बैठे हैं। मुझे भी मुखबिर बना लिया जाए।

पुलिसवाले इससे बहुत खुश हुए कि बैठे-बिठाए सारा ख़ज़ाना हाथ लगा जा रहा है, और यही कहा जाएगा कि मैनपुरी की पुलिस के कारण सारे भारत के क्रान्तिकारी गिरफ्तार हुए। वे फूले नहीं समाए। गेंदालाल को रामनारायण नामक एक मुखबिर के साथ रखा गया। उन्होंने रात-भर में रामनारायण को समझा लिया कि मुखबिर होकर जीने में कोई भलाई नहीं है। इहलोक-परलोक दोनों गए। इसलिए चलो हम लोग जेल से भाग चलें।

इस प्रकार गेंदालाल जेल से भाग गए और साथ में मुखबिर रामनारायण को भी लेते गए। पर गेंदालाल ने बाहर निकलते ही रामनारायण को अलग करना चाहा। पर वे अभी अलग नहीं कर पाए थे कि रामनारायण स्वयं उन्हें धोखा दे गया। वह शायद समझ गया था कि गुरुजी मुझे साथ में नहीं रखनेवाले हैं, इसलिए वह गेंदालाल का सारा सामान लेकर चलता बना। जाते समय उसने कमरे में बाहर से कुंडी चढ़ा दी। ताकि गेंदालाल उसका पीछा न करें। रामनारायण चाहता तो पुलिस भेजकर उन्हें गिरफ्तार भी करवा सकता था, पर शायद उसने ऐसा इसलिए नहीं किया कि पुलिस सबसे पहले उसे गिरफ्तार करती, क्योंकि वह और कुछ नहीं तो जेल की दीवारें फांदकर भागा हुआ कैदी तो था ही।

गेंदालाल उसी कोठरी में कई दिनों तक बन्द रहे। न कुछ खाने को मिला न पीने को। किसी को कुछ कह भी नहीं सकते थे। कई दिनों तक बन्द रहने के बाद वे कोठरी से निकल पाए और वहां से वे पैदल चलकर आगरा पहुंचे। पर वहां भी मुसीबत का सामना हुआ। जिन लोगों से आशा थी भी कि वे आश्रय देंगे, उन लोगों ने मुंह फेर लिया और अन्त तक वे अपने घर की ओर रवाना हुए।

पर पुलिसवाले उनके घर पर पहले ही पहुंचे हुए थे और रोज़ बुलाकर उनके घरवालों को तंग करते थे। उनका कहना था कि जब गेंदालाल भागे हुए हैं तो घरवालों को उनका पता अवश्य होगा।

इसलिए गेंदालाल दीक्षित घर पहुंचे तो उनके घरवाले उन्हें देखकर खुश होने के बजाय बहुत डर गए और ऐसा लगा कि वे उन्हें पकड़वाना चाहते हैं। जब गेंदालाल दीक्षित को यह पता लगा तो वे बहुत दुखी हुए, पर साथ ही वे अपने

घरवालों से नाराज नहीं हुए, क्योंकि वे समझ गए कि पुलिसवालों ने जो आतंक फैला रखा है, उसी का यह नतीजा है, उसमें इनका कोई दोष नहीं है। उस ज़माने में आम लोगों में, विशेषकर एक पिछड़े हुए इलाके में देशभक्ति की भावना नहीं थी और क्रान्तिकारियों को लोग समझते नहीं थे। उन्होंने घरवालों से कहा कि फिकर मत करो, मैं जल्दी ही घर छोड़ दूंगा, मैं रहने के लिए नहीं आया हूं, जरा दम लेना चाहता था।

उन्हें जल्दी ही घर छोड़ देना पड़ा और वे फिर एक बार अनिश्चय में छलांग लगा गए। वहां से वे किसी तरह दिल्ली पहुंचे। शरीर जवाब दे चुका था। ग्वालियर जेल में जो अत्याचार हुआ था उससे वे टूट चुके थे। मन भी विशेष सुखी नहीं था, क्योंकि जिस लक्ष्य के कारण इतना त्याग किया गया था, वह लुक्ष्य भी कहीं पास नहीं मालूम होता था। चारों तरफ विश्वासघात-ही-विश्वासघात था। डाकुओं में रहे, तो वहां ज़हर देकर पकड़वाने की कोशिश रही और साथी मारे गए। जेल पहुंचे तो बुरी हालत हुई। जो पढ़े-लिखे चेले बनाए थे, वे भी कुछ कर नहीं पाए और धर लिए गए। उनमें भी कई मुखबिर निकले।

इसके अलावा रिश्तेदारों ने छोड़ दिया। यही नहीं, वे उन्हें पकड़वाने को तैयार थे। यदि पास पैसा होता, तो भी बात थी, किसी तरह गुज़र-बसर करते और फिर मौका देखकर आन्दोलन तेज़ करते। और सबसे खराब बात यह रही कि शरीर में कुछ दम नहीं रहा।

फिर भी कुछ करना तो था ही, इसलिए उन्होंने जीविका के लिए अपने को लगभग अनपढ़ बताकर प्याऊ में नौकरी कर ली। यदि शरीर ठीक होता तो जैसी भी नौकरी मिली थी उससे शान्ति रहती और धीरे-धीरे बिखरे हुए सूत्रों को बटोर सकते थे। पर स्थिति यह रही कि रोग बढ़ता गया। यदि इलाज होता तो रोग घट सकता था, पर इलाज के लिए न पैसा था न साधन। उन्होंने देखा कि अब बचना मुश्किल हे, फिर भी अन्तिम चेष्टा के रूप में उन्होंने एक मित्र को पत्र लिखा। इस मित्र पर उन्हें पूरा भरोसा था कि वह न तो धोखा देगा और न पकड़वाएगा। सौभाग्य से यह मित्र सच्चे मित्र निकले और वह दीक्षितजी की धर्मपत्नी को साथ लेकर उनकी सहायता के लिए पहुंच गए। पर रोग शायद इलाज से परे हो चुका था। रोग का रूप यह हो गया था। कि उन्हें रह-रहकर बेहोशी आती थी। भला जेल से भागे हुए सब साधनों से हीन

एक क्रान्तिकारी नेता के लिए यह रोग कितना खराब था, फिर भी उनकी पत्नी ने उनकी बड़ी सेवा की और उनके मित्र ने अपने सीमित साधन के अन्दर ही उनकी सहायता की।

फिर भी रोग कब्जे में नहीं आया। ऐसा लगा कि अब तो मृत्यु करीब है, उससे किसी प्रकार बचत नहीं है। यह हालत देखकर उनकी धर्मपत्नी से अब रहा नहीं गया और वह रोने लगी। गेंदालाल दीक्षित थोड़ी देर तक अपनी पत्नी को रोते हुए देखते रहे, फिर उन्होंने कहा-तुम रोती हो तो रोओ, किन्तु आखिर इस रोने से क्या हासिल? दुख तो मुझे भी है। मैंने किस बात का बीड़ा उठाया था और उसे कितना सिद्ध कर पाया। मर तो मैं रहा हूं, पर जिस कारण मैं मर रहा हूं वह पूरा कहां हुआ! मैं यह देखकर मर रहा हूं कि मैंने जो कुछ भी किया वह छिन्न-भिन्न हो गया। मुझे दुख है कि माता पर अत्याचार करनेवालों से बदला नहीं ले सका, जो मन की बात थी वह मन ही में रह गई। मेरा यह शरीर नष्ट हो जाएगा, किन्तु मैं मोक्ष नहीं चाहता। मैं तो चाहता हूं कि बार-बार इसी भूमि में जन्म लूं और बार-बार इसी के लिए मरूं। ऐसा तब तक करता रहूं जब तक कि देश गुलामी की ज़ंजीरों से छूट न जाए।

गेंदालाल के ये अन्तिम वचन रामप्रसाद बिस्मिल से ज्ञात हुए थे, जो शायद उन्हें गेंदालाल दीक्षित के रिश्तेदारों से ज्ञात हुए; और 'क्रान्तिकारी आन्दोलन का इतिहास' में रामप्रसाद बिस्मिल से जानकर ही उन्हें उद्धृत किया गया है। ये वचन बहुत ही मार्मिक हैं।

मृत्यु के साथ पूरी रस्साकशी चल रही थी। एक बार धर्मपत्नी की जीत होती थी और फिर मृत्यु उन्हें खींच ले जाती थी। वे बार-बार होश में आते और बार-बार बेहोश होते। जब भी होश में आते, उक्त ढंग की बातें करते। उन्हें इस बात का बड़ा दुख था कि कम उमर के छात्रों पर मुकदमा चल रहा है और उन्हें भी उसी प्रकार से जेल यातनाएं भोगनी पड़ेंगी, जैसी उन्होंने भोगी थीं और शायद उनका भी वैसा ही अन्त होगा, जैसा अपना हो रहा है।

मित्र और पत्नी दोनों इस नतीजे पर पहुंचे कि अब मृत्यु में देर नहीं है। पर पुलिस पीछे पड़ी हुई थी और यदि मरने के बाद भी पुलिस को पता लग जाता कि इस-इस तरह अमुक जगह पर मृत्यु हुई और उस समय ये-ये लोग थे, तो आश्रय देनेवाले को भी सज़ा होती और सेवा करनेवालों को भी। इसलिए बहुत सोच-

विचार के बाद यह तय हुआ कि गेंदालाल दीक्षित को नाम बदलकर सरकारी अस्पताल में भर्ती करा दिया जाए और वहीं जो कुछ होना हो, सो हो।

यह बहुत निष्ठुर निर्णय था, पर क्रान्तिकारी जीवन ऐसा ही होता है, जिसमें ममत्व के लिए अक्सर स्थान नहीं रहता। ममता के लिए स्थान तब हो जबकि कहीं से कोई सांस दिखाई पड़े।

गेंदालाल दीक्षित को सरकारी अस्पताल में भर्ती कर दिया गया। इस निर्णय में शायद एक घटक यह भी रहा होगा कि यदि मृत्यु हो जाए तो लाश को जलाने आदि का खर्च कौन देगा; क्योंकि जो कुछ भी पूंजी थी वह तो इलाज में खर्च हो चुकी थी, बिल्कुल साधनहीन होने के कारण ही उन्हें अस्पताल में भर्ती कराया गया था।

जब गेंदालाल दीक्षित की मृत्यु सरकारी अस्पताल में हुई, तो उनके पास न तो कोई मित्र था, न शिष्य था, न पत्नी, न रिश्तेदार। पत्नी तो रहना चाहती होगी, पर रिश्तेदारों ने रहने नहीं दिया होगा। क्योंकि रहस्य खुलने पर सबको जेलखाने की नौबत आ सकती थी। कवि की भाषा में सचमुच गेंदालाल दीक्षित की मृत्यु बिल्कुल उस प्रकार से हुई कि न तो किसी ने आंसू बहाए और न किसी ने गीत गाए, जैसा कि शहीदों की मृत्यु पर गाया जाना चाहिए। इस घटना की तारीख 21 दिसम्बर, 1920 को दी गई है।

गेंदालाल के सम्बन्ध में किसी को कुछ भी पता न लगता, यदि उनके चेलों में रामप्रसाद बिस्मिल और मुकुन्दीलाल न होते, जिन्हें बाद में चलकर काकोरी षड्यन्त्र में सज़ा हुई। रामप्रसाद बिस्मिल ने ही गणेशशंकर विद्यार्थी सम्पादित प्रभा नामक मासिक पत्रिका में गेंदालाल दीक्षित पर कुछ लेख लिखे थे, उन्हीं के आधार पर और रामप्रसाद बिस्मिल से सुनकर ही उनकी जीवनी का यह ब्यौरा 1938 में मैंने प्रस्तुत किया था। तब से बहुतों ने इस पर लिखा है, पर मूल आधार रामप्रसाद बिस्मिल के वे लेख ही रहे हैं। यह एक अजीब बात है कि गेंदालाल दीक्षित को अब भी लोग नहीं जानते हैं।

सैद्धान्तिक रूप से विश्लेषण करने पर शायद यह ज्ञात हो कि उनका प्रयास कोई बहुत ठोस नहीं था, पर जो भी प्रयास सफल नहीं होता, उसके सम्बन्ध में यह कहा जा सकता है । इसमें सन्देह नहीं कि वे उच्चतम देशभक्ति विचारों के द्वारा परिचालित थे और वे अपने विचारों को कार्यान्वित करने के

लिए किसी भी प्रकार मुंह नहीं मोड़ते थे और अन्त तक अज्ञातनामा होकर मरना स्वीकार किया।

साथी डाकुओं को तो पहले ही सज़ा हो चुकी थी, पर मैनपुरी में जो षड्यन्त्र चला, उसमें कई लोगों को छः-छः साल की सज़ा हुई। एक सबसे मज़ेदार बात यह है कि इसमें नेता तो जेल से भाग गया था और उसके अलावा भी दो प्रमुख अभियुक्त शिवकृष्ण और रामप्रसाद बिस्मिल पकड़े नहीं जा सके। मुकुन्दीलाल तथा अन्य कुछ लोगों को सजाएं हुईं। पर ये लोग भी बहुत जल्दी आम माफी में छूट गए। केवल मुकुन्दीलाल को नहीं छोड़ा गया और उन्हें पूरी सज़ा काटनी पड़ी।

यद्यपि गेंदालाल दीक्षित उन वीरों में हैं जिनका नाम ज़्यादा नहीं फैला, पर इसमें सन्देह नहीं कि भारत के स्वतन्त्रता-संग्राम के योद्धाओं में उनका नाम स्वर्णाक्षरों में लिखा रहेगा।

मानवेन्द्रनाथ राय

क्रान्तिकारी आन्दोलन बराबर विकासशील रहा। इस विकास का स्वरूप इससे अनुमान किया जा सकता है कि पहले जहां क्रान्तिकारियों के सामने केवल ब्रिटिश विद्वेष तथा अस्पष्ट धारणाएं थी, वहां धीरे-धीरे यह लक्ष्य समाजवाद तक पहुंच गया, जैसा कि चन्द्रशेखर आजाद और भगतसिंह के समय में हुआ। यों तो प्रारम्भ से ही क्रान्तिकारियों में समाजवाद की किसी-न-किसी प्रकार की धारणा थी, क्योंकि अधिकांश क्रान्तिकारी निम्न मध्यवित्त श्रेणी के थे। इस नाते समाजवाद का लक्ष्य उनके सामने होना ही चाहिए था।

पूरे क्रान्तिकारी आन्दोलन में यह विकास दिखाई पड़ता है। कांग्रेस के बहुत पहले क्रान्तिकारियों ने पूर्ण स्वराज्य का ध्येय अपनाया। इसी प्रकार कांग्रेस के

बहुत पहले क्रान्तिकारियों ने समाजवाद को अपना ध्येय निश्चित किया। यह विकास किसी क्रान्तिकारी के जीवन में बहुत स्पष्ट रूप से दिखाई पड़ सकता है, तो वह नरेन्द्र भट्टाचार्य या मानवेन्द्रनाथ राय के जीवन में। मानवेन्द्रनाथ राय ही भारत में कम्यूनिस्ट आन्दोलन के जन्मदाता सिद्ध हुए, यद्यपि पहले वे क्रान्तिकारी दल के ही थे।

नरेन्द्र का जन्म 1892 में चौबीस परगने के अरबलिया नामक एक गांव में हुआ। मौलिक रूप से उनके पिता दीनबन्धु भट्टाचार्य मेदिनीपुर जिले के रहनेवाले थे। वे जीविका की तलाश में अरबलिया आए थे। वहां वे स्कूल में संस्कृत पढ़ाते थे। बाद को दूसरी नौकरी के कारण परिवार कोडलिया में पहुंच गया।

बचपन से ही नरेन्द्र में एक खास प्रवृत्ति यह पाई गई कि वे जिस बात को भी सही समझते, उसे फौरन कार्यान्वित करने पर उतारू हो जाते। नरेन्द्र जब कुछ बड़े हुए तो उनका ध्यान इस बात की ओर गया कि लोग मूर्तिपूजा करते-करते स्वयं बुत बन गए हैं और उनमें कुछ कर्मशक्ति नहीं रह गई है। उनके हाथ कुछ ऐसा साहित्य लगा कि मूर्तिपूजा ही सब बुराइयों की जड़ है। बस, पुरोहित वंश का होते हुए भी उन्होंने चुन-चुनकर मूर्तियों को तोड़ना शुरू किया। कभी मूर्तियां तोड़ देते, कभी उन्हें गायब कर देते। कहना न होगा कि लोगों ने इसे पसन्द नहीं किया और इस पर बड़ा झगड़ा मचा। घर में विरोध हुआ और गांववालों ने भी विरोध किया। खैरियत यह हुई कि जल्दी ही नरेन्द्र का ध्यान दूसरी तरफ चला गया।

बंग भंग का आन्दोलन चालू था। यह एक जन-आन्दोलन था। केवल कुछ मुट्ठी-भर क्रान्तिकारियों में सीमित नहीं था। सच तो यह है कि जब जन-आन्दोलन पैरों तले रौंदा गया, तभी गुप्त समितियों का संगठन शुरू हुआ। नरेन्द्र भी क्रान्तिकारी आन्दोलन में शरीक हो गए और उन्होंने बिना किसी दरेग के सब तरह के कार्यों में भाग लिया। 1907 में उन पर पहली बार पुलिस ने यह मुकदमा चलाना चाहा कि इस बालक ने गांव के डाकखाने को लूटा है, पर समुचित प्रमाण नहीं मिला और मजिस्ट्रेट को बालक इतना छोटा लगा कि उसने उन्हें रिहा कर दिया। अब नरेन्द्र और सावधान हो गए। पर वे 1910 में फिर हावड़ा षड्यन्त्र के मामले में गिरफ्तार किए गए। अबकी बार भी अपराध प्रमाणित नहीं हुआ, पर पुलिस की रिपोर्ट पर उन्हें नज़रबन्द कर लिया गया और वे बीस महीने तक

नज़रबन्द रहे।

किसी ने ठीक ही कहा है कि संसार के क्रान्तिकारियों के लिए जेलें विश्वविद्यालय होती हैं। सो इस नजरबन्दी के ज़माने में नरेन्द्र ने बहुत गम्भीर

अध्ययन शुरू किया। साहित्य; दर्शन आदि की पढ़ाई शुरू हुई और राजनीति वहां तक जहां तक कि जेल में उसकी पुस्तकें मिल सकती थी। अबकी बार नरेन्द्र निकले तो उनका मन पहने से अधिक पुष्ट था और वे अधिक दृढ़प्रतिज्ञ थे

छूटने के बाद उनके मन की स्थिति ऐसी हो गई कि वे सब काम छोड़कर रामकृष्ण मिशन में शरीक हो गए। उस ज़माने में सभी क्रान्तिकारी अध्यात्मवाद से प्रभावित होते थे, इसे देखते हुए उनका इस प्रकार रामकृष्ण मिशन में हो जाना आश्चर्य की बात नहीं थी। पर बहुत दिनों तक उनसे यह कार्य न चला, क्योंकि अध्यात्म का कुछ नतीजा होता दिखाई नहीं पड़ा और वे चाहते थे, नतीजा जल्दी हो। इसलिए वे युगान्तर क्रान्तिकारी दल में भर्ती हो गए और थोड़े ही दिनों में वे एक अच्छे क्रान्तिकारी माने गए। इस युग की एक घटना ऐसी बताई जाती है कि एक बार प्रसिद्ध अंग्रेज़ जासूस सर चार्ल्स टेगार्ट एक दिन एकाएक उनके कमरे में घुस आए। वे अखबार पढ़ रहे थे। मेज पर एक तमंचा और दल के कागज़ात रखे हुए थे। नरेन्द्रनाथ ने फौरन ही हाथ का अखबार मेज पर डाल दिया और बेतकल्लुफी से उस प्रसिद्ध जासूस से बात करने लगे। यहां तक कि वह बेचारा शरमाकर चला गया। पर नरेन्द्र समझ गए कि अब ज़्यादा दिन बचना नहीं है और उधर पटना में कुछ काम भी था, इसलिए वे पटना चले गए और वहां नौ महीने तक कम्पोजीटर का काम करते रहे। साथ ही दल की ओर से संगठन भी करते रहे।

जब 1914 में प्रथम महायुद्ध छिड़ा, तब भारतीय क्रान्तिकारियों ने कमर कस ली, क्योंकि यही मौका था जब ब्रिटिश शासन को पस्त किया जा सकता था। बड़े ज़ोर-शोर से सरकार को उलटने का षड्यन्त्र चलने लगा। कलकत्ता में श्रमजीवी समवाय नाम से एक स्वदेशी वस्तुओं की दुकान खाली गई। यों तो ऊपर से इसका उद्देश्य स्वदेशी का प्रचार था, पर भीतर ही भीतर इसकी आड़ में क्रान्तिकारी संगठन चालू रहा। बाद को असहयोग आन्दोलन में भी इसी प्रकार खद्दर भंडारों के ज़रिये कांग्रेसी अपना संगठन करते रहे। 1915 में इस दल

की ओर से, जिसके नेता यतीन्द्र मुखर्जी या बाघा यानी शेर यतीन्द्र थे, दो प्रसिद्ध राजनीतिक डकैतियां हुईं जिनमें एक तो गार्डेन रीच में बर्ड कम्पनी पर डाली गई जिसमें अट्ठारह हजार और दूसरी बेले घाटा में एक अन्य कम्पनी पर डाली गई जिससे क्रान्तिकारियों के हाथ चालीस हजार रुपये लग गए।

महायुद्ध के समय स्वाभाविक रूप से जर्मन यह चाहते थे कि भारत में विद्रोह हो और इस प्रकार ब्रिटेन पर दोनों तरह से दबाव पड़े। क्रान्तिकारी इस गुर को पहले ही से समझे हुए थे। वे जानते थे कि दुश्मन का दुश्मन दोस्त होता है। तदनुसार भोलानाथ चट्टोपाध्याय बैंकाक भेजे गए और इसके बाद 1915 के अप्रैल में सी. मार्टिन के छद्म नाम से नरेन्द्रनाथ बटेविया पहुंच गए। यहां पर साहित्य के पाठक को शरत-साहित्य की प्रसिद्ध क्रान्तिकारी पुस्तक 'पथ के दावेदार' की याद आएगी। उसमें बटेविया का नाम कई बार आता है। कहते हैं, नरेन्द्रनाथ ने बटेविया से एक मोटी रकम क्रान्तिकारियों के लिए भिजवाई और यह शुभ सूचना भेजी कि तीस हजार राइफलें, डेढ़ करोड कारतूस और लाखों रुपये लेकर मवेरिक नामक जर्मन जहाज भारत तट पर पहुंचेगा। जर्मन एजेंट ने इसकी व्यवस्था की कि एक चीनी के जरिये प्रचुर धन भेजा जाए, पर यह व्यक्ति बटेविया में ही गिरफ्तार हो गया। साथ ही बहुत-सी बातें खुल भी गईं और कई व्यक्ति बाल-बाल बचे जिनमें नरेन्द्रनाथ भी थे। यतीन्द्रनाथ मुखर्जी, जो देश में इस दल के नेता थे, उड़ीसा के बालासोर जिले में समुद्र के पास इस कारण टिके हुए थे कि मेवेरिक जहाज वहां पहुंचेगा तो उससे राइफल आदि उतारी जाएगी। पुलिस को किसी तरह इस बात का पता लग गया और यतीन्द्रनाथ मुखर्जी तथा उनके तीन साथियों के साथ पुलिस को बाकायदा सम्मुख-युद्ध हुआ। दोनों तरफ से गोलियां चलीं और सभी क्रान्तिकारी, जो वहां थे, गोलियों के शिकार हो गए। बालासोर का युद्ध एक स्मरणीय घटना है।

अब नरेन्द्रनाथ के लिए बड़ी समस्या पैदा हो गई। अन्तर्राष्ट्रीय ब्रिटिश गुप्तचर उनके पीछे पड़े हुए थे। क्रान्ति को मदद भेजना तो दूर रहा, अब अपनी जान बचाना मुश्किल हो गया। जावा, सुमात्रा से निकलकर अब नरेन्द्रनाथ हिन्द-चीन, हांगकांग आदि जहां भी जाने का मौका मिला भटकते रहे। इसी तरह वे चीन, जापान सर्वत्र घूमते रहे और अन्तर्राष्ट्रीय ब्रिटिश खुफिया विभाग उनका पीछा करता रहा। पर क्या वे केवल भाग रहे थे? नहीं भागते हुए भी

जहां बन पड़ता था, वे स्थानीय संग्राम में हिस्सा लेते जाते थे। कहते हैं, इन दिनों वे एक कैथोलिक पादरी के भेस में थे। इसी रूप में वे भ्रमण कर रहे थे। जब वे फिलीपाइन पहुंचे, तो वहां विदेशी शासन के विरुद्ध संग्राम चल रहा था। नरेन्द्रनाथ ने उसमें भाग लिया और फिर एक बार पुलिस उनके पीछे पड़ गई। यहां से वे जापान पहुंचे, जहां उन्हीं की तरह भागे हुए महान क्रान्तिकारी रासबिहारी बोस मौजूद थे। इसके अलावा वहां पर चीन के नवजागरण के नेता सनयात सेन भी थे। नरेन्द्रनाथ इन लोगों से मिले, पर जब पुलिस उनके पीछे लग गई तो वहां से कोरिया भाग गए और कोरिया के रास्ते वे चीन पहुंच गए।

चीन में अंग्रज़ों का बहुत प्रभाव था। नरेन्द्रनाथ गिरफ्तार कर लिए गए, पर कुछ प्रमाण नहीं मिला कि ये कौन हैं इसलिए वे सी. मार्टिन समझकर छोड़ दिए गए। चीन में रहकर भी नरेन्द्रनाथ ने वहां के क्रान्तिकारियों से मिलकर भारत को अस्त्र-शस्त्र भेजने की चेष्टा की, साथ ही वे जर्मन राजदूत से भी मिले। पर इस समय तक जर्मनी का जोश ठंडा पड़ गया था, क्योंकि यूरोप में उसकी हार होने लगी थी। पुलिस उलटे पीछे पड़ गई। तब कैलिफोर्निया जाते हुए एक जर्मन जहाज़ में नरेन्द्रनाथ अमरीका पहुंच गए।

अमरीका पहुंचकर भी स्थिति कुछ नहीं सुधरी, क्योंकि वे जर्मन जहाज से उतरे, इस कारण जर्मन जासूस होने का शक रहा। खैरियत यह हुई कि वहां प्रसिद्ध लेखक श्री यदुगोपाल मुखर्जी से उनकी भेंट हुई। साथ ही गदर पार्टी के लोगों से भी जान-पहचान हुई। जो कुछ भी हो, अमरीका में रहकर नरेन्द्रनाथ ने उक्त मुखोपाध्याय की सलाह पर अपना नाम मानवेन्द्रनाथ राय कर लिया।

मानवेन्द्र नरेन्द्र का ही अनुवाद है। आगे वे इसी नाम से प्रसिद्ध हुए। राय अब फिर से अध्ययन करने लगे। वे जानना चाहते थे कि बात क्या है। कि हम सफल नहीं हो पा रहे हैं। उन्हीं दिनों राय की भेंट लाला लाजपतराय से भी हुई। दोनों में बहुत प्रेम रहा और दोनों साथ-साथ काम करने लगे। यह काम दो तरह का था-एक तो भारतीय स्वतन्त्रता के लिए प्रचार करना और दूसरे अमरीकी मज़दूरों में काम करना। पहली बात पर अमरीकी सरकार को उतनी आपत्ति नहीं थी, पर दूसरी बात के कारण वे गिरफ्तार कर लिए गए। कहते हैं, लाला लाजपतराय ने उन्हें ज़मानत पर छुड़ाया था।

अमरीका से निराश होकर राय मैक्सिको पहुंच गए। वहां भी बड़े ज़ोरों से पूंजीवादी राष्ट्र के खिलाफ आन्दोलन चल रहा था। राय इसमें कूद पड़े। उनका जीवन इस बात का प्रमाण और प्रतीक था कि सच्चे क्रान्तिकारी के लिए क्रान्ति का फैलाव अपने देश तक ही नहीं है, जहां भी संसार में प्रतिक्रिया और प्रतिक्रान्ति रहती है, क्रान्तिकारी उसके विरुद्ध लड़ने के लिए तैयार रहता है। इसी सिद्धान्त को मानकर राय ने मैक्सिको के जन-आन्दोलन में भाग लिया और 1918 में वे मैक्सिको में इतने मशहूर हो गए कि उन्होंने वहां कम्यूनिस्ट पार्टी की स्थापना की, जिसके सम्बन्ध में यह बताया जाता है कि रूस के बाहर यह पहली कम्युनिस्ट पार्टी थी। वे स्वयं इस दल के प्रथम मन्त्री बने और साथ ही वे स्पेनिश भाषा के अखबार एल.कम्यूनिस्ता के सम्पादक भी बने। उस समय तक उन्होंने इतनी अच्छी तरह स्पेनिश भाषा सीख ली थी। कि वे उस भाषा में एक पत्र के सम्पादक भी हो सकते थे। इन्हीं दिनों उन्होंने अंग्रेज़ी में पुस्तक भी लिखी, जिसका नाम था-'दि हाई रोड टू वर्ल्ड पीस' यानी 'विश्वशान्ति का मार्ग'। यह पुस्तक उनकी पहली पुस्तक थी और इसमें उन्होंने यह प्रतिपादित किया था कि किस प्रकार शान्ति स्थापित हो सकती है, साथ ही यह भी खोलकर रख दिया था कि साम्राज्यवादी जब शान्ति का नारा देते हैं तो उनका अर्थ होता है-चुप रहो, मुझे अपनी लूट के माल का आनन्द भोगने दो, कोई बखेड़ा खड़ा न करो। इस पुस्तक में यह बताया गया कि विश्वशान्ति तभी हो सकती है जब सारे देश स्वतन्त्र हो जाएं और साम्राज्यवाद तथा उपनिवेशवाद का अन्त हो जाए।

उनका प्रभाव मैक्सिको में इतना बढ़ा कि मैक्सिको के राष्ट्रपति वेनू सतियानो कराञ्जे ने उन्हें सलाकार बना लिया। इन्हीं दिनों उनकी दूसरी पुस्तक 'इंडिया : पास्ट, प्रजेंट एंड फ्यूचर' यानी 'भारत का भूत, वर्तमान और भविष्य' प्रकाशित हुई।

इस प्रकार उनका अध्ययन, प्रचार-कार्य और लिखने का काम साथ-साथ चलता रहा। उन दिनों तक रूस के क्रान्तिकारी अन्तर्राष्ट्रीय प्रतिक्रियावाद के हमलों पर विजयी होकर करीब-करीब अपने पैरों पर खड़े हो चुके थे और अब उन्हें सांस लेने का मौका मिला था। एक सच्ची क्रान्तिकारी सरकार की तरह, जिसकी क्रान्ति का सोता अभी सूखा नहीं था, बल्कि उफनता हुआ बना था; रूस की सरकार ने यह निश्चय किया कि लगे हाथों दूसरे देशों में

क्रान्ति होनी चाहिए। तभी रूसी क्रान्ति सुरक्षित रह सकती है। इसी उद्देश्य से जगह-जगह दूत भेजे गए, जिनमें बोरोदिन का नाम बहुत प्रसिद्ध है। वह कुशाग्रबुद्धि और साथ ही अत्यन्त साहसिक व्यक्ति था। वह घूमता-फिरता मैकिसको आया और वहीं पर एम.एन. राय से उसका परिचय हुआ। उसने राय की प्रतिभा समझ ली और यह भी अनुमान लगा लिया कि राय साम्यवाद के संगठन में बहुत उपयोगी हो सकते हैं। उसने लेनिन को राय के विषय में लिखा। लेनिन राय के विषय में इतने प्रभावित हुए कि उन्होंने उन्हें बुला भेजा और यह निश्चय हुआ कि इस प्रकार के लोगों की सहायता से तृतीय अन्तर्राष्ट्रीय कायम हो। यहां यह बता दिया जाए कि समाजवाद के सम्बन्ध में बराबर यह धारणा रही कि वह राष्ट्रीय आन्दोलन एक हद तक ही है, असल में वह अन्तर्राष्ट्रीय आन्दोलन है। इसीलिए इसका नारा है–दुनिया के मजदूरों, एक हो।

1864 में पहला अन्तर्राष्ट्रीय स्वयं मार्क्स के द्वारा स्थापित किया गया था। पर वह कई कारणों से भंग हो गया, जिनमें एक कारण यह भी था कि बाकुनिन नामक अराजकतावादी ने लोगों को गलत तरीके से बहका दिया। 1889 में दूसरा अन्तर्राष्ट्रीय कायम हुआ, पर यह भी सोशल डेमोक्रेटों के चक्कर में पड़कर दलदल में फंस गया। तृतीय अन्तर्राष्ट्रीय की स्थापना ज़रूरी थी।

एम.एन. राय रूस का निमन्त्रण पाकर स्पेन ओर जर्मनी होते हुए रूस पहुंच गए। वहां लेनिन से जल्दी ही उनकी मित्रता हो गई। उसमें राय ने लेनिन को न केवल भारतवर्ष की स्थिति बल्कि सारे संसार की स्थिति समझाई। लेनिन बहुत कुछ उनसे सहमत हुए, पर कई मामलों में उनका गहरा मतभेद भी रहा। फिर भी लेनिन यह समझते थे कि राय क्रान्ति के प्रति सब तरह से प्रतिबद्ध और उसके लिए सब तरह का कष्ट उठाए हुए हैं। रूसी क्रान्तिकारियों में राय की इतनी इज़्ज़त बढ़ी कि उन्हें सबसे ऊंची संस्थाओं का सदस्य, यहां तक कि लाल सेना की एक टुकड़ी का अध्यक्ष भी बना दिया गया।

तीन व्यक्ति विशेषकर इसलिए नियुक्त हुए कि पूर्वी देशों में क्रान्तिकारी आन्दोलन दृढ़ किया जाए। इन तीन व्यक्तियों में राय भी थे। पहले तो उन क्षेत्रों में समाजवाद को मनवाने का प्रयत्न हुआ जो ज़ारशाही की अमलदारी में रूस के साम्राज्य में थे, पर वे रूस के हिस्से नहीं थे। ऐसे स्थानों में धर्म और सामन्तवाद

मिलकर क्रान्ति के विरुद्ध सिर उठा रहे थे। इसका विरोध करने के लिए और उन्हें नीचा दिखाने के लिए वहां की जनता को साथ में लेकर चलने की समस्या थी। राय ने इस काम में हाथ बंटाया और थोड़े ही दिनों में मुल्लाओं और सरदारों के सिर कुचल दिए गए और इन इलाकों को सोवियत संघ का समान सदस्य बनाया गया। इस प्रकार राय ने इन इलाकों में क्रान्ति को सफल बनाने में महत्त्वपूर्ण कार्य किया।

यह सब करने के बाद राय फिर मास्को लौट गए। 1921 में भारत में असहयोग आन्दोलन चला। वह थोड़ी देर चलकर बन्द भी कर दिया गया। जब बाद को अहमदाबाद कांग्रेस की बैठक हो रही थी, तब राय ने उसमें अपना एक पर्चा भेजा जिसमें इस बात पर ज़ोर दिया गया था कि कांग्रेस को साम्राज्यवाद-विरोधी मोर्चे के रूप में संगठित किया जाए और राजनीतिक मांग के साथ-साथ आर्थिक और सामाजिक लक्ष्य भी स्पष्ट किया जाए। इसके अलावा संविधान सभा का भी नारा दिया गया। बाद को नेहरू ने राय के इन्हीं विचारों को कुछ हद तक ग्रहण किया और उन्हें कार्यान्वित करने का प्रयास किया जिसमें वे कुछ सफल भी रहे। पर राय ने ही इस महत्त्वपूर्ण दिशा की ओर पहले-पहल दृष्टि दौड़ाई। उन्होंने मास्कों से 'वेंगार्ड' नामक एक अखबार निकाला जिसकी प्रतियां भारत में चोरी से आती थीं और क्रान्तिकारी इन्हें चुपके-चुपके पढ़ते थे। इसके अलावा एक पत्र 'मासेज़' नाम से भी निकाला। ये दोनों पत्र काफी दिनों तक चलते रहे और इनके द्वारा क्रान्ति का प्रचार-कार्य सारे पूर्वी देशों में होता रहा।

1924 में कानपुर में बालशेविक षड्यन्त्र चला, जिसमें मुख्य अभियुक्त श्रीपत अमृत डांगे और शौकत उस्मानी थे। इस षड्यन्त्र में राय का भी वारंट था। पर राय तो रूस में बैठे हुए थे, वे कैसे पकड़े जाते? पर उनका नाम गवाहियों में बराबर आता रहा। डांगे, उस्मानी आदि को सज़ा हो गई, पर राय नहीं पकडे जा सके। इस प्रकार राय भारत में साम्यवादी आन्दोलन के भी प्रवर्तक हुए और भारत में जो साम्यवादी दल बना, उसमें राय का बहुत हाथ रहा, यद्यपि बाद को राय कम्यूनिस्टों, यहां तक कि कम्यूनिज़्म के विरुद्ध हो गए।

राय न केवल भारत के साम्यवादी आन्दोलन में ही मुख्य अग्रणी हुए, बल्कि चीन के साम्यवादी आन्दोलन में भी उनका कुछ हाथ रहा। चीन में राय किसी हद तक मास्को की सलाह के विरुद्ध चले गए और यहीं से राय साम्यवादी अन्तर्राष्ट्रीय से अलग होने लगे। यह अच्छा हुआ या बुरा हुआ, इसका प्रश्न नहीं

है, पर यह स्पष्ट है कि राय अकेले कुछ कर नहीं सकते थे। पर राय चुप बैठनेवाले नहीं थे। वे अपने मत का प्रचार करते रहे। राय को हर तरह से अब बदनाम किया जाने लगा। यहां तक कि उन्हें साम्राज्यवादी एजेंट भी कहा गया। रूस से वे जर्मनी में गए, पर वहां भी कम्यूनिस्टों ने उनका विरोध किया। फिर भी वे बराबर भारत की स्वतन्त्रता के पक्ष में रहे।

1931 की 21 जून को राय बम्बई में गिरफ्तार हो गए, यह सुनकर लोगों को बहुत आश्चर्य हुआ। मालूम हुआ कि वे बहुत दिनों से डा. महमूद नाम से भारत में चल रहे थे। उन पर पहलेवाला मुकदमा तो था ही, फौरन वह लटकती हुई तलवार उनके सिर पर गिरी और उन्हें आठ साल कालेपानी की सज़ा हुई। राय ने बड़ी योग्यता से अपने मुकदमे की पैरवी की। पैरवी का रूप यह नहीं रहा कि मैंने कुछ किया नहीं, इसलिए मुझे छोड़ दिया जाए; बल्कि पैरवी का रूप वही रहा, जिसका रास्ता इसके पहले मदनलाल धींगरा से लेकर सरदार भगतसिंह तक कितने ही क्रान्तिकारी अपना चुके थे। उन्होंने यह स्पष्ट कहा कि जो देश गुलामी की ज़ंजीरो में जकड़ा है, उसे हर तरीके से विद्रोह करने का नैतिक, मानवीय और कानूनी अधिकार है। कहना न होगा कि अदालत पर उसका कोई प्रभाव नहीं पड़ा। राय को बरेली सेंट्रल जेल भेज दिया गया, जहां उन दिनों सुप्रसिद्ध क्रान्तिकारी नेता शचीन्द्रनाथ सान्याल भी थे। पर दोनों अलग-अलग रखे गए। उन्हें मिलने नहीं दिया गया। पर विश्वस्त कैदियों के जरिये दोनों का पत्र-व्यवहार शुरू हुआ। सान्याल अध्यात्मवादी थे और राय भौतिकवादी थे। दोनों में इसी पर बहुत तर्क-वितर्क होता रहा और तर्क-वितर्क चोरी से भेजे गए पत्रों के जरिये होता रहा। सान्याल का कहना यह था कि अध्यात्मवाद की नींव के बिना समाज की सृष्टि का कोई व्यापक सिद्धान्त प्रस्तुत नहीं हो सकता, इसलिए समाजवाद के साथ-साथ अध्यात्मवाद भी होना चाहिए। राय इसके विपरीत तर्क देते थे और ऐसा करते हुए दोनों ओर से नवीनतम विज्ञान, खगोल मैटर सम्बन्धी खोज, मानव-विज्ञान, इतिहास के हवाले दिए जाते थे। दुख है कि यह पत्र-व्यवहार प्राप्त नहीं है। और चोरी से होने के कारण फौरन ही फाड़ दिया जाता था। राय ने इन दिनों सान्याल की सलाह पर भारतीय दर्शनशास्त्र के मौलिक ग्रन्थों को भी पढ़ना शुरू किया।

कुछ वर्ष जेल में रखे जाने के बाद राय छोड़ दिए गए और वे जवाहरलाल

की सलाह से कांग्रेस में शरीक हो गए। उन्होंने थोड़े ही दिनों में यह पहचान लिया कि कांग्रेस एक गुटबन्दी में पड़ी हुई संस्था है और यह राय को किसी प्रकार मौका नहीं देना चाहती। तब राय ने रेडिकल डेमोक्रेटिक पार्टी की स्थापना की। इसमें देश के कुछ बहुत ऊंचे दर्जे के बुद्धिजीवी उनके साथ हो गए। पर दल बहुत छोटा रहा और उसका प्रभाव बहुत कम रहा।

जब 1939 में महायुद्ध छिड़ा, तब राय ने एक अजीब सिद्धान्त पेश किया जिसे लोग समझ नहीं पाए। उनका कथन था कि हमें संसार की फासिस्ट शक्तियों से लोहा लेना चाहिए। वे इस नतीजे पर पहुंचे कि युद्ध में अंग्रज़ों की सहायता करनी चाहिए। इस नीति की बड़ी निन्दा हुई और एम. एन. राय फिर एक बार विश्वासघाती करार दिए गए। वे एक अखबार चला रहे थे, जिसके लिए ब्रिटिश सरकार से उन्हें कई हजार रुपये महीने की मदद मिलती थी। सभी दलों ने, विशेषकर साम्यवादी दल ने राय का बहुत विरोध किया, यद्यपि बाद को जब रूस पर हमला हुआ तो इन्हीं साम्यवादियों को इस युद्ध को जनयुद्ध करार देना पड़ा। राय का युद्ध में साथ देने का तर्क यह था कि ब्रिटेन इसमें विजयी होने पर भी इतना कमज़ोर हो जाएगा कि भारत छोड़कर चला जाएगा। इसलिए अंग्रज़ों की मदद करनी चाहिए, क्योंकि हिटलर और मुसोलिनी सबसे खतरनाक शक्तियां हैं।

इसमें कोई सन्देह नहीं कि हिटलर और मुसोलिनी यानी फासिस्ट शक्तियां सबसे खतरनाक शक्तियां थीं, पर राष्ट्रीय आन्दोलन यदि ज़ोर न पकड़ता और आजाद हिन्द फौज की कहानी और मुकदमे से यदि भारतीय फौजों पर असर न पड़ता तो क्या भारत स्वतन्त्र हो सकता था? इन प्रश्नों के उत्तर पर ही राय की बदली हुई नीति तथा 'अंग्रज़ों की मदद करो' के नारे की असलियत कूती जा सकती है। साम्यवादियों की बात तो समझ में आती है कि उनके अनुसार रूस की रक्षा करना सबसे बड़ा कर्तव्य है; पर राय का सिद्धान्त किसी भी रूप में समझ में नहीं आता। इसलिए लोगों को यह कहने का मौका मिला जाता है कि राय एक तरफ संसार के साम्यवादियों से नाराज़ थे, दूसरे कांग्रेस से नाराज़ थे, इसलिए झुंझलाकर निराशा में उन्होंने इस प्रकार विपरीत नीति का प्रतिपादन किया। बाद को उनके इस युग के चेलों में से कौन किस तरफ गया, यह भी उनकी उस समय की नीति को समझने का एक अच्छा तरीका है। इस कमेटी से भी राय के सम्बन्ध में कोई अच्छा मत नहीं बनता।

राय ने स्वयं ही अपने दल को 1948 में भंग कर दिया। इसका अर्थ भी स्पष्ट है। इसके बाद राय मानववाद का प्रचार करने लगे, पर यह मानववाद माक्र्सवाद-विरोधी और रूस-विरोधी रहा। इस प्रकार यह मानववाद वह मानववाद नहीं रहा, जिसका प्रचार अन्य मानववादी करते हैं। समाजवाद से अलग मानववाद की कल्पना अवास्तविक है। और प्रवंचनापूर्ण तथा जन-विरोधी था।

इसमें कोई सन्देह नहीं कि मानवेन्द्रनाथ राय प्रकांड विद्वान तथा अपने युग के एक बहुत बड़े क्रान्तिकारी रहे, पर वे इतने व्यक्तिवादी रहे और अपने ऊपर घटित घटनाओं से इतने अधिक प्रभावित रहे कि वे किसी प्रचार पर निष्पक्ष यानी केवल क्रान्ति का पक्ष लेकर विचार करने में असमर्थ रहे। भारतीय जेल से छूटने के बाद उन्होंने जो कुछ भी किया, उसमें कोई विशेष तुक नहीं दिखाई पड़ेगी। उनकी कई पुस्तकें बहुत ही विद्वत्तापूर्ण हैं और हमेशा पठनीय रहेंगी। वे सत्रह भाषाएं जानते थे। धारा-प्रवाह कई भाषाओं में भाषण दे सकते थे, फिर भी यह दुःख की बात है कि अन्त तक वे अपना सन्तुलन कायम नहीं रख सके और उनके अन्तिम विचारों का उपभोग ऐसे गुट तथा संस्थाएं कर रही हैं जो सम्पूर्ण रूप से क्रान्ति-विरोधी हैं।

उनकी मृत्यु 1954 की 24 जनवरी को हुई।

रामप्रसाद बिस्मिल

काकोरी षड्यन्त्र में जिन चार व्यक्तियों को 1927 में फांसी की सज़ा दी गई थी, उनमें रामप्रसाद बिस्मिल सबसे पुराने क्रान्तिकारी थे। उन पर सबसे ज़्यादा अभियोग भी थे। क्योंकि वे क्रान्तिकारी दल के हिंसा-विभाग के नेता थे।

उनके बाप-दादा मूलरूप से ग्वालियर राज्य के रहनेवाले थे। तोमरधार में चम्बल नदी के किनारे के दो गांव उस युग में बहुत प्रसिद्ध थे, क्योंकि वहां के लोग उद्दंड थे। कभी गांववाले मालगुजारी देते थे, कभी नहीं देते थे। कई बार राजा की

तरफ से फौज आदि भेजी जाती थी, तो लोग अपने जानवरों को लेकर जंगलों में चल देते थे। घर पर कोई ऐसी जीज़ नहीं छूटती थी, जिसे बेचकर अधिकारी कुछ वसूल कर सकते। वहां के एक ज़मीदार के सम्बन्ध में यह कथा है कि एक बार राज्य के लोगों ने उसे पकड़ लिया और बहुत सताया। कई दिनों तक उसे भूखा-प्यासा रखा, फिर पैरों से सूखी घास डलवाकर आग लगवा दी। पर वह टस से मस न हुआ। उसका कहना यही था कि मैंने मालगुजारी नहीं दी तो, इतने बड़े महाराज हैं, उनका क्या बिगड़ जाएगा? राज्य को यही बात लिख दी गई तो उस ज़मीदार के पास जितनी ज़मीन थी, वह उसे माफी में दे दी गई।

इन्हीं दो गांवों में से एक में रामप्रसाद के दादा नारायणलाल का जन्म हुआ। घरेलू झगड़ों के कारण, विशेषकर अपनी भाभी के बुरे बर्ताव के करण उन्हें अपना गांव छोड़ देना पड़ा। वे बहुत दिनों तक इधर-उधर भटकते हुए, अन्त में शाहजहांपुर पहुंचे

नारायणलाल के दो बेटे थे–मुरलीधर और कल्याणमल। रामप्रसाद मुरलीधर के ही पुत्र थे। जिस समय नारायणलाल शाहजहांपुर पहुंचे थे, उस समय मुरलीधर की उम्र आठ वर्ष और कल्याणमल की छः वर्ष थी। शाहजहांपुर पहुंचने पर कष्टों का अन्त नहीं हुआ, बल्कि मुसीबत और बढ़ गई, क्योंकि उन दिनों वहां अकाल पड़ रहा था। बड़ी कठिनाई से मुरलीधर को एक अत्तार की दुकान पर तीन रुपये महीने की नौकरी मिली। उस युग में रुपयों का मूल्य बहुत ज़्यादा था, फिर भी तीन रुपयों में चार प्राणियों का निर्वाह नहीं हो सकता था। इस परिस्थिति का जो वर्णन लिखा है, उससे पता लगता है। कि आज के मुकाबले में बहुत कम आबादी होने पर भी साधारण शहरवासियों तक की क्या हालत थी। रामप्रसाद ने लिखा है–दादीजी ने बहुत प्रयत्न किया कि अपने–आप केवल एक समय आधे पेट भोजन करके बच्चों का पेट पाला जाए, फिर भी निर्वाह न हो सका। बाजरा, कुकनी, सामा, ज्वार इत्यादि खाकर दिन काटने चाहे, किन्तु फिर भी गुजारा न हुआ, तब आधा बथुआ, चना या कोई दूसरा साग, जो सबसे सस्ता हो, उसको लेकर, सबसे सस्ता अनाज उसमें आधा मिलाकर थोड़ा-सा नमक डालकर उसे स्वयं खातीं, लड़कों को चना या जौ की रोटी देतीं। इसी प्रकार दादाजी भी समय व्यतीत करते थे। बड़ी कठिनाई से आधे पेट खाकर दिन तो कट जाता, किन्तु पेट में घोंटू दबाकर रात काटना कठिन हो जाता। यह

तो भोजन की अवस्था थी, वस्त्र तथा रहने के स्थान का किराया कहां से आता? दादीजी ने चाहा कि भले घरों में कोई मज़दूरी ही मिल जाए। किन्तु अनजान व्यक्ति का, जिसकी भाषा भी उस देश की भाषा में न मिलती हो, भले घरों में सहसा कौन विश्वास कर सकता था! कोई मज़दूरी पर अपना अनाज भी पीसने को न देता था। डर था कि दुर्भिक्ष का समय है, खा लेगी। बहुत प्रयत्न करने के बाद दो–एक महिलाएं अपने घर पर अनाज पिसवाने पर राज़ी हुईं। किन्तु पुरानी काम करनेवालियों को कैसे जवाब दें? इसी प्रकार अनेक अड़चनों के बाद पांच–सात सेर अनाज पीसने को मिल जाता, जिसकी पिसाई उस समय एक पैसा प्रति पंसेरी थी। बड़ी कठिनाई के आधे पेट एक समय भोजन करके तीन-चार घंटों तक पीसकर एक पैसा या डेढ़ पैसा मिलता। फिर घर पर आकर बच्चों के लिए भोजन तैयार करना पड़ता। दो-तीन वर्ष तक यही अवस्था रही।

कभी-कभी नारायणलाल परिस्थितियों से घबराकर ग्वालियर लौटने की बात करते। पर राजप्रसाद की दादी बहुत ही दृढ़ विचारों की महिला थीं। उनका कहना यह था कि जिनके कारण देश छूटा, धन गया, अब उनके पास जाकर उनकी गुलामी क्यों करें?

शाहजहांपुर में अकाल की हालत कई साल तक रही। जब अकाल दूर हुआ तो परिवार की हालत भी सुधरी। इसी बीच लोगों से परिचय भी हो गया था। नारायणलाल अब सात रुपये मासिक के नौकर हो गए। इसके बाद उन्होंने यह नौकरी भी छोड़ दी और स्वतन्त्र रूप से रुपये तुड़ाने का काम करने लगे। पांच-सात आने रोज़ पैदा होने लगे। पंडित रामप्रसाद ने इसका सब श्रेय अपनी दादी को दिया है। इसमें सन्देह नहीं कि उनकी दादी एक बहुत दृढ़ चरित्र की स्त्री थीं। उन दिनों स्त्रियों की जो हालत थी, उसे देखते हुए दादीजी का साहस बहुत ही अद्‌भुत था।

उस युग में स्त्रियों की क्या हालत थी, यह बिस्मिल के शब्दों में जानने लायक है : "किसी ब्राह्मण, क्षत्रिय या वैश्य कुलवधू का क्या साहस जो डेढ़ हाथ का घूंघट निकाले बिना एक घर से दूसरे घर चली जाए! शूद्र जाति की वधुओं के लिए भी यही नियम था कि वे रास्ते में बिना घूंघट के न जाएं। शूद्रों का पहनावा भी अलग था, ताकि दूर से ही पहचान ली जाए कि यह किसी नीच जाति की स्त्री है।"

उस ज़माने में चमार स्त्रियों को पैरों में बिछुआ तक पहनने की आज्ञा नहीं थी। एक चमार की स्त्री ज़मीदार के सामने बिछुआ पहनकर चली गई, तो ज़मीदार जूते पहनकर उसके पैरों पर खड़ा हो गया और इस ज़ोर से दबाया कि उसकी अंगुलियां कट गईं, ऊपर से बोला-यदि चमारों के घर की स्त्रियां बिछुआ पहनेंगी, तो ऊंची जाति के घर की स्त्रियां क्या पहनेंगी?

इन्हीं परिस्थितियों में दादीजी ने अपने परिवार का पालन किया।

अवस्था सुधरने पर मुरलीधर को कुछ शिक्षा मिली। फिर यथासमय उनका ब्याह कर दिया गया। मुरलीधर नगरपालिका में पन्द्रह रुपये मासिक पर नौकर हो गए। पर उन्हें यह काम पसन्द नहीं आया। वे थोड़े दिन बाद स्वतन्त्र होकर काम करने लगे और कचहरी में सरकारी स्टाम्प बेचने लगे। वे रुपये का लेन-देन भी करते थे। उन्होंने तीन बैलगाड़ियां बनवाईं, जिन्हें वे किराये पर देते थे। अब आर्थिक चिन्ता कोई नहीं थी। मुरलीधर को व्यायाम से प्रेम था और वे कुश्ती भी लड़ा करते थे।

मुरलीधर का पहला पुत्र पैदा होकर मर गया। उसके एक साल बार रामप्रसाद बिस्मिल ने ज्येष्ठ पुत्र शुक्ल पक्ष 11 सम्वत् 1954 विक्रमी को जन्म लिया। दादीजी ने रामप्रसाद की विशेष देखभाल की। थोड़े दिनों में उनमें भी वही कुलक्षण दिखाई पड़ने लगे, जो बड़े भाई में दिखाई पड़े थे। किसी ने बताया कि एक सफेद खरगोश को बच्चे को शरीर पर से घुमाकर ज़मीन पर छोड़ दिया जाए। यदि वही बीमारी है तो खरगोश तुरन्त मर जाएगा। कहते है, हुआ भी ऐसा ही।

सात वर्ष की उम्र में रामप्रसाद पढ़ने के लिए बैठाए गए। उन्हें हिन्दी और उर्दू दोनों की शिक्षा मिलने लगी। इन्हीं दिनों मुरलीधर चटर्जी नामक किसी बंगाली की संगत में पड़ गए जो चरस का लती था। दोनों मित्र चरस पीते रहे जिससे मुरलीधर का शरीर बिल्कुल ही नष्ट हो गया और हड्डियां ही रह गईं।

रामप्रसाद के बाद पांच बहनों और तीन भाइयों का जन्म हुआ, जिनमें से रामप्रसाद को फांसी लगते समय एक ही भाई और तीन बहनें बची थीं। यह एक मज़ेदार बात है कि मुरलीधर से पहले उनके खानदान में जितनी भी लड़कियां पैदा होती थीं, उन्हें मार डाला जाता था। पहली बार इस खानदान की लड़कियों को जीवित रखा गया था। और उन्हें अच्छी शिक्षा देकर उनका

ब्याह कर दिया गया। बड़े मार्मिक शब्दों में रामप्रसाद ने लिखा है : "इसके पूर्व हमारे कुल की कन्याएं किसी को नहीं ब्याही गईं, क्योंकि वे जीवित ही नहीं रखी जाती थीं।"

रामप्रसाद के दादाजी को गाय पालने का बहुत शौक था, इस कारण घर में दूध की कमी नहीं रहती थी। रामप्रसाद बचपन में बहुधा गाय के थन में मुंह लगाकर दूध पीया करते थे। पचपन वर्ष की आयु में दादाजी का देहान्त हुआ।

मुरलीधरजी अपने बच्चों पर बहुत कड़ी निगरानी रखते थे। कई बार वे रामप्रसाद को बहुत पीटते थे। एक बार रामप्रसाद खेलने चले गए तो पिताजी ने बन्दूक के गज़ के लोहे से रामप्रसाद को इतना पीटा कि गज़ टेढ़ा हो गया। और एक बार किसी बाग के आड़ू तोड़ने पर पिताजी ने उन्हें इतना पीटा कि वे दो दिन तक उठ न सके। इस पर रामप्रसाद ने लिखा है : "इस प्रकार खूब पिटता था, पर उद्दंडता अवश्य करता था। शायद उस बचपन की मार से ही यह शरीर बहुत कठोर तथा सहनशील बन गया।"

रामप्रसाद में पुस्तकें पढ़ने की इतनी इच्छा पैदा हुई कि वे पिताजी के सन्दूक में रुपये-पैसे चुराने लगे। आसपास के लड़कों की तरह वे सिगरेट भी पीने लगे और कभी-कभी भंग भी पीते। एक बार भंग पीकर पिताजी की सन्दूकची से रुपये निकालने गए। पर नशे की हालत में होश ठीक न रहने के कारण सन्दूकची खटक गई। माताजी ने उन्हें पकड़ लिया। दूसरी चाबी पकड़ी गई। तब रामप्रसाद के सन्दूक की तलाशी ली गई, तो उसमें रुपये और उपन्यास आदि निकले। फौरन सारे उपन्यास आदि फाड़ डाले गए। इस पर रामप्रसाद ने लिखा है कि परमात्मा की कृपा से मेरी चोरी पकड़ी गई, नहीं तो दो–चार वर्ष में दीन का रहता न दुनिया का।

इसके बाद वे मन्दिर में आने-जाने लगे। सौभाग्य से पुजारीजी अच्छे थे और उनके उपदेशों का किशोर रामप्रसाद पर अच्छा प्रभाव पड़ा। उनकी सब बुरी आदतें और कुभावनाएं जाती रहीं। उसके बाद उन्होंने मिशन स्कूल में अंग्रेज़ी के पांचवें दर्जे में नाम लिखवा लिया। इस समय तक उनकी सारी कुटेवें छूट गई थीं, पर सिगरेट पीना नहीं छूटा था। एक दिन में पचास–साठ सिगरेटें पी डालते। पर इन्हीं दिनों सुशीलचन्द्र सेन नाम का एक सहपाठी मिल गया, जिसके

कारण उनकी यह अन्तिम कुटेव भी छूट गई। अब हवा बदली तो एकदम दूसरी तरफ बदली। उन्होंने सत्यार्थ प्रकाश पढ़ा और इससे उन्होंने लिखा है कि उनके जीवन का नया पृष्ठ खुल गया। रामप्रसाद एक तख्त पर एक कम्बल बिछाकर सोने लगे। रात के समय खाना भी छोड़ दिया। किसी के कहने से नमक खाना भी छोड़ दिया। उबालकर साग या दाल से एक समय भोजन करते। मिर्च-खटाई तो छूते नही नहीं थे। नमक नहीं खाया, तो पांच वर्ष तक नमक नहीं खाया। व्यायाम भी चलने लगा। जब कभी सुनते कि कोई प्रसिद्ध संन्यासी या महात्मा आए हैं तो उनका उपदेश सुनने चल देते।

आर्यसमाज में उनकी श्रद्धा देखकर लोगों ने उनके पिता से शिकायत की। पिताजी ने ज़िद पकड़ी की या तो आर्यसमाज से त्यागपत्र दे दो या घर छोड़ दो। रामप्रसाद टस से मस नहीं हुए और केवल एक कमीज़ और धोती पहने घर से निकलने को तैयार हो गए। पिताजी ने उन्हें सचमुच घर से निकाल दिया। तब वे पिता के पैर छूकर घर से निकल गए। जंगल की ओर चले गए। एक रात तथा एक दिन बाग में पेड़ पर बैठे रहे। भूख लगने पर खेत से हरे चने तोड़कर खाए। नदी में स्नान किया और जलपान किया। दूसरे दिन वे आर्यसमाज में स्वामी अखिलानन्द का व्याख्यान सुनने गए। पेड़ के नीचे एकान्त में खड़े-खड़े व्याख्यान सुन रहे थे कि पिताजी दो आदमी लेकर आए और उन्हें पकड़कर मिशन स्कूल के हेडमास्टर के पास ले गए।

हेडमास्टर साहब ने पिताजी को समझाया कि मारपीट करना ठीक नहीं। साथ ही रामप्रसाद को भी उपदेश दिया। उस दिन से फिर मुरलीधर ने कभी रामप्रसाद पर हाथ नहीं उठाया। रामप्रसाद बराबर आर्यसमाज में जाते रहे और वहां आए हुए साधुओं तथा विद्वानों की भरसक सेवा करते। साथ ही पढ़ते जाते थे। एक आर्यकुमार सभा बनी जिसकी तरफ से युवक शहर में व्याख्यान देने लगे। मुसलमानों से अक्सर भिड़न्त हो जाती थी। इससे झगड़े का भय था।

पुलिसवालों ने इस कारण आर्यकुमार सभावालों को बाहर व्याख्यान देने से मना कर दिया। इस पर स्थानीय आर्यसमाज ने नेताओं के कान खड़े हो गए और उन लोगों ने कुमार सभा को सहारा देने के बजाय उस पर शासन ज़माना चाहा। पर कुमार सभावाले नहीं माने, तब आर्यसमाज मन्दिर में ताला डाल दिया गया, ताकि कुमार सभावाले उसमें अपनी सभा ही न कर सकें। उन्हें यह भी

धमकी दी गई कि यदि उन्होंने फिर भी सभा करने की चेष्टा की, तो उन्हें पुलिस के सुपुर्द किया जाएगा। कई महीनों तक मैदान में कुमार सभा चालू रही। पर किशोरों की ही संस्था थी, कब तक केवल जोश पर चलती? कुमार सभा टूट गई। तब रामप्रसाद ने लिखा है कि आर्यसमाजियों को शान्ति हुई। स्पष्ट है कि आर्यसमाजियों में जोश नहीं रह गया था।

इन्ही दिनों रामप्रसाद का परिचय एक विद्यार्थी से हुआ जो हथियार आदि रखता था। रामप्रसाद के मन में भी हथियार रखने की इच्छा हुई। स्मरण रहे कि अभी तक कोई राजनीतिक उद्देश्य नहीं था, उनकी उत्कट इच्छा यह थी कि पिताजी के शत्रुओं को पिस्तौल से मार डाला जाए। पर पिस्तौल उन्हें नहीं मिली। यह शायद अच्छा ही हुआ।

रामप्रसाद ने अपनी आत्मकथा में अपनी मां की बड़ी प्रशंसा की है। उनकी माताजी का विवाह बारह वर्ष की उम्र में हुआ था। जब वे दुलहिन बनकर आई थीं, तो वे कुछ पढ़ी-लिखी नहीं थीं। पर दादाजी ने अन्य स्त्रियों की सहायता से उन्हें शिक्षा दी तथा गृहकार्य सिखलाया। बाद को चलकर क्रान्तिकारी जीवन में भी वे रामप्रसाद की सहायता करती रहीं, पर उनका सबसे बड़ा आदेश यह था कि किसी को जान से न मारना। रामप्रसाद स्वामी सोमदेव को अपना गुरु मानते थे। उनका कहना था कि उन्हीं के कारण उनकी कायापलट हुई। स्वामीजी की मृत्यु के बाद रामप्रसाद देशभक्ति-सम्बन्धी कुछ पुस्तकें पढ़ने लगे। कुछ-कुछ यह चेतना अब जगने लगी कि अपने परिवार से भी बड़ा कोई समुदाय है और देशवासी बड़े दुखी हैं। वे इसके बाद लखनऊ में कांग्रेस का अधिवेशन देखने गए। उन्हें देश के सम्बन्ध में और भी ज्ञान हुआ। उन्होंने मार्मिक शब्दों में यह लिखा है कि किस प्रकार माडरेट यह चाहते थे कि लोकमान्य तिलक का स्वागत केवल स्टेशन पर ही हो, शहर में उनका जुलूस न निकाला जाए।

उन्होंने लिखा : "स्वागतकारिणी समिति के सदस्यों से मालूम हुआ कि लोकमान्य तिलक का स्वागत केवल स्टेशन पर ही किया जाएगा, और शहर में सवारी न निकाली जाएगी। कारण यह था कि स्वागतकारिणी समिति के प्रधान पं. जगतनारायण थे। अन्य गणमान्य सदस्यों में पं. गोकरणनाथ तथा उदार दलवालों (माडरेटों) की संख्या अधिक थी। माडरेटों को भय था कि यदि शहर में लोकमान्य की सवारी निकाली गई, तो कांग्रेस के प्रधान से भी अधिक सम्मान

होगा, जिसे वे उचित न समझते थे। अतः उन सबने प्रबन्ध किया कि जैसे ही लोकमान्य पधारें, उन्हें मोटर में बिठाकर शहर के बाहर-बाहर निकाल ले जाएं। इन सब बातों को सुनकर नवयुवकों को बड़ा खेद हुआ। कालेज के एम. ए. के एक विद्यार्थी ने इस प्रबन्ध का विरोध करते हुए कहा कि लोकमान्य का स्वागत अवश्य होना चाहिए। मैंने भी इस विद्यार्थी के कथन में सहयोग दिया। इसी प्रकार कई नवयुवकों ने निश्चय लिया कि जैसे ही लोकमान्य स्पेशल से उतरें उन्हें घेरकर गाड़ी में बिठा लिया जाए, और सवारी निकाली जाए। स्पेशल आने पर लोकमान्य सबसे पहले उतरे। स्वागतकारिणी के सदस्यों ने कांग्रेस के स्वयंसेवकों को घेरा बनाकर लोकमान्य को मोटर में जा बिठाया। मैं तथा एम. ए. का एक विद्यार्थी मोटर के आगे लेट गए। सबकुछ समझाया गया, मगर हमने किसी की एक न सुनी। हम लोगों की देखा-देखी और कई नवयुवक भी मोटर के सामने आकर बैठ गए। उस समय मेरे उत्साह का यह हाल था कि मुंह से बात न निकलती थी, केवल रोता था और कहता था, "मोटर मेरे ऊपर से निकाल ले जाओ।" स्वगतकारिणी के सदस्यों से कांग्रेस के प्रधान को ले जानेवाली गाड़ी मांगी। उन्होंने देना स्वीकार न किया। एक नवयुवक ने मोटर का टायर काट दिया। लोकमान्यजी बहुत कुछ समझाते, किन्तु वहां सुनता कौन? एक किराये की गाड़ी से घोड़े खोलकर लोकमान्य के पैरों पर सिर रख उन्हें उसमें बिठाया, और सबने मिलकर हाथों से गाड़ी खींचनी शुरू की। इस प्रकार लोकमान्य का इस धूमधाम से स्वागत हुआ कि किसी नेता की उतने ज़ोरों से सवारी न निकाली गई। लोगों के उत्साह का यह हाल था कि कहते कि एक बार गाड़ी में हाथ लगा लेने दो, जीवन सफल हो जाए। लोकमान्य पर फूलों की वर्षा की जा रही थी। जो फूल नीचे गिर जाते थे, उन्हें उठाकर पल्ले में बांध लेते थे। जिस स्थान पर लोकमान्य के पैर पड़ते, वहां की धूल सबके माथों पर दिखाई देती। कई उस धूल को भी अपने रूमाल में बांध लेते थे। इस स्वागत से माडरेटों की बड़ी भद्द हुई।"

इसी अवसर पर रामप्रसाद को यह मालूम हुआ कि क्रान्तिकारी गुप्त समिति भी कार्य कर रही है और उन्होंने निश्चय किया कि क्रान्तिकारी आन्दोलन में भाग लेना चाहिए। इस दल का नेता पं. गेंदालाल दीक्षित थे। समिति में धन की कमी थी। पर लोगों को क्रान्तिकारी बनाने के लिए साहित्य की ज़रूरत थी, इसलिए पुस्तक लिखी गई–'अमरीका को स्वाधीनता कैसे मिली।' रामप्रसाद ने अपनी

मां से रोज़गार के नाम पर दो सौ रुपये लिए और उससे पुस्तक छपवाई। साथ ही एक पर्चा भी छापा। पुस्तकों की बिक्री के रुपयों में से दो सौ मां को दे दिए। पर्चा कई ज़िलों में बांटा गया। ब्रिटिश सरकार ने पर्चा तथा पुस्तक दोनों ज़ब्त कर लिए।

उक्त दल ने नेता पंडित गेंदालाल दीक्षित एक शिक्षक थे। उनका जन्म 1888 ई. में हुआ था। एंट्रेस पास करने के बाद वे आगे न पढ़ सके थे और शिक्षक बन गए। उन दिनों बंगाल में क्रान्तिकारी आन्दोलन बड़े ज़ोरों पर था। उन्होंने शिवाजी समिति बनाई, जिसमें नवयुवकों और डाकुओं को संगठित किया। थोड़े ही दिन में पुलिस पीछे पड़ गई और गिरफ्तारियां हुईं। बड़ी ही करुण परिस्थितियों में इस महावीर का देहान्त हुआ। गेंदालाल का दल बंगाल के दल से स्वतन्त्र था।

रामप्रसाद इसी दल में भर्ती हुए थे। उन्होंने कई पिस्तौलें, टोपीदार बन्दूकें आदि एकत्रित कर लीं। मैनपुरी में कुछ क्रान्तिकारी गिरफ्तार हो चुके थे और उन पर मुकदमा चल रहा था। इन्हीं दिनों दिल्ली में कांग्रेस हुई। यह तय हुआ कि ज़ब्त पुस्तक 'अमरीका को स्वतन्त्रता कैसे मिली' की बाकी प्रतियां कांग्रेस में ही बेची जाएं। वहां खुल्लमखुल्ला नवयुवक यह कहकर पुस्तक बेच रहे थे कि यू. पी. में ज़ब्त किताब ले लो। पुलिसवालों को इसकी खबर लगी और खुफिये पुस्तकें पकड़ने के लिए दौड़ पड़े। एक टेंट में दो सौ के करीब ज़ब्त पुस्तकें थीं। रामप्रसाद एम्बुलेंस का बड़ा-सा बिल्ला हाथ पर लगाए हुए, अपने ओवरकोट में सब पुस्तकें लपेटकर, पुलिस के सामने से निकल गए। इस प्रकार वे बाल-बाल बचे।

इसके बाद वे बराबर क्रान्तिकारी कार्य करते रहे। दिल्ली कांग्रेस से लौटकर वे शाहजहांपर पहुंचे। वहां भी पकड़-धकड़ जारी थी। इसलिए वे वहां से चल पड़े। सात-आठ आदमी थे। रात के दो बजे थे। पुलिसवालों ने बीच में टोका तो 'छात्र हैं, लखनऊ जा रहे हैं,' कहकर बचे। अब मालूम हुआ कि मैनपुरी षड्यन्त्र में रामप्रसाद का भी वारंट है। इसलिए वे भागकर गांव पहुंचे और वहां बिलकुल खेतिहर की तरह खेती करने लगे और थोड़े ही दिनों में अच्छे-खासे किसान बन गए। उनका चेहरा बिल्कुल काला पड़ गया। एक दिन शाहजहांपुर घूमने गए। वहां लोग उन्हें नहीं पहचान पाए, पर एक पुलिसवाले ने उन्हें पहचान लिया। उसने

अकेले उन्हें पकड़ने का साहस नहीं किया, इसलिए वह और पुलिसवालों को लेने गया। तब तक रामप्रसाद भाग निकले और बीस मील चलकर ही रुके।

फरारी के दिनों में उन्हें अपनी मां से सहायता मिलती रही। पुलिसवालों ने मुरलीधर को यह धमकाया कि यदि तुमने अपने लड़के को गिरफ्तार नहीं कराया, तो कानून के अनुसार उसके दादा की जायदाद में लड़के का जितना हिस्सा है, वह नीलाम कर दिया जाएगा। इससे वे बहुत घबराए और अपना मकान एक-तिहारी दाम पर और दूसरे सामान भी थोड़े दामों पर बेचकर शाहजहांपुर छोड़कर भाग गए।

रामप्रसाद का फरारी जीवन बहुत ही कष्टकर रहा। घर की हालत बिगड़ ही गई थी, इसलिए घर से किसी सहायता की आशा नहीं; हां मित्रों से जब कभी दो-चार रुपये मिल जाते थे, उसी पर चने खाकर गुज़र होती थी। ऐसी नौबत आ गई कि विवश होकर प्राणों से प्यारी बन्दूक और रिवाल्वर को भी बेच देना पड़ा। अन्त में यह विचार आया कि क्यों न किसी बंगला पुस्तक का अनुवाद किया जाए जिससे कुछ आमदनी हो, साथ ही प्रचार हो। तदनुसार 'निहलिस्ट रहस्य' का अनुवाद 'बालशेविकों की करतूत' नाम से किया। एक दूसरी पुस्तक 'मन की लहर' भी छपवाई। रामप्रसाद कैसी परिस्थिति में अनुवाद करते थे, इसका वर्णन बड़ा रोचक है। उन्होंने लिखा है :

"जिस प्रकार अनुवाद किया, उसका स्मरण कर कई बार हंसी आ जाती है। कई बैल, गाय तथा भैंस लेकर ऊपर मैं चराने के लिए जाया करता था। खाली बैठा रहना पड़ता था, अतएव कापी-पैंसिल साथ ले जाता और पुस्तक का अनुवाद किया करता था, पशु जब कहीं दूर निकल जाते, तब अनुवाद छोड़ लाठी लेकर उन्हें हकारने जाया करता था। कुछ समय के लिए एक साधु की कुटी पर जाकर रहा। वहां अधिक समय अनुवाद करने में व्यतीत करता था। खाने के लिए आटा ले जाता था। चार-पांच दिन के लिए इकट्ठा आटा रखता था। भोजन स्वयं पका लेता था।"

अनुवाद के कार्य में लाभ के बजाय पांच सौ रुपये की हानी हुई। सौभाग्य से उसके बाद ही प्रथम महायुद्ध समाप्त होने पर कुछ राजनीतिक कैदियों को आम माफीनामे में छोड़ दिया गया, साथ ही फरारों पर से गिरफ्तारी का परवाना भी वापस ले लिया गया। गिरफ्तारी का परवाना वापस होने के कारण रामप्रसाद

अब खुलेआम घूमने लगे। पर उनके सामने रोटी का प्रश्न था। उसके लिए उन्होंने कपड़ा बुनने का काम सीखना आरम्भ किया। असहयोग आन्दोलन हवा में होने के कारण चर्खा और करघा चलाना देशभक्ति का कार्य बन चुका था। पर जुलाहे काम सिखाते नहीं थे, कष्ट देते थे। इन्हीं दिनों मालूम हुआ कि मैनेजरी का एक पद खाली है। उसके लिए पांच सौ रुपये ज़मानत की ज़रूरत थी। पर कोई ज़मानत देने को तैयार नहीं हुआ। अन्त में एक मित्र की कृपा से नौकरी मिली और घर की हालत फिर ठीक होने लगी।

काम के साथ-साथ साहित्य-सेवा भी चलने लगी। उन्होंने 'कैथराइन' नामक एक पुस्तक लिखी। इसे उन्होंने प्रकाशक को दिया। इसके बाद उन्होंने 'स्वदेशी रंग' नाम से एक पुस्तक लिखी, वह भी प्रकाशित हो गई। स्मरण रहे कि ये सारी पुस्तकें एक हद तक प्रचार की पुस्तकें थीं। इसके बाद इन्होंने अपने क्रान्तिकारी जीवन पर एक पुस्तक लिखी पर कोई उसे डर के मारे प्रकाशित करने को तैयार नहीं हुआ। तब उन्होंने राम और अज्ञात नाम से पुस्तक के कई टुकड़े लेख-रूप में पत्रिकाओं में प्रकाशित कराए, जिनकी बड़ी चर्चा हुई। गणेशशंकर विद्यार्थी द्वारा सम्पादित 'प्रभा' नामक पत्रिका में उनके कई लेख प्रकाशित हुए, जिनमें 'प्रभा' की ख्याति बढ़ी। इन्हीं लेखों से पहली बार गेंदालाल दीक्षित के त्यागी जीवन का पता लोगों को हुआ।

रामप्रसाद की दृष्टि में, बल्कि उस ज़माने के सभी क्रान्तिकारियों की दृष्टि में क्रान्तिकारी जीवन एक प्रकार की योग-साधना थी। क्रान्तिकारी युवक विवेकानन्द, अरविन्द और लोकमान्य तिलक की कृतियां पढ़ा करते थे। बैठे-बैठे खाली समय में रामप्रसाद ने अरविन्द घोष की पुस्तक 'यौगिक साधना' का अनुवाद किया। बड़ी कठिनाई से बनारस के एक प्रकाशक उसे प्रकाशित करने को राज़ी हुए। पर वे पुस्तक लेकर अपने साहित्य मन्दिर में ताला डालकर सटक गए। 'बालशेविकों की करतूत' और 'मन की लहर' की बहुत-सी प्रतियां बची थीं, उन्हें कलकत्ता के एक पुस्तक-विक्रेता को बेचने के लिए दीं, तो वे फिर चिट्टियों का जवाब ही नहीं देते थे। तब नोटिस दिया, नालिश की, चार सौ रुपये की डिग्री भी हुई, पर उन महाशय का कहीं पता नहीं लगा। वे कलकत्ता छोड़कर पटना गए और वहां से भी कछ गरीबों के रुपये मारकर अन्तर्धान हो गए। इस तरह रामप्रसाद जी को पुस्तक-जगत का भी बहुत कड़वा अनुभव होता रहा।

असहयोग आन्दोलन ठंडा पड़ चुका था, बल्कि गांधीजी ने चौरीचौरा घटना

के कारण आन्दोलन स्थगित कर दिया। चौरीचौरा घटना यह थी कि जनता ने गोरखपुर के चौरीचौरा नामक स्थान में एक थाने को घेरकर पुलिसवालों को ज़िन्दा चला दिया था। इससे बहुत से लोग, यहां तक कि गांधीजी के सच्चे अनुयायी, जैसे मोतीलाल नेहरू, भी असन्तुष्ट थे। अब विचार यह हुआ कि फिर से क्रान्तिकारी आन्दोलन चलाया जाए। पुराने क्रान्तिकारियों ने बड़े धैर्य से शान्ति रखकर 1921 में असहयोग आन्दोलन को एक प्रयोग के रूप में देखा था। कुछ क्रान्तिकारियों ने उसमें भाग भी लिया था। पर जब आन्दोलन वापस ले लिया गया, तो क्रान्तिकारी फिर संगठन में लग गए।

उत्तर भारत में शचीन्द्रनाथ सान्याल के नेतृत्व में फिर से क्रान्तिकारी दल अंगड़ाई लेकर उठ खड़ा हुआ। रामप्रसाद अपने साथी अशफाक उल्ला, रोशनसिंह, प्रेमकृष्ण खन्ना आदि के साथ इसमें शरीक हो गए। रामप्रसाद को अस्त्र-शस्त्र खरीदने, चलाने, छिपाने तथ डकैतियां डालने का अच्छा अनुभव था, इस कारण वे जल्दी ही दल के हिंसा-विभाग के नेता हो गए। डकैतियां डालना इसलिए ज़रूरी था कि दल को धन चाहिए था, पर्चे छपाने को पैसे चाहिए थे, अस्त्र-शस्त्र के लिए पैसे चाहिए थे तथा चौबीस घंटे दल का काम करनेवाले लोगों को सत्तू-चना खिलाना था, रेल का किराया देना था, इत्यादि-इत्यादि। इस दल का नाम 'हिन्दुस्तान रिपब्लिकन एसोसिएशन' रखा गया। उद्देश्य ऐसे प्रजातन्त्र की स्थापना था, जिसमें मनुष्य द्वारा मनुष्य का शोषण असम्भव हो। दल के अन्य नेताओं में सुरेशचन्द्र भट्टाचार्य, दामोदरस्वरूप सेठ, राजेन्द्रनाथ लाहिड़ी, विष्णुशरण दुबलिस आदि थे। दल की एक केन्द्रीय परिषद थी, जिसमें सारे निर्णय लिए जाते थे।

कुछ दिनों तक गांवों में डकैतियां करने के बाद दल को यह अनुभव हुआ कि यह ठीक नहीं है। इसमें धन कम मिलता था, साथ ही कई बार साहसी गांववालों पर बेकार का अत्याचार होता था, कई बार मुखबिर भी गलत खबर दे देते थे।

डाका डालना तो आवश्यक था। रूस तथा इंग्लैंड के क्रान्तिकारी भी दल के लिए डाका डाला करते थे। रूसी नेता स्तालिन ने इसी प्रकार डाकू के पास एक डाके में भाग लिया था।

उस समय दल की परिस्थिति क्या थी, इस सम्बन्ध में स्वयं रामप्रसाद ने लिखा है : "सोचा, यदि लूटना है तो सरकारी माल क्यों ने लूटा जाए? इसी

उधेड़-बुन में एक दिन मैं रेल में जा रहा था। गार्ड के डिब्बे के पास की गाड़ी में बैठा था। स्टेशन मास्टर एक थैली लाया, और गार्ड के डिब्बे में डाल गया। कुछ खटपट की आवाज़ हुई। मैंने उतरकर देखा कि एक लोहे का सन्दूक रखा है। विचार किया कि इसी में थैली डाली होगी। अगले स्टेशन पर उसमें फिर थैली डालते देखा। अनुमान किया कि लोहे का सन्दूक गार्ड के डिब्बे में ज़ंज़ीर से बंधा रहता होगा, ताला पड़ा रहता होगा, आवश्यकता होने पर ताला खोलकर उतार लेते होंगे। इसके थोड़े दिनों बाद लखनऊ स्टेशन पर जाने का अवसर प्राप्त हुआ। देखा, एक गाड़ी में से कुली लोहे के, आमदनीवाले सन्दूक उतार रहे हैं। निरीक्षण करने से मालूम हुआ कि उसमें ज़जीर, ताला कुछ नहीं पड़ता, यों ही रखे जाते हैं। उसी समय निश्चित किया कि इसी पर हाथ मारूंगा।"

रेल डकैती

उसी समय से धुन सवार हुई। तुरन्त स्थान पर जा टाइमटेबल देखकर अनुमान किया कि सहारनपुर से गाड़ी चलती है, लखनऊ तक अवश्य दस हज़ार रुपये रोज़ की आमदनी होती होगी। सब बातें ठीक करके कार्यकताओं का संग्रह किया। दस नवयुवकों को लेकर विचार किया कि किसी छोटे स्टेशन पर जब गाड़ी खड़ी हो, स्टेशन तारघर पर अधिकार कर लें, और गाड़ी का सन्दूक उतारकर तोड़ डालें: जो कछ मिले, उसे लेकर चल दें। पर इस कार्य में अधिक साथियों की आवश्यकता थी। इस कारण यही निश्चय किया कि गाड़ी की ज़जीर खींचकर चलती गाड़ी को खड़ी करके तब लूटा जाए। सम्भव है कि तीसरे दर्जे की ज़जीर खींचने में गाड़ी न खड़ी हो, क्योंकि तीसरे दर्जे में बहुधा प्रबन्ध ठीक नहीं रहता है, इस कारण दुसरे दर्जे की ज़जीर खींचने का प्रबन्ध किया। सब लोग उसी ट्रेन में सवार थे। गाड़ी खड़ी होने पर सब उतरकर गार्ड के डिब्बे के पास पहुंच गए। लोहे का सन्दूक उतारकर छेनियों से काटना चाहा। छेनियों ने काम न दिया, तब कुल्हाड़ा चला।

मुसाफिरों से कह दिया कि सब गाड़ी में चढ़ जाओ। गाड़ी का गार्ड गाड़ी में चढ़ना चाहता था, पर उसे ज़मीन पर लेट जाने की आज्ञा दी, ताकि बिना गार्ड के

गाड़ी न जा सके। दो आदमियों को नियुक्त किया कि वे लाइन की पगडंडी को छोड़कर घास में खड़े होकर गाड़ी से हटे हुए गोली चलाते रहें। एक सज्जन गार्ड के डिब्बे से उतरे। उनके पास भी माऊज़र पिस्तौल था। विचारा कि ऐसा शुभ अवसर जाने कब हाथ आए। माऊज़र पिस्तौल काहे को चलाने को मिलेगा! उमंग जो आई, सीधा करके दागने लगे। मैंने जो देखा तो डांटा, क्योंकि गोली चलाने की उनकी ड्यूटी (काम) ही न थी। फिर यदि कोई मुसाफिर कौतूहलवश बाहर को सिर निकाले, तो उसके गोली ज़रूर लग जाए। हुआ भी ऐसा ही। एक व्यक्ति रेल से उतरकर अपनी स्त्री के पास जा रहा था। मेरा खयाल है कि इन्हीं महाशय की गोली उसके लग गई, क्योंकि जिस समय ये महाशय सन्दूक नीचे डालकर गार्ड के डिब्बे से उतरे थे, केवल दो-तीन फायर हुए थे। उसी समय स्त्री ने कोलाहल किया होगा और उसका पति उसके पास जा रहा था जो उक्त महाशय की उमंग का शिकार हो गया। मैंने यथाशक्ति पूर्ण प्रबन्ध किया था कि जब तक कोई बन्दूक लेकर सामना करने न आए या मुकाबले में गोली न चले, तब तक किसी आदमी पर फायर न होने पाए। मैं नरहत्या कराके डकैती को भीषण रूप देना नहीं चाहता था। फिर मेरा कहा न मानकर अपना काम छोड़ गोली चला देने का यह परिणाम हुआ। गोली चलाने की ड्यूटी जिनको मैंने दी थी, वे बड़े दक्ष तथा अनुभवी मनुष्य थे। उनसे भूल होना असम्भव था। उन लोगों को मैंने देखा कि वे अपने स्थान से पांच मिनट बाद पांच फायर करते थे। यही मेरा आदेश था।

सन्दूक तोड़ तीन गठरियों में थैलियां बांधीं। सबसे कई बार कहां–देख लो कोई सामान रह तो नहीं गया। इस पर भी एक महाशय चद्दर डाल आए। रास्ते में थैलियों से रुपया निकालकर गठरी बांधीं और उसी समय लखनऊ शहर में जा पहुंचे। किसी ने पूछा भी नहीं, कौन हो, कहां से आए हो? इस प्रकार दस आदमियों ने एक गाड़ी को रोककर लूट लिया। उस गाड़ी में चौदह मनुष्य ऐसे थे, जिनके पास बन्दूक या रायफलें थीं। दो अंग्रेज़ सशस्त्र फौजी जवान भी थे। पर सब शान्त रहे। ड्राइवर महाशय तथा एक इंजीनियर महाशय दोनों का बुरा हाल था। वे दोनों अंग्रेज़ थे। ड्राइवर महाशय इंजन में लेटे रहे। इंजीनियर महाशय पाखाने में जा छिपे। हमने कह दिया था कि मुसाफिरों से न बोलेंगे, सरकार का माल लूटेंगे। इस कारण मुसाफिर भी शान्तिपूर्वक बैठे रहे। समुझे, तीस-चालीस

आदमियों ने गाड़ी को चारों ओर से घेर लिया है। पर केवल दस युवकों ने इतना बड़ा आतंक फैला दिया था। साधारणतः, इस बात पर बहुत-से मनुष्य विश्वास करने में भी संकोच करेंगे कि दस नवयुवकों ने गाड़ी खड़ी करके लूट ली। जो भी हो, बात वास्तव में यही थी। इन दस कार्यकर्ताओं में अधिकतर तो ऐसे थे जो आयु में सिर्फ लगभग बाईस वर्ष के होंगे,और जो शरीर में बड़े पुष्ट भी न थे। इस सफलता को देखकर मेरा साहस बहुत बढ़ गया। मेरा जो विचार था, वह अक्षरशः सत्य सिद्ध हुआ। पुलिसवालों की वीरता का मुझे अन्दाज़ था। इस घटना से भविष्य के कार्य की बहुत बड़ी आशा बंध गई। नवयुवकों का भी उत्साह बढ़ गया। जितना कर्ज़ा था निपटा दिया। अस्त्रों की खरीद के लिए लगभग एक हज़ार रुपये भेज दिए। प्रत्येक केन्द्र के कार्यकर्ता को यथास्थान भेजकर दूसरे प्रान्तों में भी कार्य-विस्तार करने का निर्णय करके कुछ प्रबन्ध किया। एक युवक दल ने बम बनाने का प्रबन्ध किया। मुझसे भी सहायता चाही। मैंने अर्थिक सहायता देकर अपना एक सदस्य भेजने का वचन दिया। किन्तु कुछ त्रुटियां हुईं, जिससे सम्पूर्ण दल अस्त-व्यस्त हो गया।

पंडित रामप्रसाद ने यह ब्यौरा फांसीघर में बैठकर लिखा था, इसलिए उन्होंने इसमें नाम नहीं दिए, क्योंकि इससे जेल में बन्द लोगों को नुकसान पहुंच सकता था, पर इसका पूरा ब्यौरा 'भारतीय क्रान्तिकारी आन्दोलन का इतिहास' में लिखा गया है। उसमें दिखाया गया है कि अशफाक उल्ला सरकारी ख़ज़ाने आदि पर डकैती के विरुद्ध थे। उसका उल्लेख आगे भी आएगा।

काकोरी ट्रेन डकैती में जिन लोगों ने भाग लिया था, उनके नाम इस प्रकार थे–रामप्रसाद बिस्मिल, अशफाक उल्ला खां, राजेन्द्रनाथ लाहिड़ी, चन्द्रशेखर आज़ाद, शचीन्द्रनाथ बख्शी, मुकुन्दलाल, केशव चक्रवर्ती, मुरारीलाल, बनवारीलाल और मन्मथनाथ गुप्त। इनमें से बनवारीलाल बाद को मुखबिर बन गया। यह रेल डकैती 9 अगस्त, 1921 को हुई थी। काकोरी लखनऊ के पास एक स्टेशन है। दूसरे दर्जे में जो युवक ज़ंज़ीर खींचने के लिए भेजे गए थे, उनके नाम थे–राजेन्द्र लाहिड़ी, अशफाक, शचीन्द्र बख्शी।

काकोरी रेल डकैती के बाद ब्रिटिश सरकार बहुत सचेत हो गई। उसका खयाल था कि यदि क्रान्तिकारियों को और पनपने दिया गया तो वे बहुत

खतरनाक हो जाएंगे। पर प्रमाण कुछ था नहीं। इस पर बाद को मालूम हुआ। कि केन्द्रीय खुफिया विभाग में दो दल हो गए। एक दल ने कहा कि गिरफ्तारियां कर ली जाएं, प्रमाण खुद ही मिल जाएगा। इसी दल की विजय हुई। तदनुसार 26 दिसम्बर, 1925 को सारे उत्तर भारत में गिरफ्तारियां हुईं। डकैती में केवल दस आदमियों ने भाग लिया था, पर षड्यन्त्र के सिलसिले में चालीस से ऊपर लोग गिरफ्तार हो गए। मुख्यत: गिरफ्तारियां शाहजहांपुर, कानपुर, बनारस इलाहाबाद आदि स्थानों में हुई। योगेश चटर्जी 1924 में ही गिरफ्तार हो चुके थे।

एक तो ब्रिटिश सरकार ने एकाएक गिरफ्तारी की, तथा कुछ अन्य कारणों से भी लोग फरार नहीं हो पाए थे। पंडित रामप्रसाद के अनुसार : "काकोरी डकैती होने के बाद से ही पुलिस सचेत हुई। बड़े ज़ोरों के साथ जांच आरम्भ हो गई। शाहजहांपुर में कुछ नई मूर्तियों के दर्शन हुए। पुलिस के कुछ विशेष सदस्य मुझसे भी मिले। चारों ओर शहर में ये ही चर्चा थी कि रेल डकैती किसने कर ली। उन्हीं दिनों शहर में डकैती के एक-दो नोट निकल आए। अब तो पुलिस का अनुसन्धान और भी बढ़ने लगा। कई मित्रों ने मुझसे कहा भी कि सतर्क रहो। दो-एक सज्जनों ने निश्चितरूपेण समाचार दिया कि मेरी गिरफ्तारी ज़रूर हो जाएगी। मेरी समझ में कुछ न आया। मैंने विचार किया कि यदि गिरफ्तारी हो भी गई, तो पुलिस को मेरे विरुद्ध कुछ भी प्रमाण न मिल सकेगा। अपनी बुद्धिमत्ता पर कुछ अधिक विश्वास था। अपनी बुद्धि के सामने दूसरों की बुद्धि को तुच्छ समझता था। कुछ यह भी विचार था कि देश की सहानुभूति की परीक्षा की जाए। ज़िस देश पर हम अपना बलिदान देने को उपस्थित हैं, उस देश के वासी हमारे साथ कितनी सहानुभूति रखते हैं? कुछ जेल का अनुभव भी प्राप्त करना था। वास्तव में, मैं काम करते-करते थक गया था। भविष्य के कार्यों में अधिक नर-हत्या का ध्यान करके मैं हतबुद्धि-सा हो गया था। मैंने किसी के कहने की कोई चिन्ता नहीं की।

रात्रि के समय ग्याहर बजे के लगभग एक मित्र के यहां से अपने घर पर गया। रास्ते में खुफिया पुलिस के कुछ सिपाहियों से भेंट हुई। कुछ विशेष रूप से उस समय भी वे मेरी देखभाल कर रहे थे। मैंने कोई चिन्ता न की और घर पर जाकर सो गया। प्रात:काल चार बजने पर जगा। शौचादि से निवृत्त हुआ ही

था कि बाहर द्वार पर बन्दूक के कुन्दों का शब्द सुनाई दिया। मैं समझ गया कि पुलिस आ गई है। मैं तुरन्त ही द्वार खोलकर बाहर गया। एक पुलिस अफसर ने बढ़कर हाथ पकड़ लिया। मैं गिरफ्तार हो गया। मैं केवल एक अंगोछा पहने हुए था। पुलिस को अधिक भय न थ। पूछा, यदि घर में कुछ हथियार हों तो दे दीजिए। मैंने कहा, कोई आपत्तिजनक वस्तु घर में नहीं। उन्होंने बड़ी सज्जनता की। मेरे हथकड़ी इत्यादि कुछ न डाली। मकान की तलाशी लेते समय एक पत्र मिल गया जो मेरी जेब में था। कुछ होनहार कि तीन-चार पत्र मैंने लिखे थे। डाकखाने में डालने को भेजे, तब तक डाक निकल चुकी थी। मैंने वे सब इस खयाल से अपने पास ही रख लिए कि डाक के बम्बे में डाल दूंगा। फिर विचार किया, जैसे बम्बे में पड़े रहेंगे, वैसे जेब में पड़े हैं। मैं उन पत्रों को वापस घर ले आया। उन्हीं में एक पत्र आपत्तिजनक था, जो पुलिस के हाथ लग गया।

"गिरफ्तार होकर पुलिस कोतवाली पहुंचा। यहां पर खुफिया पुलिस के एक अफसर से भेंट हुई। उस समय उन्होंने कुछ ऐसी बातें कीं, जिन्हें मैं या एक व्यक्ति और जानता था। कोई तीसरा व्यक्ति इस प्रकार से ब्यौरावार नहीं जान सकता था। मुझे बड़ा आश्चर्य हुआ। किन्तु सन्देह इस कारण न हो सका कि मैं दूसरे व्यक्ति के कार्यों पर अपने शरीर के समान ही विश्वास रखता था। शाहजहांपुर में जिन-जिन व्यक्तियों की गिरफ्तारी हुई, वह भी बड़ी आश्चर्यजनक प्रतीत होती थी। जिन पर कोई सन्देह भी नहीं करता था, पुलिस उन्हें कैसे जान गई? दूसरे स्थानों पर क्या हुआ, कुछ भी न मालूम हो सका। जेल पहुंच जाने पर मैं थोड़ा बहुत अनुमान कर सका कि सम्भवतः दूसरे स्थानों पर भी गिरफ्तारियां हुई होंगी। गिरफ्तारियों के समाचार सुनकर शहर के सभी मित्र भयभीत हो गए। किसी से इतना भी नहीं हो सका कि जेल में हम लोगों के पास समाचार भेजने का प्रबन्ध कर देता।

"थोड़े दिनों तक तो पुलिस अलग-अलग जेलों में बन्द लोगों से पूछताछ करती रही। शाहजहांपुर जिस प्रकार शहीदों को पैदा करने में नम्बर एक रहा, उसी प्रकार यहां मुखबिर भी कई हुए। अभियुक्त बनारसीलाल मुख्य सरकारी गवाह बन गया। वह किस प्रकार सरकारी गवाह बना, यह भी एक कहानी ही है। थोड़े दिनों में एक मित्र ने भयभीत होकर कि कहीं वह भी न पकड़ा जाए, बनारसीलाल से भेंट की और समझा-बुझाकर उसे सरकारी

गवाह बना दिया। बनारसीलाल बहुत घबराता था कि कौन सहायता देगा, सज़ा ज़रूर हो जाएगी। यदि किसी वकील से मिल लिया होता, तो उसका धैर्य न टूटता। पं. हरकरननाथ शाहजहांपुर आए। जिस समय वे अभियुक्त श्रीयुत प्रेमकृष्ण खन्ना से मिले, उस समय अभियुक्त ने पं. हरकरननाथ से बहुत कुछ कहा कि मुझसे तथा दूसरे अभियुक्तों से मिल लें। यदि वे कहा मान जाते और मिल लेते तो बनारसीलाल को साहस हो जाता और वह डटा रहता। उसी रात्रि को पहले एक पुलिस इन्स्पेक्टर बनारसीलाल से मिला। फिर जब मैं सो गया, तब बनारसीलाल को निकाल ले गए। प्रातःकाल पांच बजे के करीब, जब बनारसीलाल की कोठरी में से कुछ शब्द न सुनाई दिया, तो मैंने बनारसीलाल को पुकारा। पहरे पर जो कैदी था, उससे मालूम हुआ, बनारसीलाल बयान दे चुके। बनारसीलाल के सम्बन्ध में सब मित्रों ने कहा था कि इससे अवश्य ही धोखा होगा, पर मेरी बुद्धि में कुछ न समाया था। प्रत्येक जानकार ने बनारसीलाल के सम्बन्ध में भविष्यवाणी की थी कि वह आपत्ति पड़ने पर अटल न रह सकेगा। इस कारण सबने उसे किसी प्रकार के गुप्त कार्य में लेने की मनाही की थी। अब तो जो होना था सो हो गया।

"इसके कुछ दिनों के बाद सब अभियुक्तों को लखनऊ ज़िला जेल में एकत्र किया गया और उन पर मुकदमा चला। काशी के चन्द्रशेखर आज़ाद और शचीन्द्रनाथ बख्शी और शाहजहांपुर के अशफाक उल्ला गिरफ्तार नहीं किए गए जा सके थे। इसमें से शेषोक्त दो क्रान्तिकारी, मुकदमा काफी दिनों तक चल चुकने के बाद गिरफ्तार हुए और उनका मुकदमा पूरक मुकदमे के रूप में अलग ही चला। दोनों मुकदमों में दफा 121 (सम्राट के विरुद्ध युद्ध-घोषणा), 120 (राजनीतिक षड्यन्त्र), 396 (कत्ल-डकैती), 203 (कत्ल) के अनुसार अभियोग पेश किया गया। सरकार की ओर से पंडित जगतनारायण मुल्ला इस मुकदमे की पैरवी कर रहे थे। उनको रोज़ पांच सौ रुपये मिलते थे।

"अभियुक्तों की सफाई के लिए पंडित मोतीलाल नेहरू की संरक्षकता में एक राष्ट्रीय समिति बनी, जिसमें जवाहरलाल नेहरू, गणेशशंकर विद्यार्थी, शिवप्रसाद गुप्त, श्रीप्रकाश, आचार्य नरेन्द्रदेव आदि का विशेष सहयोग रहा। अभियुक्तों की ओर से कलकत्ता के बैरिस्टर बी. एस. चौधरी नियुक्त हुए। इसके अलावा बाद को भारत के गृहमन्त्री गोविन्दवल्लभ पन्त, बाद को

उत्तरप्रदेश के मुख्यमन्त्री चन्द्रभानु गुप्त, सुप्रसिद्ध पारसी वकील आर. एफ. बहादुर जी, बाद को केन्द्रीय मन्त्री मोहनलाल सक्सेना आदि कई विख्यात वकील थे।

"मुकदमा अट्ठारह महीने तक चला, जिसके दौरान अभियुक्तों ने राजनीतिक कैदियों के अधिकार के लिए सोलह दिन का एक अनशन किया। अभियुक्तों का यह कहना था कि राजनीतिक कैदी होने के नाते उनके साथ कम-से-कम वह व्यवहार तो होना ही चाहिए, जो गोरे या अधगोरे साधारण हवालातियों और कैदियों के साथ होता है। अनशन में अभियुक्तों की विजय हुई, पर सरकारी कूटनीति ने एक ऐसा पेंच उसमें रखा कि बाद को पता चला कि विजय उतनी बड़ी नहीं हुई थी, जितनी समझी गई थी। अभियुक्तों को विशेष व्यवहार दिया गया, पर यह व्यवहार मेडिकल ग्राउंड यानी स्वास्थ्य-सम्बन्धी कारणों से दिया गया था। उस समय तो यही कहा गया था कि यह औपचारिक है, पर बाद को जब मुकदमा खत्म हो गया और कैदी अलग-अलग जेलों में बन्द हो गए तो यह कहकर उन्हें विशेष व्यवहार देने से इंकार कर दिया गया कि अब स्वास्थ्य-सम्बन्धी कारण नहीं रहा। जो कुछ भी हो, हवालात में किए हुए उस अनशन के कारण राजनीतिक कैदियों की जेल के अन्दर लड़ाई बहुत आगे बढ़ गई। इसे पूर्णाहुति बाद को चलकर अनशन से शहीद हुए यतीन्द्रनाथ दास की कुर्बानी से प्राप्त हुई।

"अट्ठारह महीने मुकदमा चलने के बाद पं. रामप्रसाद बिस्मिल, राजेन्द्र लाहिड़ी और रोशनसिंह को फांसी की सज़ा हुई। श्री शचीन्द्रनाथ सान्याल को कालेपानी की सज़ा हुई। मन्मथनाथ गुप्त को चौदह साल की सज़ा हुई। योगेशचन्द्र चटर्जी, मुकुन्दीलाल जी, गोविन्दचरण कार, राजकुमारसिंह, रामकृष्ण खत्री को दस-दस साल की सज़ा हुई। विष्णुशरण दुबलिस और सुरेशचन्द्र भट्टाचार्य को सात-सात साल की सज़ा हुई। भूपेन्द्रनाथ सान्याल, रामदुलारे द्विवेदी और प्रेमकृष्ण खन्ना को पांच-पांच साल की सज़ा हुई। इसके अतिरिक्त प्रणवेश चटर्जी को चार साल की सज़ा हुई। यद्यपि बनवारीलाल इकबाली गवाह बन गया था, फिर भी उसको पांच साल की सज़ा हुई। इसके अतिरिक्त जो पूरक मुकदमा चला, उसमें अशफाक उल्ला की फांसी हुई और बख्शी को कालापानी। बाद को सरकार ने कुछ व्यक्तियों के खिलाफ अपील की कि उनकी सज़ा बढ़ाई जाए।

इन छ: में से पांच की सज़ा बढ़ा दी गई यानी योगेशचन्द्र चटर्जी, गोविन्दचरण कार, मुकुन्दीलाल, सुरेशचन्द्र भट्टाचार्य, विष्णुशरण दुबलिस की सज़ा बढ़ा दी गई। जिनकी दस साल की थी, उनकी सज़ा कालापानी कर दी गई और जिनकी सात की थी उनकी दस कर दी गई। मन्मथनाथ गुप्त की सज़ा जज ने यह कहकर नहीं बढ़ाई कि उनकी उम्र बहुत कम है।

"जनता की ओर से फांसीवालों की फांसी रद्द करने के लिए एक विराट आन्दोलन खड़ा कर दिया गया। केन्द्रीय असेम्बली के मेम्बरों ने एक दरख्वास्त पर दस्तखत करके बड़े लाट साहब के सामने पेश किया। दो दफे फांसी की तारीखें टलवाई गईं। पर इससे लोगों ने समझा कि शायद अन्त तक इन लोगों को फांसियां नहीं हों। ब्रिटिश साम्राज्यवाद, जो इन लोगों के खून का प्यासा था, वह भला कैसे अपनी प्यास को बिना बुझाए रह सकता था! फांसियां होकर ही रहीं।"

पं. रामप्रसाद को गोरखपुर जेल में 19 दिसम्बर को फांसी हुई। फांसी के पहलेवाली शाम को (18 दिसम्बर) जब उन्हें दूध पीने के लिए दिया गया, तो उन्होंने यह कहकर इंकार कर दिया कि अब तो माता का दूध पीऊंगा। प्रात:काल नित्यकर्म, सन्ध्यावन आदि से निवृत्त हो माता को एक पत्र लिखा, जिसमें देशवासियों के नाम सन्देश भेजा और फिर फांसी की प्रतीक्षा में बैठ गए। जब फांसी के तख्ते पर ले लानेवाले आए, तो वे 'वन्दे मातरम' और 'भारतमाता की जय' कहते हुए तुरन्त उठकर चल दिए। चलते समय उन्होंने यह कहा :

मालिक तेरी रज़ा रहे और तू ही तू रहे,
बाकी न मैं रहूं, न मेरी आरजू रहे।
जब तक कि तन में जान रगों में लहू रहे,
तेरा हो ज़िक्र या तेरी ही जुस्तजू रहे।।

फांसीघर के दरवाज़े पर पहुंचकर उन्होंने कहा :

'मैं ब्रिटिश साम्राज्य का विनाश चाहता हूं!' इसके बाद तख्ते पर खड़े होकर प्रार्थना के बाद 'विश्वानि देव सवितर्दुरितानि...' आदि मन्त्रों का जाप करते हुए गोरखपुर की जेल में कन्दे पर झूल गए।

फांसी के वक्त जेल के चारों ओर बहुत कड़ा पहरा था। गोरखपुर की

जनता ने उनके शव को लेकर आदर के साथ शहर में घुमाया। बाज़ार में अर्थी पर इत्र तथा फूल बरसाए गए और पैसे लुटाए गए। बड़ी धूमधाम से उनकी अन्त्येष्टि-क्रिया की गई।

फांसी के कुछ दिन पहले उन्होंने अपने एक मित्र के पास एक पत्र भेजा था। उसमें उन्होंने लिखा था :

> 19 तारीख को जो कुछ होनेवाला है, उसके लिए मैं अच्छी तरह तैयार हूं। यह है ही क्या केवल शरीर का बदलना-मात्र है। मुझे विश्वास है कि मेरी आत्मा मातृभूमि तथा उसकी दीन सन्तति के लिए नए उत्साह और ओज के साथ काम करने के लिए शीघ्र ही फिर लौट आएगी।
>
> **यदि देश-हित मरना पड़े मुझको सहस्रों बार भी।**
> **तो भी न मैं इस कष्ट को निज ध्यान में लाऊं।।**
> **हे ईश, भारतवर्ष में शत बार मेरा जन्म हो।**
> **कारण सदा ही मृत्यु का देशोपकारक कर्म हो।।**
> **मरते 'बिस्मिल' रोशन, लहरी, अशफाक अत्याचार से।**
> **होंगे पैदा सैकड़ों उनके रुधिर ही धार से।।**
> **उनके प्रबल उद्योग से उद्धार होगा देश का।**
> **तब नाश होगा सर्वदा दुःख शोक के लवलेश का।।**
>
> सबसे मेरी नमस्ते कहिए

नीचे लिखी हुई कविता पंडितजी ने जेल ही में बनाई थी। और सैयद ऐनुद्दीन की अनुमति लेकर लखनऊ के 'अवध' अखबार में छपाई थी। इस कविता में भी एक शहीद-हृदय का पता लगता है। इसलिए उसे हम यहां उद्धृत करते हैं :

> **मिट गया जब मिटनेवाला फिर सलाम आया तो क्या?**
> **दिल की बरबादी के बाद उनका पयाम आया तो क्या?**
> **काश अपनी ज़िन्दगी में हम य' मंजर देखते,**
> **यूं सरे तुरबत कोई महशर खराम आया तो क्या?**

मिट गई जुमला उमीदें, जाता रहा सारा खयाल
उस घड़ी फिर नामाबर लेकर पयाम आया, तो क्या?
ऐ दिले नाकाम मिट जा, अब तो कूचे-चार में,
फिर मेरी नाकामियों के बाद काम आया तो क्या?
आखिरी शब दीद के काबिल थी, 'बिस्मिल' की तड़प,
सुबह दम गर कोई भी बालाए-बाम आया तो क्या?

बिस्मिल की आत्मकथा तीस साल बाद फिर से प्रकाशित हुई है। वह एक अमर पुस्तक है। बिस्मिल अपनी इस आत्मकथा को फांसी के तीन दिन पहले तक लिखते रहे।

जेल से यह आत्मकथा चोरी से गोरखपुर के पत्रकार दशरथ प्रसाद द्विवेदी को भेजी गई थी और वहां से गणेशशंकर विद्यार्थी को पहुंची। उन्होंने उसे प्रताप प्रेस से छापा। फौरन ही पुस्तक ज़ब्त कर ली गई थी। तीस साल बाद स्वतन्त्र भारत में छपी है।

अशफाक उल्ला

रामप्रसाद बिस्मिल ने जिन युवकों को शाहजहांपुर में क्रान्तिकारी दल में भर्ती किया था, अशफाक उल्ला उनमें प्रमुख थे। पर यह समझना गलत होगा कि अशफाक उल्ला केवल रामप्रसाद के कारण क्रान्तिकारी दल में आए। वे स्वयं कोशिश करके क्रान्तिकारी दल में आए थे। उनका जन्म प्रसिद्ध पठान घर में हुआ था। उनके बड़े भाई भोपाल राज्य के किसी ऊंचे पद पर थे। उनके पास लाइसेंसी बन्दूक थी। अशफाक उल्ला ने इसी बन्दूक से निशानेबाज़ी सीखी थी। और यही नहीं, बाद को इस बन्दूक का उपयोग बराबर क्रान्तिकारियों के काम में भी होता रहा।

असहयोग की जो देशव्यापी लहर आई, वह अशफाक उल्ला की पढ़ाई

बहा ले गई और उनकी बेचैन आत्मा कुछ करने के लिए व्याकुल रहने लगी। उन्हीं दिनों रामप्रसाद फारारी से लौटकर आए और अशफाक उल्ला ने किसीन-किसी तरह उनसे परिचय प्राप्त किया। अशफाक उल्ला कट्टर मुसलमान खानदान से पैदा हुए थे और रामप्रसाद कट्टर आर्यसमाजी थे, इसलिए दोनों की मित्रता बहुत कठिन थी; पर दोनों के हृदय में देशभक्ति की एक ही आग जल रही थी, इस नाते जल्दी ही मित्रता हो गई। यही नहीं जब शाहजहांपुर में एक बार हिन्दू-मुस्लिम दंगा हुआ, तो उसके बाद हिन्दुओं को मुसलमानों के साथ मिलाने में और उनका सम्मिलित जुलूस निकालने में इन दोनों ने बहुत हाथ बंटाया।

अशफाक लम्बे-चौड़े कद के गोरे और खूबसूरत जवान थे। उनके चेहरे की विशेषता थी, सदा मुस्कुराते रहना। उनका व्यक्तित्व बहुत आकर्षक था। वे खुलेआम बन्दूक लेकर चला करते थे। सबको मालूम था कि भाई के पास बन्दूक है। इसके अलावा एक अजनबी को भी लगता था, कि ये कहीं के कंवर साहब या नवाब होंगे। कई बार जब क्रान्तिकारी कार्यों में छिपाकर बंदूके ले जाना खतरनाक लगता था, तो क्रान्तिकारी अशफाक को बन्दूक थमा देते थे और बाकी लोग उनके कर्मचारी के रूप में साथ-साथ चलते थे।

अशफाक में मानसिक बल के अतिरिक्त शारीरिक बल भी बहुत था, जिसका परिचय उन्होंने काकोरी में रेल डकैती के समय दिया था। पंडित रामप्रसाद ने रेल डकैती का जो वर्णन लिखा है, उसमें अशफाक उल्ला का क्या हिस्सा था, यह स्पष्ट नहीं किया गया, इसलिए हम इस सम्बन्ध में 'भारतीय क्रान्तिकारी आन्दोलन का इतिहास' से यह भाग उद्धत करेंगे जिससे अशफाक उल्ला की चिन्तक, साथ ही साहसी प्रकृति स्पष्ट हो जाती है।

"एक महत्त्वपूर्ण बात थी कि यों तो अशफाक उल्ला सरकारी ख़ज़ाने पर डकैती के विरोधी रहे थे, पर जब उन्होंने देखा कि उनकी एक न चली और क्रान्तिकारी इस काम को करने पर ही तुले हैं, तो उन्होंने कमर कस ली। उनकी सुन्दर बड़ी-बड़ी आंखें तेज से दीप्त हो उठीं और वे अपना पार्ट अदा करने के लिए अत्यन्त साहस तथा हर्षपूर्वक प्रस्तुत हो गए। उनका निषेध किसी डर या भय से प्रेरित न था, प्रत्युत वह बुद्धिमत्ता की आवाज़ थी। बाद के इतिहास ने सिद्ध कर दिया है कि अशफाक सही थे और बाकी क्रान्तिकारी गलती पर थे। यह बात तो निश्चित है कि यदि हम इस कार्य को नकारते तो इतनी जल्दी हमारे दल

के पांव ने उखड़ जाते।"

इसके बाद अशफाक का इस रेल डकैती में विशेष भाग तब आया, जब डकैती के समय खज़ाने का सन्दूक बाकी लोगों से नहीं टूटा। अब हम फिर उद्धृत करते हैं: "लोगों ने धन आदि निकालने के लिए सन्दूक को तोड़ना प्रारम्भ किया। सन्दूक में मामूली-सा सूराख तो हुआ, पर मामला कुछ अधिक बनता हुआ नहीं दिखाई पड़ा। अशफाक पहरा देनेवाले चार व्यक्तियों में से एक थे और जब उन्होंने यह दशा देखी तब मौजर पिस्तौल मेरे हाथ में दे दी, और धन पर जुट गए। साथियों में वे सबसे बलिष्ठ थे। इसलिए थोड़ी देर में सूराख बड़ा हो गया और थैले निकालकर चादर में बांध लिए गए।"

ट्रेन डकैती के अतिरिक्त अन्य डकैतियों में भी अशफाक उल्ला ने भाग लिया था। जब 1925 की 26 सितम्बर को चार बजे प्रातःकाल देश-भर में पुलिस ने छापा मारा तो शाहजहांपुर में अशफाक उल्ला को छोड़कर बाकी सभी गिरफ्तार हो गए। अशफाक उल्ला अपने घर से आधे मील के अन्दर ही गन्ने के खेत में छिपे रहे। रात को उनका खाना वहीं पहुंच जाता था। पुलिस ने उन्हें घर में न पाकर अपना गुस्सा उतारने के लिए खिसियाकर उनके भाई की बन्दूक ज़ब्त कर ली। गन्ने के खेत में पड़े-पड़े अशफाक उल्ला ये सब खबरें पाते रहे। उन्हें यह पता लगा कि गिरफ्तारियां न केवल शाहजहांपुर में, बल्कि अन्यत्र भी होती रही हैं। पर उनका ब्यौरा नहीं मालूम हुआ। इसलिए वे शाहजहांपुर में रहना व्यर्थ समझकर वहां वे चल पड़े और कई शहर घूमते हए बनारस पहुंचे, जो उन दिनों क्रान्तिकारियों का सबसे बड़ा अड्डा था। पर वहां कोई नहीं मिला, क्योंकि कई लोग गिरफ्तार हो चुके थे और बाकी लोग फरार थे। उक्त श्रेणी में तीन व्यक्ति थे, एक तो चन्द्रशेखर आज़ाद, दूसरे शचीन्द्रनाथ बख्शी और तीसरे राजेन्द्रनाथ लाहिड़ी। तब अशफाक उल्ला काशी हिन्दू विश्वविद्यालय गए, जहां कई अन्य साथी थे। उन्हीं के परिचय से वे बिहार चले गए, और पलामू में डाल्टनगंज के एक दफ्तर में नौकरी करने लगे। वहां उन्होंने अपने को मथुरा जिले का कायस्थ बताया और उसी रूप में आठ-दस महीने तक रहे।

जिस इंजीनियर के मातहत वे काम करते थे, उसे शायरी से प्रेम था और वह खुद भी कुछ तुक जोड़ा करता था, इसलिए उसे जब मालूम हुआ कि उसका अधीन कर्मचारी अच्छी शायरी कर लेता है, तो वह बहुत खुश हुआ। एक

स्थानीय मुशायरे में अशफाक उल्ला ने कुछ शे'र सुनाए, इस पर बड़ी वाहवाही हुई। इंजीनियर साहब ने इसे अपनी ही वाहवाही समझा और खुश होकर उनका वेतन बढ़ा दिया।

डाल्टनगंज में रहते समय अशफाक उल्ला को हिन्दी के अतिरिक्त बंगला सीखने और बोलने का अभ्यास हो गया और वे बंगला में गीत भी गाने लगे। मज़े की बात यह है कि सौ मील के अन्दर ही काकोरी षड्यन्त्र के एक दूसरे फरार शचीन्द्रनाथ बख्शी भागलपुर और हज़ारीबाग में डटे रहे, पर आपस में मिलने के लिए बेचैन इन दो लोगों में कोई सम्पर्क नहीं हो सका। बाद में चलकर जब दोनों गिरफ्तार होकर एक जेल में आए और दोनों पर साथ-साथ मुकदमा चला तब मालूम हुआ कि वे इतने पास थे, पर बहुत दूर थे।"

यदि केवल बचा रहना ही उद्देश्य होता तो डाल्टनगंज में रहना ठीक था, पर अशफाक डाल्टनगंज से ऊब गए और वे इंजीनियरी पढ़ने के बहाने से विदेश जाने के लिए छटपटाने लगे। इस फिराक में अशफाक दिल्ली गए। वहां उनका एक सहपाठी मित्र मिल गया, जो शाहजहांपुर का ही पठान था। वह मित्र बड़े तपाक से उन्हें अपने डेरे पर ले गया। दोनों ने मिलकर खाना खाया और अशफाक वहां से रात ग्यारह बजे अपने ठीहे पर पहुंचे और सवेरा होते-होते गिरफ्तार कर लिए गए। स्पष्ट था कि पठान मित्र ने इनाम के लालच में अशफाक को गिरफ्तार करा दिया। और इस मामले में न तो धर्म काम आया, न एक शहर का रहनेवाला होना काम आया और न सहपाठी होना।

अशफाक उल्ला की गिरफ्तारी के बाद उन्हें सरकारी गवाह बनाने के लिए गुप्तचार विभाग ने कुछ कमी उठा नहीं रखी। एक मुसलमान उच्चाधिकारी विशेष रूप से अशफाक के पास भेजा गया। वह व्यक्ति अरब में ब्रिटिश एजेंट रहकर वहां के मुसलमानों को लड़ाने में और अरब के टुकड़े-टुकड़े कर देने में प्रथम महायुद्ध में बहुत बड़ा भाग ले चुका था और उन थोड़े-से भारतीय अधिकारियों में था, जो उन दिनों सुपरिंटेंडेंट पुलिस के उच्च पद पर पहुंचे थे। इस व्यक्ति ने अशफाक को यह घुट्टी पिलाने की कोशिश की कि यह हिन्दुओं का षड्यन्त्र है। हिन्दू अपने राज के लिए लड़ रहे हैं, इसमें तुम कैसे बहककर फंस गए? अशफाक उसकी बातें इसलिए सुना करते थे कि तनहाई में बन्द रखे जाने से एक आदमी से बात करने में कुछ समय कटता है, जब उसने बार-बार इसी

प्रकार की बेतुकी बातें कहीं तो अशफाक ने झुंझलाकर कहा–'हिन्दू राज किसी भी तरह ब्रिटिश राज से अच्छा ही होगा।'

निराश होकर पुलिस ने अशफाक पर मुकदमा चलाया। जब उनका मुकदमा काफी आगे बढ़ चुका था, तब शचीन्द्रनाथ बख्शी भागलपुर से गिरफ्तार करके लाए गए। दोनों को कुछ दिन अलग-अलग रखा गया। सरकार के सामने प्रश्न यह था, कि एक तो षड्यन्त्र का बड़ा मुकदमा चल रहा था, अशफाक का एक पूरक मुकदमा चालू था, अब क्या बख्शी का एक अलग मुकदमा चले? इसलिए सरकार के कानूनी सलाहकारों ने यह निश्चय किया कि अशफाक का मुकदमा स्थगित कर दिया जाए, फिर दोनों का मुकदमा सेशन में एक साथ चले ऐसा ही किया गया।

सेशन तक दोनों अलग-अलग थे, पर सेशन में मुकदमे के दिन दोनों जेल के फाटक पर मिल गए। वे अलग-अलग बैरक से आए थे, पर यह भेंट अफसरों के सामने हुई। दोनों को यह दिखाना था कि हम एक-दूसरे को नहीं जानते, इसलिए बिल्कुल पास आ जाने पर भी उन लोगों ने ऐसा व्यवहार किया कि एक-दूसरे को पहचानते ही नहीं। अब तक बाधा सरकारी थी, पर अब अपने द्वारा पैदा की हुई बाधा हुई, जो उससे भी कठिन थी। नियम यह था कि तब कैदी अदालत में भेजे जाते थे, जब उनके पैरों में बेड़ियां डाल दी जाती थीं। और अदालत से लौटने पर फिर बेड़ी काट दी जाती थीं। जब दोनों को अलग-अलग बेड़ियां डाली जा चुकीं, फिर भी दोनों में से किसी ने एक-दूसरे को नहीं पहचाना, तो जेलर ने बख्शीजी को बुलाकर कहा–ज़रा इधर सुनिए।

बख्शीजी पास पहुंचे तो अशफाक उल्ला यह दिखाते हुए मानो पहली बार उनको देखा हो, बोले–अच्छा, आप ही बख्शीजी हैं?

बख्शीजी ने जेलर से कहा–आप कौन हैं?

तब जेलर ने कहा–यही अशफाक उल्ला खां हैं।

अब आगे ढोंग ने साथ नहीं दिया। दोनों बड़े जोश के साथ मिले और एक-दूसरे के गले मिले। उसी समय चारों ओर से तालियां बजीं। जेल अधिकारियों ने कहा–हम यही भरत मिलाप देखने के लिए इकट्ठे हुए थे।

उसी दिन से शचीन्द्रनाथ बख्शी और अशफाक उल्ला भारत के क्रान्तिकारी बैरक में एकसाथ रख दिए गए और तब तक एक ही साथ रहे, जब

तक कि मुकदमे का फैसला नहीं हुआ। दोनों साथ-साथ अदालत जाते। इस प्रकार दोनों का समय अच्छा कटने लगा, पर दोनों के सामने फांसी के फन्दे झूल रहे थे।

काकोरी षड्यन्त्र के मुख्य मुकदमे के अभियुक्त ज़िला जेल में रहते थे। और वे दोनों केन्द्रीय जेल में रखे गए थे। दोनों जेलों की इमारतें एक-दूसरे से मिली हुई थीं और कई बार इस जेल के वार्डन उस जेल में चले जाते थे। इसके अलावा वकील भी बहुत कुछ एक ही थे, इस कारण ज़िला जेल की बहुत बातें केन्द्रीय जेल में पहुंच जाती थीं। केन्द्रीय जेल में इन दोनों को यह मालूम हुआ कि ज़िला जेल में रामप्रसाद बिस्मिल धार्मिक कट्टरता दिखला रहे थे। बख्शीजी ने अशफाक से कहा कि यह अनुचित है। तब अशफाक ने बतलाया–शायद वास्तविक बात कुछ और हो, वे कुछ आडम्बर रच रहे हों, ताकि पुलिस धोखे में आ जाए। यह चाल सफल हो भी सकती है, नहीं भी हो सकती।

उस समय से अशफाक दिखा-दिखाकर नमाज़ पढ़ने लगे और रोज़ा भी रखना शुरू कर दिया। बख्शी ने इस सम्बन्ध में जो वक्तव्य दिया, वह इस प्रकार है : "नियमित रूप से नमाज़ वगैरा बढ़ने पर भी अशफाक कतई कट्टर नहीं थे। वे धर्म को कभी राह का रोड़ा बनते नहीं देख सकते थे, बल्कि स्थिति उत्पन्न होने पर वे धर्म को रोड़े की तरह ठुकरा देना ही ठीक समझते थे। वे मुल्क की आज़ादी के सवाल को मज़हबी मतभेदों से कहीं ऊंची चीज़ मानते थे। पहले वे देश को स्वतन्त्र देखना चाहते थे, इसी से अशफाक उल्ला की धर्म-सम्बन्धी उदारता का तथा उनके हृदय में हिलोरे लेती हुई देशभक्ति का परिचय मिलता है।"

बख्शीजी ने इसके आगे इसी मामले को और साफ करते हुए वक्तव्य दिया था : "मैं था कट्टर नास्तिक तथा भगवान और अल्लाह दोनों को गालियां देनेवाला; पर बहुत दिनों तक साथ रहने पर भी हम लोगों में कभी इस सम्बन्ध में या धर्म के किसी भी विषय पर बहस नहीं हुई, जैसा कि दूसरे कमउम्र अभियुक्तों से श्री शचीन्द्रनाथ सान्याल और श्री गोविन्दचरण कार की बहस धर्म और ईश्वर के पक्ष में हुआ करती थी।" इस विषय में अशफाक उल्ला का कहना है कि मैं किसी ताकत को बहुत ऊंचा मानता हूं यानी यह समझता हूं कि हमारे और दुनिया के ऊपर कोई और है। तुम इसे नहीं मानते। जिस दिन मेरी भी इस बात से

आस्था उठ जाएगी उस दिन से मैं भी ईश्वर को मानना छोड़ दूंगा। यह तो एकदम व्यक्तिगत विश्वास की बात हैं।"

अशफाक उल्ला भी रामप्रसाद बिस्मिल की ही तरह कविता लिखा करते थे। उनकी लिखी हुई कई गज़लें 'हमदम' नामक उर्दू अखबार में प्रकाशित हुई थीं। उनका तखल्लुस 'वारसी' या 'हज़रत' था। हवालात में उन्होंने कई रचनाएं कीं, जिनमें से एक है :

सुनाएं ग़म की किसे कहानी, हमें तो अपने ही सता रहे हैं।
हमेशा सुबह-शाम, दिल पर सितम के खंजर चला रहे हैं।।

न कोई इंग्लिश, न कोई जर्मन, न कोई रशियन, न कोई तुर्की।
मिटानेवाले हैं अपने हिन्दी, जो आज हमको मिटा रहे हैं।।

जिसे फना वह समझ रहे हैं, वका का राज़ इसी में मज़मिर।
नहीं मिटाने से मिट सकेंगे, यों लाख हमको मिटा रहे हैं।।

खामोश 'हज़रत' खामोश 'हसरत' अगर है जज़बा वतन का दिल में।
सज़ा को पहुंचेंगे अपनी बेशक, जो आज हमको सता रहे हैं।।

एक हिन्दी कविता इस प्रकार है :

हे मातृभूमि तेरी सेवा किया करूंगा।
फांसी मिले मुझे या हो जन्म कैद मेरी।।
बेड़ा बजा-बजाकर तेरा भजन करूंगा।।

उनके कवित्व के कुछ और नमूने इस प्रकार हैं :

यूं ही लिखा था किसमत में चमन पैराए-आलम ने,
कि फस्ले-गुल में गुलशन छूटकर है कैद ज़िन्दां की।

तनहाइए ग़ुरबत से मायूस न हो हसरत,
कब तक न खबर लेंगे याराने-वतन तेरी।

ब'जुर्मे आरज़ू पै जिस कदर चाहे सज़ा दे लें,
मुझे खुद ख्वाहिशे-ताज़ीर है मुलज़िम हूं इकरारी।

फांसी के कुछ समय पहले उन्होंने ये कविताएं लिखीं :

कुछ आरज़ू नहीं है, है आरज़ू तो यह,
रख दे कोई ज़रा-सी खाके-वतन कफन में।
ऐ पुख्तकार उल्फत हुशियार, डिग न जाना,
मरीज़ आशकां है इस दार और रसन में।

मौत और ज़िन्दगी है दुनिया का सब तमाशा,
फरमान कृष्ण का था, अर्जुन को बीच रन में।
अफसोस, क्यों नहीं है वह रूह अब वतन में,
जिसने हिला दिया था दुनिया को एक पल में।

सैयाद ज़ुल्मपेशा आया है जब से 'हसरत',
हैं बुलबुले कफस में जागो जगन चमन में।
बुज़दिलों ही को सदा मौत से डरते देखा,
गो कि सौ बार उन्हें रोज़ ही मरते देखा।

मौत से वीर को हमने नहीं डरते देखा।
मौत को एक बार जब आना है तो डरना क्या है,
हम सदा खेल ही समझा किए, मरना क्या है।
वतन हमेशा रहे शादकाम और आज़ाद,
हमारा क्या है, अगर हम रहे, न रहे॥

सरकारी वकील पर उन्होंने एक शे'र कहा था :

चलो-चलो यारो, रिंग थियेटर, दिखाएं तुमको...
जो चन्द टुकड़ों पर सीमोज़र के नया तमाशा दिखा रहे हैं।

अशफाक उल्ला को फांसी की सज़ा दी गई और बख्शी को उम्रकैद की जब

सुनाई गई, उसका आंखों देखा हाल बख्शी ने जिस प्रकार बताया, वह उद्धृत करने योग्य है। उनके अनुसार : "अशफाक उल्ला वैसे उम्र में मुझसे साल-डेढ़ साल बड़े थे। पर पार्टी का ज़्यादा पुराना कार्यकर्ता होने के कारण वे मुझे बड़ा मानते थे। जिस वक्त उन्हें फांसी की और मुझे उम्रकैद की सज़ा सनाई गई, तो मुझे ऐसा लगा कि वे एकाएक मुझसे बहुत ऊंचे चले गए। वैसे वे शाहज़ादों के समान लम्बे-तगड़े और गठे हुए बदन के आकर्षक व्यक्ति थे, पर इस समय उनका व्यक्तित्व सहसा इतना बड़ा लगने लगा कि मेरी समझ में कुछ न आया। मेरी आंखों से आंसू निकल पड़े। मैंने बड़ी कठिनाई से बंगला में कहा–'एक यात्रा में पृथक फल नहीं होना चाहिए, मुझे भी यही सज़ा मिलनी चाहिए।' मेरा गला रुंध गया था, मुझसे और कुछ नहीं कहा गया।"

फैसला सुनाए जाने के बाद दोनों दंडित जेल में भेजे गए। शाम को लखनऊ स्टेशन तक दोनों का साथ रहा, वहां से दोनों के मार्ग अलग-अलग हो गए। एक फैज़ाबाद के फांसीघर में भेज दिए गए और बख्शी जी आगरा केन्द्रीय जेल भेजे गए; जहां पहले से सज़ा पाए हुए काकोरी कांड के अन्य कैदी भी मौजूद थे।

अशफाक उल्ला के सम्बन्ध में रामप्रसाद बिस्मिल ने जो कुछ लिखा है, वह बहुत ही मार्मिक है, इसलिए हम उसे पूरा उद्धृत करते हैं। स्मरण रहे कि रामप्रसाद ने ये शब्द फांसी घर में बैठकर लिखे थे। इसमें बहुत ही भावुक ढंग से अशफाक के सम्बन्ध में सारी बातें बताई गई हैं :

"मुझे भली-भांति याद है, जबकि मैं बादशाही एलान के बाद शाहजहांपुर आया था, तो तुमसे स्कूल में भेंट हुई थी। मुझसे मिलने की तुम्हारी बड़ी हार्दिक इच्छा थी। तुमने मुझसे मैनपुरी षड्यन्त्र के सम्बन्ध में कुछ बातचीत करनी चाही थी। मैंने यह समझकर कि स्कूल का एक मुसलमान विद्यार्थी इस प्रकार की बातचीत क्यों करता है, तुम्हारी बातों का उत्तर उपेक्षा की दृष्टि से दे दिया। तुम्हें उस समय बड़ा खेद हुआ था। तुम्हारे मुख पर हार्दिक भावों का प्रकाश हो रहा था। तुमने अपना इरादा नहीं छोड़ा, तुम अपने निश्चय पर डटे रहे। जिस प्रकार हो सका कांग्रेस में बातचीत की। अपने इष्ट मित्रों द्वारा इस बात का विश्वास दिलाने की कोशिश की कि तुम बनावटी आदमी नहीं। तुम्हारे दिल में मुल्क की खिदमत करने की ख्वाहिश थी। अन्त में तुम्हारी विजय हुई। तुम्हारी कोशिशों

ने मेरे दिल में जगह पैदा कर ली। तुम्हारे बड़े भाई मेरे उर्दू मिडिल के सहपाठी तथा मित्र थे, यह जानकर मुझे बड़ी प्रसन्नता हुई। थोड़े दिनों में ही तुम मेरे छोटे भाई के समान हो गए थे। किन्तु छोटे भाई बनकर तुम्हें सन्तोष न हुआ। तुम समानता के अधिकार चाहते थे, तुम मित्र की श्रेणी में अपनी गणना चाहते थे। वही हुआ। तुम सच्चे मित्र बन गए। सबको आश्चर्य था कि एक कट्टर आर्यसमाजी और मुसलमान का मेल कैसा? मैं मुसलमानों की शुद्धि करता था। आर्यसमाज मन्दिर में मेरा निवास था। किन्तु तुम इन बातों की किंचितमात्र चिन्ता न करते थे। मेरे कुछ साथी तुम्हें मुसलमान होने के कारण कुछ घृणा की दृष्टि से देखते थे, किन्तु तुम अपने निश्चय पर दृढ़ थे। तुम मेरे पास आर्यसमाज मन्दिर में आते-जाते थे। हिन्दू-मुस्लिम झगड़ा होने पर, तुम्हारे मुहल्ले के सब कोई तुम्हें खुल्लमखुल्ला गालियां देते थे, काफिर के नाम से पुकारते थे। पर तुम कभी उनके विचारों से सहमत न हुए। सदैव हिन्दू-मुस्लिम ऐक्य के पक्षपाती रहे। तुम एक सच्चे मुसलमान तथा अच्छे देशभक्त थे। तुम्हें यदि जीवन में कोई विचार था, तो यही कि मुसलमानों को खुदा अक्ल देता कि वे हिन्दुओं के साथ मिलकर हिन्दुस्तान की भलाई करते। जब मैं हिन्दी में कोई लेख या पुस्तक लिखता, तो तुम सदैव यही अनुरोध करते कि उर्दू में भी क्यों नहीं लिखते, ताकि मुसलमान भी पढ़ सकें। तुमने देशभक्ति के भावों को भली-भांति समझने के लिए ही हिन्दी का अच्छा अध्ययन किया। अपने घर पर जब माताजी तथा भ्राताजी से बातचीत करते थे, तो तुम्हारे मुंह से हिन्दी शब्द निकल जाते थे, जिससे सबको बड़ा आश्यर्च होता था।

"तुम्हारी इस प्रकार की प्रवृत्ति देखकर बहुतों को सन्देह होता था कि कहीं तुम इस्लाम त्यागकर शुद्धि न करा लो। पर तुम्हारा हृदय किसी प्रकार अशुद्ध न था, फिर तुम शुद्धि किस वस्तु की कराते? तुम्हारी इस प्रकार की प्रगति ने मेरे हृदय पर पूर्ण विजय पा ली। बहुधा मित्रमंडली में बात छिड़ती कि कहीं मुसलमान पर विश्वास करके धोखा न खाना।

"तुम्हारी जीत हुई, मुझमें-तुममें कोई भेद न रह गया। बहुधा मैंने-तुमने एक थाली में भोजन किया। मेरे हृदय में यह विचार हो जाता रहा कि हिन्दू-मुसलमान में कोई भेद है। तुम मुझ पर अटल विश्वास तथा अगाध प्रीति रखते थे। हां, तुम मेरा नाम लेकर नहीं पुकार सकते थे। तुम तो मुझे

सदैव 'राम' कहा करते थे। एक समय जब तुम्हें दिल का दौरा हुआ, तुम अचेत थे। तुम्हारे मुह से बारम्बार 'राम', 'हाय राम' शब्द निकल रहे थे। पास खड़े हुए भाईबन्दों को आश्चर्य था कि एक मुसलमान 'राम, राम' कहता है। कहते कि 'अल्लाह, अल्लाह' कहो, पर तुम्हारी 'राम-राम' की रट रही। उसी समय किसी मित्र का आगमन हुआ, जो 'राम' के भेद को जानते थे। तुरन्त मैं बुलाया गया। मुझसे मिलने पर तुम्हें शान्ति हुई, तब सब लोग 'राम-राम' के भेद को समुझे।

"अन्त में इस प्रेम, प्रीति तथा मित्रता का परिणाम क्या हुआ? मेरे विचारों के रंग में तुम भी रंग गए। तुम भी एक कट्टर क्रान्तिकारी बन गए। अब तो तुम्हारा दिन-रात प्रयत्न यही था कि जिस प्रकार हो, मुसलमान नवयुवकों में भी क्रान्तिकारी भावों का प्रवेश हो। वे भी क्रान्तिकारी आन्दोलन में योग दें। तुम्हारे जितने बन्धु तथा मित्र थे, तुमने सब पर अपने विचारों का प्रभाव डालने का प्रयत्न किया। बहुधा क्रान्तिकारी सदस्यों को भी बड़ा आश्यर्च होता है कि मैंने कैसे एक मुसलमान को क्रान्तिकारी दल का प्रतिष्ठित सदस्य बना लिया। मेरे साथ तुमने जो कार्य किए, वे सराहनीय हैं। तुमने कभी मेरी आज्ञा की अवहेलना न की। एक आज्ञाकारी भक्त के समान तुम मेरी आज्ञापालन में तत्पर रहते थे। तुम्हारा हृदय बड़ा विशाल था। तुम्हारे भाव बड़े उच्च थे।

"मुझे यदि शान्ति है तो यही कि तुमने संसार में मेरा मुख उज्ज्वल कर दिया। भारत के इतिहास में यह घटना भी उल्लेखनीय हो गई, कि अशफाक उल्ला ने क्रान्तिकारी आन्दोलन में योग दिया। अपने भाई, बन्धु तथा सम्बन्धियों के समझाने पर कुछ भी ध्यान न दिया। गिरफ्तार हो जाने पर भी अपने विचारों में दृढ़ रहे। जैसे तुम शरीर से बलशाली थे, वैसे ही मानसिक वीर तथा आत्मा से उच्च सिद्ध हुए। इस सबके परिणामस्वरूप अदालत में तुमको मेरा सहकारी (लेफ्टीनेंट) ठहराया गया, और जज ने मुकदमे का फैसला लिखते समय तुम्हारे गले में जयमाला (फांसी की रस्सी) पहना दी। प्यारे भाई, तुम्हें यह समझकर सन्तोष होगा कि जिसने अपने माता-पिता की धन-सम्पत्ति को देशसेवा में अर्पण करके उन्हें भिखारी बना दिया, जिसने अपने सहोदर के भावी भाग्य को भी देशसेवा की भेंट कर दिया, जिसने अपना तन-मन-धन, सर्वस्व, मातृसेवा में अर्पण करके अपना अन्तिम बलिदान भी दे किया, उसने अपने प्रिय सखा

अशफाक को भी उसी मातृभूमि की भेंट चढ़ा दिया।

'असग़र हरीमे इश्क में हस्ती ही जुर्म है।
रखना कभी न पांव यहां सर लिए हुए।।'

यह था फांसीघर में बन्द क्रान्तिकारी नेता का अपने साथी के सम्बन्ध में उद्‌गार।

दोनों मित्रों को एक ही तारीख-19 दिसम्बर, 1927 को फांसी दे दी गई, पर एक किसी और जेल में थे और दूसरे किसी और जेल में। रामप्रसाद को गोंडा जेल में फांसी हुई थी और अशफाक को फैज़ाबाद जेल में।

अशफाक बहुत खुशी के साथ, कुरान शरीफ का बस्ता कन्धे से टांगे हाजियों की भांति 'लवेक' कहते और कलमा पढ़ते फांसी के तख्ते के पास गए। तख्ते का उन्होंने बोसा (चुम्बन) लिया और उपस्थित जनता से कहा– 'मेरे हाथ इंसानी खून में कभी नहीं रंगे। मेरे ऊपर जो इल्ज़ाम लगाया गया, वह गलत है। खुदा के यहां मेरा इंसाफ होगा। इसके बाद उनके गले में फांसी का फन्दा पड़ा और खुदा का नाम लेते हुए वे इस दुनिया से कूच कर गए। उनके रिश्तेदार उनकी लाश शाहजहांपुर ले जाना चाहते थे इसके लिए उन्हें बहुत आरजू मिन्नत की, तब कहीं इजाज़त मिली। शाहजहांपुर ले जाते समय जब उनकी लाश लखनऊ स्टेशन पर उतारी गई, तब कुछ लोगों को देखने का मौका मिला। चेहरे पर दस घंटे के बाद भी शान्ति और मधुरता थी। बस, केवल आंखों के नीचे कुछ पीलापन था। बाकी चेहरा तो ऐसा था कि मालूम होता था मानो अभी-अभी नींद आई है। यह नींद अनन्त थी। अशफाक ने मरने के पहले यह शे'र कहा था :

तंग आकर हम भी उनके ज़ुल्म के बेदाद से,
चल दिए सूए-अदम ज़िन्दाने फैज़ाबाद से।

राजेन्द्र लाहिड़ी

राजेन्द्रनाथ लाहिड़ी काशी के रहनेवाले थे। जब वे क्रान्तिकारी आन्दोलन में आए तो वे हिन्दू कॉलेज के छात्र थे। असहयोग के युग के बाद उत्तर भारत में क्रान्तिकारी आन्दोलन का जो पुनरुत्थान हुआ, उसका काशी ही केन्द्र बना। काशी में बंगालियों की अच्छी संख्या है, इस कारण बंगाल के क्रान्तिकारी आकर काशी में अच्छी तरह छिप सकते थे। जो लोग पहले-पहल बंगाल से क्रान्तिकारियों के दल की शाखा स्थापित करने के लिए काशी आए, उन लोगों ने 'कल्याण आश्रम' नाम से एक फर्जी संस्था स्थापित की। देखने में इस आश्रम का उद्देश्य आध्यात्मिक उन्नति था, पर ब्रह्मचारी और संन्यासी लगनेवाले युवक भीतर ही भीतर केवल इस बात की टोह लेते रहे कि कौन-से युवक ऐसे हैं जो क्रान्तिकारी आन्दोलन में भाग लेने योग्य हैं। धर्म की आड़ लेकर काशी में काम करना सबसे सरल था। उन लोगों का उद्देश्य था, पहले दो-एक बंगाली युवकों को पकड़ा जाए और इनके ज़रिये हिन्दीभाषी लोगों को आन्दोलन में लाया जाए।

बाहर से आए हुए इन लोगों के अतिरिक्त रासबिहारी बोस के ज़माने के प्रसिद्ध क्रान्तिकारी नेता शचीन्द्रनाथ सान्याल ने भी काशी में संगठन शुरू किया। उनके पुराने साथी सुरेशचन्द्र भट्टाचार्य आदि उनके साथ हो गए। इस प्रकार से एक ही साथ उस समय के संयुक्त-प्रान्त और आज के उत्तरप्रदेश में क्रान्तिकारी दल का दो हिस्सों में संगठन होने लगा। राजेन्द्रनाथ लाहिड़ी शचीन्द्रनाथ सान्याल के दल में आ गए।

कहना न होगा कि यह परिस्थिति चल नहीं सकती थी, क्योंकि जब उद्देश्य और उपाय एक ही था, तो एक ही स्थान में दो दल होने का कोई अर्थ नहीं होता था, इसलिए थोड़े ही दिनों के अन्दर दोनों दलों के नेताओं में बातचीत होने लगी। जो लोग आश्रम बनाकर काम करने आए थे, वे बंगाल के अनुशीलन दल के दूत थे, इसलिए बातचीत बंगाल के अनुशीलन दल और शचीन्द्रनाथ सान्याल

में हुई। शचीन्द्रनाथ सान्याल बहुत विद्वान और उच्च विचारों के व्यक्ति थे। वे चाहते थे कि सारे भारतवर्ष के लिए एक ही क्रान्तिकारी दल हो और उसकी एक उच्च कमान हो, जहां से सब नीतियों का निर्धारण हो और दल का संचालन हो। पर अनुशीलन दल तथा बंगाल के दूसरे दल इस सलाह को मानने के लिए तैयार नहीं थे, यानी वे एक हद तक ही एक होना चाहते थे।

यह कहना कि इसमें केवल नेतागिरी की कामना ही बाधक हुई, अतिसरलीकरण होगा। क्रान्तिकारी दल के ऐसे संगठन में छोटे-छोटे संगठन होना इसलिए बहुत बड़ी हद तक सही था कि यदि कोई बहुत महत्त्वपूर्ण व्यक्ति भी मुखबिर बन जाता, तो वह एक दल को ही नष्ट कर सकता था, बाकी सब दल ज्यों के त्यों बने रहते।

जो कुछ भी हो, अनुशीलन दल और शचीन्द्र बाबू के दल दीर्घ बातचीत के फलस्वरूप एक दल में परिणत हो गए। सच पूछिए, तो इसे दो दलों का एकीकरण नहीं कहेंगे, बल्कि अनुशीलन दल, जहां तक उत्तर भारत का सम्बन्ध है, शचीन्द्रनाथ बाबू के दल के अन्तर्भूत हो गया। अनुशीलन दल को शचीन्द्र बाबू के दल में अन्तर्भूत इसलिए होना पड़ा कि बनारस के बाहर उनका कहीं पता नहीं था। इनके दूत हिन्दी नहीं जानते थे। इसलिए ये बनारस से, जहां बंगालियों की संख्या बहुत है, आगे नहीं बढ़ सकते थे। शचीन्द्र बाबू की ही चेष्टा से बंगाल के भिन्न-भिन्न क्रान्तिकारी दलों की एक केन्द्रीय कमेटी बंगाल में बनाई गई। पर इस कमेटी ने ढंग से काम नहीं किया। शचीन्द्र दादा ने आसानी से इस कमेटी पर अपना नेतृत्व स्थापित कर लिया होता, और यह इस कमेटी के लिए अच्छा ही होता, पर बंगाल की पार्टियों के विधान में इस प्रकार के बाहरी प्रभाव को, चाहे वह कितना ही अच्छा हो, बर्दाश्त करने का मुद्दा नहीं था। इसके अतिरिक्त बंगाल आर्डिनेंस के कारण समस्त प्रमुख क्रान्तिकारी अपने-अपने कर्मक्षेत्र से अक्टूबर, 1924 में धरकर बन्द कर दिए गए और इस कमेटी की योजना के लिए कोई अवसर न था।

इस प्रकार जब बनारस में एक पार्टी हो गई, तो इसके बाद, और मैं समझता हूं कि इस एकीकरण की शर्त के रूप में, हिन्दू कॉलेज के छात्र राजेन्द्रनाथ लाहिड़ी बनारस ज़िले के ज़िला संगठनकर्ता मुकर्रर हुए, साथ ही वे बनारस कमिश्नरी की ओर से एच. आर. ए. (हिन्दुस्तान रिपब्लिकन

एसोसिएशन) की प्रान्तीय कौंसिल के सदस्य हुए जोगेश बाबू ने इस नए मित्र के साथ अपने साथियों को इसी रूप में परिचय कराया। लोगों को बताया गया कि आगे से हम इनके अधीन काम करेंगे। राजेन्द्र बाबू बहुत ही मीठे स्वभाव के नौजवान थे। उनका चेहर इतना कोमल था कि उसमें करीब-करीब एक लड़की की तरह कोमलता थी। इसके अतिरिक्त उनके चेहरे पर सदा हंसी छाई रहती थी। उनको प्रथम दृष्टि से देखने पर ऐसा ज्ञात होता था कि वे जीवन की आनन्ददायक वस्तुओं के लिए पैदा हुए हैं। पर उनकी आंखों में कोई ऐसा तत्त्व था–एक दृढ़ निश्चय–जिसके कारण वे दूसरी ही गम्भीर वस्तुओं के लिए उत्पन्न ज्ञात होते थे। उनको काम करने में फिर भी एक बड़ी दिक्कत थी, और वे उस दिक्कत को महसूस भी करते थे। साथियों में से कुछ, जो असहयोग आन्दोलन में भाग लेकर जेल जा चुके थे, व्यावहारिक राजनीति से अधिक परिचित होने का दावा कर सकते थे। भारतीय राजनीति के उन दिनों के चेहरे-मोहरे से भी ये साथी परिचित थे। इसके अतिरिक्त ऐसे लोग राष्ट्रीय विद्यालय तथा कॉलेज के छात्र होने के कारण उस समय की कांग्रेसी राजनीति के अन्दरूनी दांव-पेंच से भी परिचित थे। पर राजेन्द्र बाबू बिल्कुल ही इस सम्बन्ध में अज्ञ थे। जो हो, उन्होंने इन लहरों को पकड़ने की कोशिश की, किन्तु लहरों के केन्द्रों से दूर रहने के कारण उन्हें चीज़ों को समझने में बहुत भारी चेष्टा करनी पड़ी। पर राष्ट्रीय कॉलेज या स्कूल के लोग इन्ही बातों को स्वाभाविक रूप से आसानी से सीख जाते थे। इसके अतिरिक्त जन्मचिन्हों से बचना बहुत मुश्किल है। यह व्यक्तियों और संस्थाओं दोनों के सम्बन्ध में सत्य है। हमारा संगठन अब दो संगठनों के मिलने से बना था। वे अब एक और अविभाज्य बन चुके थे; पर कभी ये संस्थाएं अलग थीं, यह सदस्यों के अवचेतना में बहुत दिनों तक रहा। लोग यह भूल न सके कि राजेन्द्र बाबू उन पर लादे गए थे, और यह न भूलना कुछ-कुछ एक शिकायत के रूप में था। यदि राजेन्द्र बाबू अपने साथ कुछ क्रान्तिकारी कार्यकर्ता भी ले आते या यदि उनका क्रान्तिकारी जीवन साधारण क्रान्तिकारियों से अधिक श्रेष्ठ होता, तो वे अधिक सफल होते, इसमें सन्देह नहीं; पर जिस प्रकार से जिस रूप में वे आए थे, उससे उनको सरदार के रूप में प्रतिष्ठित होने में दिक्कतों का सामना हुआ। इन बातों को इसलिए लिखा जा रहा है कि यह दिखलाया जा सके कि पार्टी सब पार्टियों की तरह–यहां तक कि

दुनिया की सर्वश्रेष्ठ क्रान्तिकारी पार्टी रूस की बालशेविक पार्टी की तरह–रक्त-मांस के मनुष्यों से बनी हुई थी। अवश्य ही शचीन्द्र बाबू ने इस प्रकार एक गिरोह पर, जो अपनी शैशवावस्था पार कर चुका था, ऊपर से राजेन्द्र बाबू को लादकर गलती की, पर उन्होंने इस सम्बन्ध में कोई गलती नहीं की कि राजेन्द्र बाबू एक दिन अपने समसामयिकों से केवल थोड़े बड़े नहीं बल्कि बहुत बड़े हो जाएंगे, और उनके सामने सब बौनों की तरह ज्ञात होंगे। अबसे चार साल बाद उनको फांसी होनेवाली थी।

राजेन्द्रनाथ लाहिड़ी हर तरह से दल के लिए उपयोगी होने की चेष्टा करते रहे और वे उसमें सफल हुए। जब भी जो काम उन पर पड़ा उसे उन्होंने फौरन ही ग्रहण कर लिया। पहले ऐसा समझा जाता था कि उन्हें केवल संगठन का ही काम दिया जाएगा, पर उन्होंने देखा होगा कि चन्द्रशेखर आज़ाद, शचीन्द्रनाथ बख्शी आदि काशी के क्रान्तिकारी डकैतियों में भाग ले रहे थे, और सफलतापूर्वक भाग ले रहे थे, तो वे भी डकैतियों में जाने लगे। इस प्रकार जब दल की तरफ से यह तय हुआ कि केवल बन्दूक-पिस्तौल के संग्रह तक ही अपने को सीमित न रखा जाए, तो राजेन्द्र लाहिड़ी संयुक्तप्रान्त की तरफ से बम बनाना सीखने के लिए कलकत्ता भेजे गए।

इसलिए जब 26 सितम्बर, 1925 को बहुत बड़े पैमाने पर गिरफ्तारियां हुईं, तो राजेन्द्रनाथ लाहिड़ी पकड़े गए, पर जब काकोरी का मुकदमा चालू था, तो उस समय दक्षिणेश्वर के एक मकान में बम का एक कारखाना पकड़ा गया, जिसमें राजेन्द्रनाथ लाहिड़ी अन्य कई साथियों सहित गिरफ्तार हो गए। पुलिस यह चाहती थी कि काकोरी और दक्षिणेश्वर दोनों मुकदमों को इकट्ठा कर दिया जाए, पर कानूनी सलाहकारों ने यह कहा कि दोनों मुकदमों को अलग चलाया जाए। तदनुसार दक्षिणेश्वर के बम के कारखानों का अलग मुकदमा चला। इसमें राजेन्द्रनाथ लाहिड़ी को दस साल की सज़ा हुई। इसके बाद वे एक दंडित कैदी के रूप में लखनऊ लाए गए और वहां पर उन्हें फिर काकोरी षड्यन्त्र का अभियुक्त बना दिया गया।

दक्षिणेश्वर कांड की बात अन्तिम रूप से कहने के पहले यह बता दिया जाए कि राजेन्द्र बाबू के लखनऊ चले आने के बाद दक्षिणेश्वरवाले उनके साथी एक ऐसी घटना में सामने आए, जो भारतीय क्रान्तिकारी इतिहास में बिल्कुल बेजोड़ है। रायबहादुर भूपेन्द्रनाथ नामक एक पुलिस अफसर अलीपुर जेल के

नज़रबन्दों तथा राजबन्दियों से मिलने आया करते थे। साधारणतः जब एक व्यक्ति को अदालत से सज़ा हो जाती है, तो पुलिसवाले उसका पीछा छोड़ देते हैं। पर अथक रायबहादुर ऐसी परम्पराओं में विश्वास नहीं रखते थे। वे अपने क्षेत्र के क्रान्तिकारी थे। इसलिए वे अक्सर नज़रबन्दों और दंडितों से मिलते थे और यह कोशिश करते थे कि उनके सारे राज़ मालूम हों। उनकी आवा-ज़ाही निरन्तर बनी रहती थी, और ऐसी कुछ खबर उड़ रही थी कि वे लोगों को पतित करने में कुछ सफलता प्राप्त कर रहे हैं। बात यहां तक बढ़ गई कि जब रायबहादुर किसी राजनीतिक बन्दी से मिल लेते, तो वह बन्दी अपने साथियों में शक की निगाह से देखा जाता। इस प्रकार जिस व्यक्ति पर सन्देह किया जाता, वह इस बात पर कुढ़ता कि हमारे साथी हमारा तनिक विश्वास नहीं कर रहे हैं। इस प्रकार झगड़ा और वैमनस्य बढ़ता, फिर निन्दा, परनिन्दा और प्रतिनिन्दा होती।

दक्षिणेश्वर बम के दंडितों ने जब यह बात सुनी, तो उन्होंने सोचा कि इसकी कुछ दवा करनी चाहिए। जहां पर दक्षिणेश्वर के दंडित रखे गए थे, रायबहादुर का रास्ता उसी हाते के सामने से पड़ता था। एक दिन जब रायबहादुर उस हाते के सामने से गुजर रहे थे, उस समय सब दक्षिणेश्वरवाले उन पर टूट पड़े, और बिना किसी हथियार के ही उनको मार डाला। बाद को यह बताया गया कि दक्षिणेश्वर दंडितों ने मसहरी के डंडों का इस्तेमाल किया था, और इस प्रकार रायबहादुर को मार डाला था। इसका मुकदमा चला और दो व्यक्तियों को फांसी की सज़ा हुई। बाकी लोगों को विभिन्न सज़ाएं हुईं। पहले जो सज़ाएं हुई थीं, उनके अलावा ये सजाएं हुईं। उन्हें केन्द्रीय जेल में रखा गया। काकोरी षड्यन्त्र के दूसरे अभियुक्त ज़िला जेल में रखे गए थे। और सब अभियुक्त अदालत में अपने-अपने कपड़ों में जाते थे, पर राजेन्द्रनाथ लाहिड़ी को साधारण कैदी की वर्दी में बेड़ियां डालकर ले जाया जाता था।

मुकदमे के रुख से यह स्पष्ट हो गया था कि मुख्य मुकदमे में रामप्रसाद विस्मिल के अतिरिक्त राजेन्द्रनाथ लाहिड़ी को भी फांसी की सम्भावना है, इसलिए जेल से कुछ विशिष्ट कैदियों को भगाने का कार्यक्रम बनाया गया। एक कार्यक्रम यह बना कि जिस समय अभियुक्तों को मोटर में जेल से अदालत ले जाया जाता है, उसी समय हमला करके उन्हें छीन लिया जाए। इस सिलसिले में चन्द्रशेखर आज़ाद, भगतसिंह आदि परिस्थिति का मुआयना करने के लिए

लखनऊ आए। पर यह कार्यक्रम सफल नहीं हो सका, क्योंकि यह स्पष्ट हो गया कि इसके लिए पूरा खंडयुद्ध करना पड़ेगा और शायद दो, चार, छः अभियुक्त भी गोलियों से मारे जाएं।

इसके बाद हवालात में बन्द क्रान्तिकारी शान्त नहीं हुए। अब अनशन की बात सोची जाने लगी। अनशन का कारण यह था कि अभियुक्तों की ओर से सरकार को यह सम्मिलित अर्ज़ी भेजी गई थी कि हम राजनीतिक कैदी हैं, इसलिए हमें राजनीतिक कैदियों अर्थात लड़ाई के कैदियों का-सा व्यवहार मिलना चाहिए।

राजनीतिक कैदियों की यह लड़ाई बहुत पुरानी थी, उतनी ही पुरानी जितने कि राजनीतिक कैदी पुराने थे। पहले छोटी-छोटी बातों पर जेलों में सरकार के साथ लड़ाइयां ठन जाती थीं, जैसे जनेऊ पहनने के अधिकार पर। इसी अधिकार के लिए लड़ते हुए अन्दमन में रामरक्खा नामक एक राजनीतिक कैदी शहीद हो गए थे। हम यहां उन सब लड़ाइयों का ब्यौरा नहीं देने जा रहे हैं। 'भारतीय क्रान्तिकारी आन्दोलन का इतिहास' में इसका पूरा ब्यौरा एक अध्याय के रूप में लिखा है। यहां केवल इतना ही बता देना यथेष्ट है कि काकोरी कैदियों ने जेल में कदम रखते ही राजनीतिक कैदियों की इस लड़ाई को फिर से जारी कर दिया था। पहले आवेदन-निवेदन चला। कुछ युवक आवेदन-निवेदन के लिए तैयार नहीं थे। ऐसे तीन युवकों ने विशेष व्यवहार की मांग रखकर अनशन कर दिया। पर दूसरे क्रान्तिकारियों ने तथा वकीलों ने यह कहकर साथ नहीं दिया कि सभी अन्य तरीके खत्म होने पर ही अनशन करना उचित है। नतीजा यह हुआ कि तीन साथियों का यह अनशन बीच रास्ते में ही टूट गया। पर सरकार माननेवाली तो थी नहीं, इसलिए अन्त तक सब लोगों ने अनशन किया। अखबारों को पहले ही से खबर दे दी गई थी। गणेशशंकर विद्यार्थी, जो स्वयं बार-बार जेल काटते थे, सरकार की भेदमूलक नीति के शिकार थे। वे अनशन के पक्ष में थे और उन्होंने इसका प्रचार-कार्य अपने हाथ में ले लिया।

राजेन्द्रनाथ लाहिड़ी केन्द्रीय जेल में रहते थे और वे स्क्राफूला रोग से पीड़ित थे। इसलिए डाक्टरी कारणों से उनसे कहा गया कि वे अनशन में भाग न लें, क्योंकि अनशन करते ही उनका रोग बढ़ जाता जो किसी भी दृष्टि से अच्छा न होता। बहुत कठिनाई से राजेन्द्रनाथ लाहिड़ी अनशन से अलग रहने पर राज़ी

हुए। बाकी सब लोगों ने अनशन में भाग लिया। अनशन का एलान करते ही सब लोग कोठरियों में भेज दिए गए। लखनऊ जेल की कुछ कोठरियां उस ज़माने में ऐसी थीं कि उनमें घुसते ही ऐसा लगता था कि दम घुट गया। फिर भी अनशन चलता रहा और कुछ दिनों के बाद अभियुक्तों को रबड़ की नली से नाक के ज़रिये थोड़ा-थोड़ा दूध पिलाया जाने लगा। इस प्रकार कुछ दूध पिलाए जाने पर भी अभियुक्त कमज़ोर पड़ते गए और सोलह दिन अनशन के बाद ब्रिटिश सरकार ने मांग जिस रूप में रखी गई थी, उसमें तो नहीं मानी, पर एक दूसरे रूप में यानी मेडिकल ग्राउंड पर मान लीं, यानी अभियुक्तों को वही व्यवहार देना स्वीकार किया जो गोरे कैदियों को दिया जाता था।

उस समय लोगों ने अनशन तोड़ दिया, क्योंकि किसी को पता नहीं लगा कि इसमें कुछ पेंच है। बाद को जब अभियुक्तों को सज़ा हुई और वे विभिन्न जेलों में भेज दिए गए, तभी पता लगा कि मेडिकल ग्राउंड की आड़ में क्या चालाकी चली गई थी। ब्रिटिश कूटनीति के सामने राजनीतिक कैदी एक बार और पराजित हुए थे, पर इसमें कोई सन्देह नहीं कि लड़ाई एकदम आगे बढ़ गई थी। इसे मंज़िल तक पहुंचने के लिए यतीन्द्रनाथ दास की कुर्बानी की ज़रूरत थी। पर उसकी कहानी हमारे दायरे के बाहर है।

राजेन्द्रनाथ लाहिड़ी जेल में बहुत पढ़ते-लिखते थे, जैसा कि सभी अन्य अभियुक्त करते थे, पर उन्हें पढ़ने का और भी ज़्यादा मौका इसलिए मिला कि वे अकेले थे जबकि बाकी अभियुक्तों को बहुत-सा समय गप-शप, खेल तथा यदा-कदा आपसी लड़ाई-भिड़ाई में व्यतीत होता था।

यों राजेन्द्रनाथ लाहिड़ी बहुत कुछ अनीश्वरवाद की ओर झुक चुके थे। सच तो यह है कि अभियुक्तों में से कई नवयुवक या तो अनीश्वरवादी हो चुके थे या होने ही वाले थे। शचीन्द्रनाथ सान्याल, रामप्रसाद बिस्मिल और गोविन्दचरण कार ऐसे लोगों को बराबर ललकारते और उन्हें समझाने की चेष्टा करते थे। सान्यालजी और राजेन्द्र लाहिड़ी में गुरु-शिष्य का सम्बन्ध था, इसलिए वे उन्हें पुस्तकें देते थे, तथा समझाते थे। कुछ उन पर अरविन्द, विवेकानन्द साहित्य का ऐसा असर पड़ा कि वे फिर ईश्वरवाद की ओर लौट पड़े। यह एक बहुत दिलचस्प और शायद एक ही घटना है।

अनशन के बाद फिर जेल से भागने का कार्यक्रम सामने आया। इस

बार भी योजना सफल नहीं हो सकी, क्योंकि मिठाई में जो दवा मिलाकर वार्डरों को बेहोश करने को देनी थी, वह दवा बेकार साबित हुई। इस दवा के बेकार साबित होने पर आपस में बड़ा झगड़ा मचा, क्योंकि बाहर से जिस व्यक्ति ने दवा भेजी थी, वह किसी अभियुक्त का रिश्तेदार था और चूंकि वह अभियुक्त स्वयं भागनेवाला नहीं था, इसलिए पंडित रामप्रसाद ने यह कहा कि जान-बूझकर बेकार बुकनी भेजी गई है। इस झगड़े का प्रफलन हम पंडित रामप्रसाद द्वारा लिखे गए आत्मचरित में पा सकते हैं। पर यह झगड़ा सतही था या कहना चाहिए कि जेल में बन्द क्रान्तिकारियों की जो हार पर हार हो रही थी, उससे अद्भुत था। जब बार-बार पराजय होती है, तो आपस में झगड़ा होना स्वाभाविक है।

1927 की 6 अप्रैल को सज़ा सुना दी गई और मुख्य मुकदमे में तीन अभियुक्तों को फांसी की सज़ा सुना दी गई, जिनमें राजेन्द्रनाथ लाहिड़ी भी थे।

राजेन्द्रनाथ लाहिड़ी ने सज़ा सुनी तो यद्यपि वे तथा सभी पूर्णतः तैयार थे, पर उन्होंने बंगला में मुझसे कहा–दुनियादा जैनो बदले गैलो, यानी दुनिया जैसे बदल गई और फिर अगले ही क्षण वे संभल गए और उनके चेहरे पर हमेशा की तरह वही मोहिनी बचपन-भरी हंसी आ गई जो उनकी विशेषता थी। सज़ा सुनने के बाद सचमुच सबकी दुनिया बदल गई थी। थोड़ी देर बाद राजेन्द्र लाहिड़ी बोले–मेरी तो थोड़े ही दिनों की तकलीफ है, महीने-दो महीने में खत्म हो जाएगी, पर मुझे उन लोगों की चिन्ता हो रही है, जिन्हें चौदह-चौदह और बीस-बीस साल जेल में सड़ना है।

स्मरण रहे, यह कथन तालियों की गड़गड़ाहट के बीच में हेडलाइटों और फुटलाइटों के सामने खड़े किसी अभिनेता का वचन या आरामकुर्सी पर बैठे हुए लोगों का कथन नहीं था, बल्कि यह ऐसे व्यक्ति का कथन था, जो कुछ समय बाद ही फांसी के तखते पर चढ़ने की तैयारी में था।

सज़ा सुनने के बाद दंडित अभियुक्तों ने मिलकर सरफरोशी की तमन्नावाला गीत गाया ओर इसके बाद उन्हें अलग कर दिया गया। पहले ही सबकुछ तैयार था। उसी रात को राजेन्द्रनाथ लाहिड़ी गोंडा जेल भेज दिए गए। वहीं उनको फांसी लगी। यह एक आश्चर्य की बात है कि अपने मुकदमे के चार फांसीवालों में उन्हें 17 दिसम्बर, 1927 को फांसी लगी, जबकि बाकी फांसीवालों को 19

दिसम्बर को फांसी लगी। ऐसा क्यों हुआ, इस रहस्य का अभी अनावरण नहीं हुआ है।

14 दिसम्बर को उन्होंने एक पत्र लिखा था, वह पत्र इस प्रकार था :

> कल मैंने सुना कि प्रीवी कौंसिल ने मेरी अपील अस्वीकार कर दी। आप लोगों ने हम लोगों की प्राणरक्षा के लिए बहुत कुछ किया, कुछ उठा नहीं रखा, पर मालूम होता है कि देश की बलिवेदी को हमारे रक्त की आवश्यकता है। मृत्यु क्या है? जीवन की दूसरी दिशा के अतिरिक्त और कुछ नहीं। इसलिए मनुष्य मृत्यु से दुख और भय क्यों माने? वह तो नितान्त स्वाभाविक अवस्था है, उतनी ही स्वाभाविक जितना प्रात:कालीन सूर्योदय। यदि यह सच है कि इतिहास पलटा खाया करता है, तो मैं समझता हूं कि हमारी मृत्यु व्यर्थ न जाएगी। सबको मेरा नमस्कार–अन्तिम नमस्कार।
>
> आपका राजेन्द्र

राजेन्द्र लाहिड़ी की फांसी से ही 'मणीन्द्र बनर्जी' की कहानी का सम्बन्ध है। जब असहयोग आन्दोलन चला, तब मणीन्द्र ने स्कूल छोड़ा और तभी से उनकी नियमित पढ़ाई समाप्त हो गई जैसाकि उस ज़माने में बहुतों का हुआ। उनके पिता एक अच्छे होम्योपैथिक डाक्टर थे। वे फारसी के विद्वान थे और उनकी प्रैक्टिस मुसलमानों में ही अधिक थी। मणीन्द्र के पितामह डिप्टी मजिस्ट्रेट थे, जो उन दिनों बहुत बड़ी बात समझी जाती थी।

जब काकोरी षड्यन्त्र समाप्त हुआ और फांसियां हो गईं, तो मणीन्द्र को कहीं से एक पिस्तौल मिल गई, जिसमें केवल दो कारतूस थे। उनके हृदय में आग जल रही थी। और वे बदला लेने की धुन में घूमने लगे। काकोरी के चार वीरों को दिसम्बर, 1927 को फांसी हुई। 1928 की जनवरी में मणीन्द्र बनर्जी ने सुपरिंटेंडेंट बनर्जी पर हमला कर दिया और दोनों गोलियां चला दीं। डिप्टी सुपरिंटेंडेंट बनर्जी के पेट में गोली लगी थी। बचने की कोई आशा नहीं थी, फिर भी बच ही गया।

मणीन्द्र बनर्जी को तरह-तरह की यन्त्रणा दी गई, मारा-पीटा गया, पर वे

टस से मस न हुए। उन्होंने किसी का नाम नहीं बताया। अन्त में उन्हें दस वर्ष की सज़ा हुई। पहले वे बनारस जेल में रखे गए, फिर फतहगढ़ सेंट्रल जेल भेज दिए गए, जहां वे शहीद हुए।

उनके भाईयों में से सभी बाद को किसी-न-किसी रूप से देशसेवा में जेल गए और एक भाई भूपेन्द्र छूटते ही मर गए। इसी तरह उनके भाईयों में प्रभास, फणीन्द्र, मोहित, वसन्त–सभी जेल गए। इस प्रकार यह परिवार भी राष्ट्रीय आन्दोलन में बहुत प्रसिद्ध परिवार हुआ। शायद ही किसी परिवार से इतने व्यक्ति राष्ट्रीय आन्दोलन में जेल गए हों। यह परिवार न केवल राष्ट्रीय आन्दोलन में भाग लेनेवाला रहा, बल्कि इसने जेल से छूटे हुए बहुतों को आश्रय भी, दिया जिनमें लेखक भी था।

मणीन्द्र का सम्बन्ध शचीन्द्रनाथ सान्याल के परिवार से हुआ था, वहीं से इनका परिचय राजेन्द्र लाहिड़ी से हुआ। इसिलए लाहिड़ी की फांसी पर उन्होंने व्यक्तिगत हानि महसूस की। डिप्टी सुपरिंटेंडेंट बनर्जी को गोली मारते हुए उन्होंने बंगला में कहा था–लो राजेन्द्र लाहिड़ी को फांसी दिलाने का पुरस्कार लो।

मणीन्द्र ने जेल में पढ़ने-पढ़ाने में मन लगाया। वे मुख्यतः धार्मिक पुस्तकें पढ़ा करते थे, पर यह स्पष्ट है कि धार्मिक पुस्तकों से उन्हें तृप्ति नहीं होती थी। जब बाद को वे मेरे साथ रहे तो उन्हें अनीश्वरवाद के दर्शन का परिचय मिला और वे जल्दी ही उस ओर झुके। यशपाल भी उसी जेल में आए जिससे उनका अनीश्वरवाद और भी तगड़ा हुआ। अन्त तक वे पक्के अनीश्वरवादी हो गए। जिस समय वे तीनों कैदी 1934 की मई में एक साथ रह रहे थे, उन्हीं दिनों खबर आई कि उसी जेल में सी श्रेणी के एक राजनीतिक कैदी चन्द्रमासिंह उर्फ चन्द्रभानसिंह को मारा-पीटा गया है और वे अनशन कर रहे हैं। इसी के साथ-साथ काकोरी षड्यन्त्र के मुखबिर वीरभद्र तिवारी पर गोली चलाकर दस साल की सज़ा पाने कानपुर के रमेशचन्द्र गुप्त को भी बेड़ी और चक्की दी गई। इन्हीं सब कारणों से यह निश्चय हुआ कि मणीन्द्र यशपाल आदि भी अनशन करें। किसी कारण से अनशन की खबर बाहर नहीं पहुंच सकी। और मणीन्द्र की हालत बहुत खराब हो गई, इसलिए यह तय हुआ कि अनशन स्थगित कर दिया जाए।

अनशन के कारण मणीन्द्र की हालत बहुत बिगड़ गई थी और अनशन

छोड़ देने पर भी उनकी हालत में कोई सुधार नहीं हुआ और वे अस्पताल भेज दिए गए। यहां उनकी हालत सुधरने की बजाय बिगड़ती चली गई और 20 जून, 1934 को उनका देहान्त हो गया। देहान्त के समय यशपाल और मैं मौजूद थे, देहान्त के पहले धीरे-धीरे उनकी शक्ति क्षीण हो रही थी, यहां तक कि उनकी दृष्टिशक्ति खत्म-सी हो गई थी। मरते समय मणीन्द्र ने केवल यही अफसोस ज़ाहिर किया–मरने से मैं नहीं डरता, न कभी डरता था। मुझे दुःख यह है कि मैं रोग से मर रहा हूं।

साथ ही मणीन्द्र ने मरने के ऐन पहले यह कहा–भगवान कहां हैं? न्याय कहां है? इस संसार में दुष्ट की हमेशा सुख भोगते हैं और अच्छे आदमी कष्ट भोगते हैं।

मणीन्द्र बनर्जी का नाम भी राजेन्द्र लाहिड़ी के साथ जुड़ा हुआ रहेगा। जेल में अत्यन्त करुण अवस्था में उनकी मृत्यु हुई और उनके साथी उनके लिए कुछ कर नहीं सके। उन्हें तो पास भी रहने नहीं दिया गया।

यतीन्द्रनाथ दास

हिन्दुस्तान के क्रान्तिकारी इतिहास में कई कारणों से यतीन्द्रनाथ दास का स्थान बहुत ऊंचा है। हमारे शहीदों में बहुत-से फांसी पर लटकाए गए, बहुत-से लोग जेल में मर गए, पागल हो गए किन्तु अनशन में बहुत कम व्यक्तियों को वीरगति प्राप्त हुई। यतीन दास के पहले रामरक्खा नामक एक क्रान्तिकारी कैदी अनशन में शहीद हो चुके थे, किन्तु उनका नाम कोई नहीं जानता। यतीन दास के बाद तो कई वीर अनशन में प्राणों की आहुति दे चुके। लाहौर षड्यन्त्र के कैदी श्री महावीरसिंह, रामकृष्ण, नामादास तथा मोहितमोहन मैत्र क्रमशः एक ही अनशन के दौरान 1933 की 16 मई, 17 मई तथा 26 मई को शहीद हुए। इस अनशन में अन्दमान के प्राय: सभी राजनीतिक कैदी शामिल थे। यह

अनशन अन्दमन से तमाम राजनीतिक कैदियों को देश में लौटाने की मांग पर हुआ था। यतीन दास ने अपने प्राणों की पूर्णाहुति सन् 1929 के 13 सितम्बर को दी। इसके तीन दिन पहले फुंगीविजय नामक एक बौद्ध संन्यासी ने 163 रोज़ अनशन के बाद अपने प्राण दे दिए। वे जेल के अन्दर की कुछ धार्मिक मांगों के सम्बन्ध में शहीद हुए।

यतीन दास का जन्म सन् 1904 में कलकत्ता में हुआ। इनके पिता श्री बंकिमबिहारी दास बहुत धनी तो नहीं, किन्तु खाते-पीते प्रतिष्ठित आदमी थे। 1920 में एंट्रेंस पास ही कर पाए थे कि देश के अन्दर असहयोग का बिगुल बज गया। बस, उसी की पुकार पर इन्होंने कॉलेज छोड़ दिया और अपने मुहल्ले की कांग्रेस कमेटी में बड़ी लगन से काम करने लगे। इसी साल बंगाल के कुछ पश्चिमी ज़िलों में बाढ़ आई। सैकड़ों लोग बे-घरबार के हो गए। बस, ये कमर कसकर सेवा-कार्य में जुट गए। बाढ़ में काम खत्म कर ये फिर कांग्रेस के काम में जुट गए। मुल्क में उस समय दमन का दौर-दौरा था। ये गिरफ्तार कर लिए गए और चार दिन के बाद छोड़ दिए गए। 1921 में ही वे फिर गिरफ्तार हो गए। इस बार वे इतने सस्ते में नहीं छूटे, एक महीने की सज़ा हो ही गई। छूटने पर फिर इन्होंने सविनय कानून भंग किया। इस बार तीन महीने की सज़ा हो गई। इस बार जेल में नौकरशाही ने इनको अपनी चक्की में खूब पीसा। नतीजा यह हुआ कि उनका स्वास्थ्य चौपट हो गया। अस्तु अब चौराचौरी के बहाने आन्दोलन शान्त हो चुका था। देश के सामने सिवा चरखा के कोई कार्यक्रम नहीं था। यतीन दास फिर कॉलेज में भर्ती हो गए और अवसर के समय देश का काम करने लगे।

इसके साथ ही यतीन दास नौजवानों में काम करने लगे। देश में जब कोई जगजू कार्यक्रम नहीं हो, उस समय नौजवानों में क्या काम किया जा सकता था, सिवा इसके कि उनको किताबें वगैरह पढ़ाकर भावी लड़ाई के लिए तैयार किया जाता और उनसे सेवा-कार्य कराया जाता। कम-से-कम उस समय के नवयुवकों की यही हालत थी। भीतर-भीतर ये इन युवकों को क्रान्ति-यज्ञ के लिए तैयार कर रहे थे।

काकोरी षड्यन्त्र के सम्बन्ध में आम गिरफ्तारियां 26 सितम्बर सन् 1927 को हुईं। देश के कोने-कोने से लगभग चालीस गिरफ्तारियां तथा सैकड़ों तलाशियां हुईं। इसके बहुत पहले से ही यतीन दास क्रान्तिकारी दल में शामिल हो चुके थे।

मुझे याद है, सन् 1927 में ही वे एक बार बनारस में आए थे, और राजेन्द्र लाहिड़ी के घर पर ठहरे थे। स्वभाव से वे बहुत ही हंसमुख तथा साहित्यरस के रसिक थे। वे हिन्दुस्तान प्रजातान्त्रिक संघ, कलकत्ता के एक विशिष्ट सदस्य थे। जिस समय काकोरी षड्यन्त्र के सम्बन्ध में लोगों को गिरफ्तार हुए दो महीने हो चुके, किन्तु मुकदमा चलना शुरू नहीं हुआ था, उसी समय, 7 नवम्बर, यतीनदास को भी गिरफ्तार कर लिया गया। कलकत्ता जेल में उनकी शिनाख्त के लिए काकोरी षड्यन्त्र के मुखबिर बनारसी इन्द्रभूषण गए, किन्तु वे उन्हें जानते नहीं थे, इसलिए वे उन्हें शिनाख्त नहीं कर पाए। क्रान्तिकारी की हैसियत से जब यतीन दास आए थे तो उनको केवल बनारस के कुछ लोगों ने ही जाना था, इसलिए वे शाहजहांपुर के रहनेवाले मुखबिर भला उन्हें कैसे पहचानते? काकोरी षड्यन्त्र के मुकदमे में मेरठ-मीटिंग का उल्लेख बार-बार आया है। इस मीटिंग में क्रान्तिकारी नेताओं ने मिलकर सलाह की थी कि अब काकोरी डकैती तो हो चुकी, कुछ धन भी मिल चुका, अब क्रान्ति के लिए क्या तैयारियां हों। कलकत्ता से यतीन दास तथा लाहौर से सरदार भगतसिंह उर्फ बलबन्तसिंह (दल का नाम) इस सभा में जानेवाले थे। किन्तु किसी कारण से वे जा न सके। पं. रामप्रसाद तथा अन्य लोगों की चिट्ठियों में लाहौर तथा कलकत्ता के जिन उपदेशकों का उल्लेख है, वे इन्हीं दोनों महानुभावों के सम्बन्ध में था। उस ज़माने में यतीन दास ने संगठन करने के अलावा और किसी प्रकार काम में प्रमुख भाग नहीं लिया।

एक बार वे हमारे साथ एक जान-जोखिमवाले काम में गए थे, किन्तु किसी कारण वह काम नहीं किया जा सका। मैंने विशेषकर इस बात का उल्लेख इसलिए किया कि जब यतीन्द्रनाथ दास सुदीर्घ अनशन के बाद शहीद हुए, तब माहत्मा गांधी पहले तो बहुत दिनों तक चुप रहे फिर जब बोले तो कहा कि यतीन्द्रनाथ दास अहिंसावादी हैं, इसलिए उनमें यह शक्ति आई है कि वे अनशन द्वारा सबसे उच्च त्याग करने में सफल हुए। अब यह बात सार्वजनिक रूप से कहने का समय आ गया है कि यह धारणा बिल्कुल झूठी है, और यतीन्द्रनाथ उसी प्रकार तथा उसी अर्थ में क्रान्तिकारी थे जिस अर्थ में कि भगतसिंह तथा चन्द्रशेखर आज़ाद क्रान्तिकारी थे।

जब यतीन्द्रनाथ दास पर मुकदमा नहीं चल सका, तब वे बंगाल आर्डिनेंस में धर लिए गए। वे बंगाल की कई जेलों में रखे गए तथा उन पर अनेक प्रकार

से निर्यातन भी किया गया। बात यह है कि साम्राज्यवाद उनसे तंग आ चुका था। वह किसी तरह इनकी रीढ़ को तोड़ डालना चाहता था। ढाका जेल में इनसे और वहीं के सुपरिंटेंडेंट से हाथापाई हो गई, उसके फलस्वरूप यतीन्द्रनाथ दास बुरी तरह पीटे गए। यतीन भला ऐसी बात कब तक सहन करनेवाले थे! उन्होंने तुरन्त अनशन कर दिया। बाहर कुहराम मच गया, लिखा-पढ़ी शुरू हो गई और फलस्वरूप जेल सुपरिंटेंडेंट ने माफी मांगी। तब कहीं यतीन दास ने अनशन तोड़ा।

यह अनशन तेईस दिन तक चला था। बंगाल के जेल-कर्मचारी इनसे इतना कच्चा खा गए कि इनको बंगाल से दूर मियांवाली जेल में ले जाकर पटक दिया। अब जेल के अन्दर उन पर कोई अत्याचार करने की हिम्मत नहीं रखता था। जो कुछ कर सकते थे, वह यही था कि उनको घर से दूर भेज देते, ताकि उनके घरवाले उनसे मिलमिला न सकें।

27 सितम्बर, 1926 को वे छोड़ दिए गए। इस प्रकार वे इस बार चौथी बार छूटे।

छूटकर बैठे रहनेवालों में यतीन नहीं थे। सारे हिन्दुस्तान में क्रान्तिकारी ज़ोर-शोर से काम कर रहे थे। भगतसिंह, सुखदेव, बटुकेश्वरदत्त, कुन्दनलाल, विजयकुमार सिंह, जयदेव कपूर सभी चन्द्रशेखर आज़ाद के नेतृत्व में चारों ओर संगठन कर रहे थे। 1927 की 19 दिसम्बर तक काकोरी के चार व्यक्ति सर्वश्री रामप्रसाद बिस्मिल, रोशनसिंह, राजेन्द्रनाथ लाहिड़ी और अशफाक उल्ला को फांसी हो गई। देश में इससे बड़ी उत्तेजना थी। जनवरी, 1928 में यह उत्तेजना, इस प्रकार फूट निकली कि बनारस की एक सड़क पर दिनदहाड़े मणीन्द्रनाथ बनर्जी ने पुलिस सुपरिंटेंडेंट बनर्जी पर यह कहकर गोलियां चलाईं कि लो, यह राजेन्द्र लाहिड़ी को फांसी दिलाने का पुरस्कार लो। 17 सितम्बर सन् 1928 के दिन लाहौर के पुलिस सुपरिंटेंडेंट मिस्टर सैंडर्स मार डाले गए। बात यह है कि साइमन कमीशन के लाहौर आने के अवसर पर लाला लाजपतराय के नेतृत्व में कमीशन के विरुद्ध प्रदर्शन हुआ। इस पर पुलिसवालों ने लाठीवर्षा की। कुछ लाठियां लालाजी पर भी पड़ीं। लाला लाजपतराय तब से जो बीमार हुए सो फिर उठे नहीं। इसी का बदला मिस्टर सैंडर्स को मारकर लिया गया।

सन् 1929 की 8 अप्रैल की घटना है, उस समय की केन्द्रीय असेम्बली

में पब्लिक सेफ्टी नामक एक बिल विचारार्थ उपस्थित था; सरकार तथा कांग्रेस पक्ष में ज़ोर-आज़माई हो रही थी। ट्रेड डिस्प्यूट्स बिल पास हो चुका था, और सभापति पटेल पब्लिक सेफ्टी बिल पर अपनी राय देने जा रहे थे। सबकी आंखें उन्हीं की ओर लगी हुई थीं। बड़ी उत्तेजना फैल रही थी। ऐसे समय में असेम्बली भवन में एकाएक दर्शकों की गैलरी से एक भयानक बम गिरा। इसके गिरते ही चारों तरफ आतंक का धुआं छा गया। कुछ परचे भी फेंके गए, जिसमें गरीबों का राज्य कायम करना तथा पूंजीवाद-साम्राज्यवाद का अन्त करने के लिए कहा गया था। इसके साथ ही एक फ्रेंच क्रान्तिकारी का हवाला देकर यह कहा गया था–"बहरों को सुनाने के लिए धड़ाके की ज़रूरत है।"

सरदार भगतसिंह तथा दत्त ने यह काम किया था। पहले झोंके में तो कुछ कायर और मतलबी नेता इनकी निन्दा कर गए, किन्तु जब इन लोगों ने अदालत में खड़े होकर अपना ऐतिहासिक बयान दिया, तब तो यही लोग मानने को विवश हुए कि ये कोई पागलखाने से भागे हुए व्यक्ति नहीं हैं, बल्कि सिद्धान्त रखते हैं, और वह सिद्धान्त यह है कि मुनाफे के ऊपर अवलम्बित वर्तमान पूंजीवादी साम्राज्यवादी समाज का अन्त कर उसके स्थान पर मेहनत करनेवालों का राज्य स्थापित किया जाए जिसमें कोई किसी का शोषण न कर सके।

भगतसिंह और दत्त की गिरफ्तारी के पहले ही लाहौर षड्यन्त्र के सिलसिले में पुलिस व्यस्त थी। 16 जून को यतीन दास भी गिरफ्तार हो गए। 1929 की 10 जुलाई को स्पेशल मजिस्ट्रेट के सामने लाहौर का मुकदमा शुरू हो गया।

जेल में आकर ये बहादुर लड़ाके भला चुप कब बैठनेवाले थे! उन्होंने इस बात के लिए कसम खा ली थी कि जहां भी अन्याय देखेंगे, उसके विरुद्ध लड़ेंगे, चाहे जान से भले ही हाथ धोना पड़े। भगतसिंह और दत्त ने यह देखा कि उनके साथ जो व्यवहार हो रहा है, वह राजनीतिक कैदियों का-सा नहीं है बल्कि चोर-बदमाशों की तरह हो रहा है। बस, अन्याय को दूर करने के लिए इन दोनों ने अनशन कर दिया। राजनीतिक कैदियों के हकों की यह लड़ाई बहुत पुरानी थी। रामरक्खा इसमें पहले ही अपनी जान की आहुति दे चुके थे। उनके बाद बंगाल के सैकड़ों नज़रबन्दों ने इस मांग पर अनशन किया था। इस प्रान्त में सबसे पहले काकोरीवालों ने हवालात में बड़े पैमाने पर अनशन

कर यह लड़ाई उठाई। वे सफल हुए, किन्तु कैद पड़ते ही सरकार ने उनके साथ विश्वासघात किया और उन्हें मामूली कैदियों की तरह रखा। फिर वे लड़े, किन्तु नेताओं के समझाने-बुझाने से बीच में ही लड़ाई बन्द कर दी। नेताओं ने वादा तो किया था कि हम हवालात का-सा व्यवहार दिलवा देंगे, किन्तु दिलवा न पाए। इसी लड़ाई को अब भगतसिंह और दत्त ने उठाया। इसी बीच में दिल्ली की असेम्बली में बमवाला मामला खत्म हो गया और भगतसिंह तथा दत्त अनशन की हालत में दिल्ली से लाहौर लाए गए। देश में तहलका मचा हुआ था, क्योंकि भगतसिंह और दत्त की मांगें देश की मांगें थीं। आज़ादी की लड़ाई अब भी जारी थी, बराबर लोग जेल में जा रहे थे। जेल जाते ही जेल में कैसा व्यवहार होता है, यह सवाल उठता था। 30 जून को पंजाब और बंगाल में भगतसिंह-दत्त दिवस मनाया गया। इनको अनशन किए कई दिन हो चुके थे किन्तु सरकार के कानों में ज़ूं भी नहीं रेंग रही थी। इसलिए लाहौर षड्यन्त्र के सब अभियुक्तों ने, जिनमें यतीन भी थे, यह एलान कर दिया कि भगतसिंह और दत्त की मांगे मानी जाएं, नहीं तो 13 जुलाई से हम भी अनशन कर देंगे। पंजाब सरकार ने इस पर यह चाल चली कि मेडिकल ग्राउंड पर विशेष व्यवहार ले लो। भगतसिंह-दत्त जानते थे कि हवालात में काकोरीवालों को इसी प्रकार चकमा दिया गया था। बस, उन्होंने कहा कि हम कछ नहीं जानते। राजनीतिक कैदी के रूप में हमें विशेष व्यवहार–पढ़ने-लिखने की सुविधा आदि–देना हो तो दो नहीं तो हम अपनी लड़ाई को जारी रखेंगे। अनशन जारी रहा और 13 जुलाई से यतीन दास आदि सब लाहौर अभियुक्तों ने अनशन की लड़ाई शुरू कर दी।

भगतसिंह और दत्त, विशेषकर दत्त, की हालत बहुत खराब होती जा रही थी। बलात्पान शुरू हो गया। इसका तरीका अभियुक्तों के बयान के अनुसार यों था कि प्रत्येक आदमी के लिए सात-आठ आदमी बुलाए जाते थे। एक आदमी सिर पर और दूसरा छाती पर बैठ जाता और शेष हाथ-पैर पकड़ लेते थे। फिर रबर की लम्बी नालियां ज़ोर से उनकी नाक के रास्ते से पेट तक पहुंचाकर उनके द्वारा दूध पहुंचाया जाता था। यतीन दास इस अमानुषिक कांड से कई बार बेहोश हो गए। जुलाई के तीसरे हफ्ते में श्री गणेशशंकर विद्यार्थी लाहौर गए, किन्तु उनके कहने से ये लोग अनशन से निरस्त नहीं हुए। पं. मोतीलाल भी इस विषय

में चुप न रह सके। उन्होंने अखबार को वक्तव्य देते हुए कहा–'भगतसिंह, दत्त आदि के अनशन का आज बावनवां दिन है। वे और उनके साथी यह व्रत अपने लिए नहीं कर रहे हैं। विद्यार्थीजी ने अपनी आंखों से लाहौर षड्यन्त्र के अभियुक्तों के शरीर पर चोटों के निशान देखे हैं, जो उन्हें बलात्पान कराते समय आए।'

पं. जवाहरलाल स्वयं उनसे मिले और प्रेस को बतलाया–'यतीन्द्रनाथ दास की अवस्था बहुत खराब हो गई है, वे बहुत दुर्बल हो गए हैं। करवट तक नहीं ले पाते। वे बहुत धीरे-धीरे बोलते हैं। यथार्थ में वे रोज़ मौत की ओर बढ़ रहे हैं। मुझे इन असाधारण वीरों के कष्टों को देखकर बड़ा दुख हुआ। वे प्राणों की बाज़ी लगाकर इस लड़ाई में शामिल हैं। वे राजनीतिक कैदियों का-सा व्यवहार दिलाना चाहते हैं। मुझे पूर्ण आशा है कि उनका यह आत्मोत्सर्ग सफल होगा।'

6 अगस्त को एक सरकारी विज्ञप्ति निकली, किन्तु उस विज्ञप्ति में सिवा अकड़ के कोई बात नहीं थी। उससे जनमत और भी रुष्ट हुआ। सरकार ने समझा था कि इस विज्ञप्ति की बन्दरघुड़की से अनशन करनेवाले डर जाएंगे, किन्तु इसका उलटा असर हुआ। अनशन जारी रहा। स्थिति बराबर बिगड़ती जा रही थी। गर्वनर भी परेशान थे। वे शिमला-शैल से उतरकर लाहौर की तपती हुई समतल भूमि पर आए। लोगों ने समझा कि जिस प्रकार गवर्नर ऊपर से नीचे उतर आए, उसी प्रकार सम्भवतः सरकार भी वास्तविकता के समतल पर उतर आए। किन्तु वहां तो झूठे सम्मान का प्रश्न था। एक तरफ शान की रक्षा हो रही थी, दूसरी तरफ आन की। गवर्नर आए और लौट भी गए। पता लगा कि जेल के अधिकारियों से भी मिले, किन्तु परिणाम कुछ भी न हुआ।

यतीन्द्र दास की दशा बराबर खराब होती जा रही थी। वे प्रति मिनट मृत्यु के और भी निकट जा रहे थे; परन्तु वे अपनी प्रतिज्ञा पर अटल थे। कर मिट या मर मिट पर कटिबद्ध थे। 9 अगस्त को सरकार ने एक विज्ञप्ति और निकाली। इसमें भी कोई खास बात नहीं थी। अगस्त के दूसरे सप्ताह में पंजाब जेल-कमेटी बना दी। अनशन की सहानुभूति में लाहौर, फिरोज़पुर, मियांवाली, वरीसाल, रायपुर दूर-दूर तक की जेलों में अनशन हो रहा था। मुकदमा बार-बार मुल्तवी हो रहा था। 21 अगस्त को जेल-जांच-कमेटी की ओर से इंस्पेक्टर जनरल स्वयं अभियुक्तों से मिला और बोला–'मैं जेल-कमेटी का प्रधान हूं, तुम्हारी शिकायतों को दूर करूंगा। तुम अनशन त्याग दो।' किन्तु उसने कहा–'मांगें जब तक पूरी

नहीं होतीं तब तक कोई समझौता नहीं होगा।'

पंजाब-जेल-कमेटी ने लाला दुनीचन्द आदि कई व्यक्तियों की एक उपसमिति बना दी कि वह इनके अनशन को तुड़ावे। उपसमिति बराबर अभियुक्तों से मिलती रही। 2 सितम्बर को सन्ध्या समय यतीन्द्रनाथ दास के अतिरिक्त सभी लाहौर कैदियों ने इस उपसमिति के समझाने पर अनशन तोड़ दिया। दास के लिए इस उपसमिति ने यह सिफारिश की कि वे छोड़ दिए जाएं, क्योंकि उनकी हालत खराब हो गई है। सितम्बर के प्रारम्भ से ही डाक्टर लोग कह रहे थे कि उनके जीने की कोई आशा नहीं है। रक्त का दौरा केवल हृदय के ही आसपास हो रहा था। सब अंग निर्जीव हो गए थे। फिर भी दास ने ज़मानत पर रिहा होने से इंकार किया। जब सरकार ने देखा कि दास के सम्बन्धी लोग ज़मानत नहीं देते, तब रहस्यपूर्ण ढंग से दो व्यक्तियों ने अदालत में उपस्थित होकर उनके लिए मुचलका दाखिल कर दिया। फिर भी दास ने छूटने से इंकार कर दिया। सरकार ने इस पर यह उड़ा दिया कि दास बिना शर्त रिहा होने को अनशन कर रहे हैं। किन्तु जनता सब जानती थी। सरकार की सब चालें व्यर्थ गईं।

दास के मरने में काई शक नहीं। देश में एक बिजली-सी दौड़ गई। सुभाषचन्द्र बोस ने उनकी लाश को कलकत्ता ले जाने के लिए छः सौ रुपये भेज दिए। बंगाल चाहता था कि अपने इस लाल को मरने के बाद अपनी ही गोद में स्थान दें। इधर बम्बईवालों ने कहा, खर्च हम देंगे। पंजाबवालों ने इस पर तड़पकर कहा कि क्या पांच नदियोंवाला यह प्राप्त इतना गरीब हो गया है! नहीं, यह खर्च हम देंगे। इधर अर्थी ले जाने का अयोजन हो रहा था, किन्तु उधर सरकार चाहती थी कि कोई जुलूस न हो। यतीन्द्रनाथ तिल-तिलकर मृत्यु की ओर बढ़ रहे थे। सारा हिन्दुस्तान अवाक था अपने लाल की इस तपस्या पर। क्या यह अहिंसा थी या हिंसा? लानत है उन कायरों पर जो ऐसे मौके पर यह फज़ूल सवाल उठाते हैं। 13 सितम्बर को एक बजकर पांच मिनट पर यतीन्द्रनाथ बोरस्टल जेल में शहीद हो गए।

हत्यारे ब्रिटिश साम्राज्यवाद ने दुनिया में बहुत-सी हत्याएं की हैं, किन्तु यह हत्या कितनी अमानुषिक थी!

अनार भगतसिंह

सरदार भगतसिंह के विषय में लिखते हुए जो सबसे पहली बात सामने आती है, वह यह है कि उनके खानदान के लिए देशभक्ति कोई अपरिचित चीज़ नहीं थी। उनके पिता सरदार किशनसिंह बड़े धीर, स्थिर और ज्ञानी व्यक्ति थे, फिर भी उन्हें पुलिस से बचने के लिए नेपाल जाना पड़ा था। उनके चाचा सरदार अजीतसिंह को क्रान्तिकारी आन्दोलन के सिलसिले में बहुत दिनों तक नज़रबन्द किया जा चका था। इसी प्रकार उनके एक अन्य चाचा सुवर्णसिंह भी किसी-न-किसी प्रकार से क्रान्तिकारी आन्दोलन से सम्बद्ध थे। जिस दिन सरदार भगतसिंह पैदा हुए, उसी दिन उनके चाचा अजीतसिंह और सुवर्णसिंह जेल से छूटे। इसी से खुश होकर उनकी दादी ने उनको भागोंवाला या भाग्यवान कहा और उनका नाम भगतसिंह पड़ा।

सरदार भगतसिंह ने डी. ए. वी. स्कूल से मेट्रीकुलेशन पास किया। उसके बाद वे नेशनल कॉलेज में पढ़ने लगे, जहां उनका परिचय सुखेदव, भगवतीचरण, यशपाल आदि से हुआ, जो बाद को चलकर बहुत प्रमुख क्रान्तिकारी हुए। इस कॉलेज में जयचन्द्र विद्यालंकार नामक के एक अध्यापक थे, जो बहुत पहले ही शचीन्द्रनाथ सान्याल के प्रभाव में आ चुके थे। जयचन्द्रजी ने शचीन्द्रनाथ सान्याल के 'बन्दी जीवन' के दूसरे भाग का अनुवाद भी किया था, जो बहुत कम लोगों को मालूम है। जयचन्द्र हिन्दू विचारों के थे, पर क्रान्ति का प्रचार करते थे। कुछ भी हो, इन्हीं के ज़रिये से भगतसिंह और उनकी मित्र-मंडली का प्रवेश क्रान्तिकारी दल में हो गया। गुरु गुड़ ही रह गए और चेले चीनी हो गए। जयचन्द्र का एक प्रभाव फिर भी इन लोगों पर यह रह गया कि सबके-सब विद्याप्रेमी हुए। यद्यपि भगतसिंह सिख परिवार में पैदा हुए थे, पर उन्होंने हिन्दी भी सीख ली और हिन्दी में लिखने लगे।

जब भगतसिंह ने एफ. ए. पास कर लिया, तब घरवाले, जो दूध के जले थे और फूंक-फूंककर छाछ पीते थे, यह चाहने लगे कि भगतसिंह की शादी हो जाए। भगतसिंह ने समझा कि यह यों ही बात है, जैसे हुआ करती है; टल जाएगी। इसलिए उन्होंने टालना शुरू किया। पर जब देखा कि बात टलनेवाली

नहीं है और घरवाले शादी करने पर उतारू हैं, तो उन्होंने समझा कि शादी करके एक नवयुवती का जीवन नष्ट करने के बजाय घर से भाग चलना ही अच्छा है। तदनुसार वे वहां से भागे और भागकर दिल्ली पहुंचे और वहां अर्जुन पत्र में काम करने लगे।

इसके बाद कानपुर गए, क्योंकि दिल्ली का पता घरवालों को मालूम हो चुका था। कानपुर में उन्होंने गणेशशंकर विद्यार्थी द्वारा प्रवर्तित और सम्पादित 'प्रताप' में कुछ काम करना शुरू किया और यहां वे अपना परिचय बलवन्तसिंह देने लगे। यही उनके दल का नाम भी बन गया।

जो कुछ भी हो, जब सरदार भगतसिंह कानपुर में थे, तब फिर एक बार घरवालों को पता लग गया कि वे कानपुर में हैं। यह खबर एक मित्र के ज़रिये से पता लगी थी। तब मित्र को सन्देश आया कि भगतसिंह की मां बहुत बीमार है और उससे कहो कि वह जल्दी घर चला आए। भगतसिंह को अपनी मां से बहुत प्यार था। वे फौरन घर चले गए। वहां फिर उनसे शादी की बात नहीं की गई। वहां उन दिनों सारे पंजाब में गुरु का बागवाला आन्दोलन चल रहा था, जिसका उद्देश्य बहुत ही उचित था। वह यह था कि सिख महन्तों ने जो बड़ी-बड़ी जायदादों पर कब्जा कर रखा है, वे उनसे ले ली जाएं और सिख समाज को सौंपी जाएं। कहना न होगा कि यह आन्दोलन भगतसिंह को बहुत पसन्द आया और उन्होंने उन लोगों की बड़ी सेवा की जो उनके गांव बंगा से होकर सत्याग्रह करने के लिए जत्थे ले जा रहे थे। ये जत्थे शहीदी जत्थे कहलाते थे। भगतसिंह ने इस आन्दोलन में भाग लेनेवालों की पूरी मदद दी, पर वे स्वयं किसी जत्थे में शरीक नहीं हुए क्योंकि वे जिस शहीदी जत्थे में शरीक हुए थे, उस जत्थे के पांव में बाकी सब जत्थे के पांव आ जाते थे। क्रान्तिकारी आन्दोलन का उद्देश्य सब तरह के महन्तों और महन्ती का अन्त करके जनता के हाथ में राष्ट्र और सारे उत्पादन के साधन सौंपना था। अफसोस है कि भारत स्वतन्त्र हए इतने दिन हो गए, पर हिन्दु, मुस्लिम, सिख, ईसाई महन्तों का खात्मा नहीं हुआ और वे धर्म के नाम पर साधारण जनता को उल्लू बनाकर खूब गुलछरे उड़ा रहे हैं। धर्मनिरपेक्ष राष्ट्र का यह अर्थ नहीं।

इन्हीं दिनों की बात है कि बंगाल में गोपीमोहन शाह एक अंग्रेज़ को मारकर शहीद हो गए। गांधीज़ी ने इस पर गोपीमोहन शाहा की बड़ी निन्दा की, पर बंगाल के नेता देशबन्धु चित्तरंजन दास ने न केवल गोपीमोहन की

प्रशंसा की, बल्कि सिराजगंज प्रान्तीय सम्मेलन में गोपीमोहन की प्रशंसा में एक प्रस्ताव पास कराया। गांधी और दास में इस पर सार्वजनिक रूप से बहुत लम्बा तर्क-वितर्क हुआ। सरदार भगतसिंह के कानों तक भी इसकी खबर पहुंची। उन्होंने लायलपुर में इस सम्बन्ध में एक भाषण दिया, जिसमें क्रान्तिकारी पक्ष का ज़ोरदार समर्थन किया गया और कहा गया कि प्रत्येक गुलाम जाति का अधिकार है कि वह जिस भी प्रकार चाहे और जिस भी प्रकार सम्भव हो, अपनी गुलामी की ज़ंजीर को तोड़ डाले। इस पर पुलिस ने भगतसिंह पर राजद्रोह का मुकदमा चलाना चाहा। पर मुकदमा चल नहीं सका और भगतसिंह के नेतृत्व में और भी नौजवान आ गए।

काकोरी षड्यन्त्र के ज़माने में ही भगतसिंह पंजाब के क्रान्तिकारी नेता के रूप में मान लिए गए थे और काकोरी षड्यन्त्र में पेश किए गए गुप्त कागजात में लाहौर के उपनिदेशक नाम से जिस व्यक्ति का उल्लेख आया करता था, वे भगतसिंह ही थे, यद्यपि पुलिस को उस समय इसका पता नहीं था। भगतसिंह एक बार काकोरी षड्यन्त्र के मुकदमे का तमाशा देखने लखनऊ भी आए थे। उस समय मुकदमा निचली अदालत में सैयद ऐनुद्दीन की अदालत में चल रहा था।

जब तक काकोरी षड्यन्त्र चलता रहा, तब तक क्रान्तिकारी दल के अन्दर का नरम पक्ष, साथ ही गिरफ्तार लोगों के रिश्तेदार बाहर के क्रान्तिकारी और फरारों पर यह प्रभाव डालते रहे कि कोई ऐसा कार्य न किया जाए जिससे मुकदमे पर बुरा प्रभाव पड़े और सरकार बदला लेने के लिए तैयार हो जाए। भीतर-भीतर पुलिस के साथ एक समझौते की भी बातचीत चल रही थी, जिसका उद्देश्य यह था कि कुछ अभियुक्त एकदम छोड़ दिए जाएं, किसी को फांसी न हो इत्यादि-इत्यादि। पर पुलिस ने अन्त तक समझौता करना स्वीकार नहीं किया, क्योंकि उसे काफी प्रमाण मिल गए और रामप्रसाद बिस्मिल, राजेन्द्र लोहिड़ी, अशफाक उल्ला और रोशनसिंह को फांसी की सज़ा दे दी गई। तब चन्द्रशेखर आज़ाद, भगतसिंह और काकोरी षड्यन्त्र के दंडित राजकुमार सिंह के छोटे भाई विजयकुमार सिंह खुलकर आन्दोलन में तेज़ी लाने के लिए तैयार हो गए। जब अपने साथियों को फांसी हो ही गई तो फिर समझौता या रियायत का प्रश्न कहां उठता था! सबसे पहले यह चेष्टा की गई कि जेल में पड़े क्रान्तिकारियों को जेल से निकाला जाए। पर इस कार्य में भी सफलता नहीं मिली। सफलता मिल

तो सकती थी, पर उसके लिए बहुत दाम देने की ज़रूरत थी जो उचित न होता। यदि एक व्यक्ति को जेल से छुड़ाने के लिए दस क्रान्तिकारी मारे जाते, तो यह उचित बात न होती।

इसलिए यह कार्यक्रम भी छोड़ दिया गया। दल का नाम हिन्दुस्तान रिपब्लिकन एसोसियशन था। शचीन्द्रनाथ सान्याल ने यह नाम रखा था। दल का उद्देश्य प्रजातन्त्र की स्थापना करना था। अवश्य संविधान में यह बता दिया गया था कि दल ऐसे समाज की स्थापना करना चाहता है, जिसमें मनुष्य द्वारा मनुष्य का शोषण असम्भव हो, साथ ही दल के एक पर्चे में जो गुप्त रूप से पेशावर से लेकर रंगून तक बांटा गया था, यह कहा गया था कि दल के सामने ऋषि-मुनियों का आदर्श, साथ ही रूस का आदर्श भी है। फिर भी स्पष्ट रूप से समाजवाद का नाम नहीं लिया गया था। अब चन्द्रशेखर आज़ाद, भगतसिंह, विजयकुमार सिंह, सुरेन्द्र पांडेय आदि ने यह ज़रूरी समझा कि दल का उद्देश्य स्पष्ट रूप से समाजवाद बता दिया जाए। तदनुसार दल का नाम 'हिन्दुस्तान सोशलिस्ट रिपब्लिकन एसोसियशन' यानी हिन्दुस्तान समाजवादी प्रजातान्त्रिक संघ कर दिया गया। इससे उद्देश्य और स्पष्ट कर दिया गया और यह साफ कर दिया गया कि दल समाजवाद के लिए लड़ रहा है। यह स्मरण रहे कि उस समय तक कांग्रेस ने ध्येय के रूप में पूर्ण स्वतन्त्रता भी नहीं अपनाई थी, समाजवाद की बात तो दूर रही। कांग्रेस ने समाजवाद का ध्येय स्वतन्त्रता के बाद आवड़ी में अपनाया है, इससे यह स्पष्ट है कि विचारों के क्षेत्र में भी क्रान्तिकारी दल कांग्रेस से बहुत आगे रहा। कांग्रेस ने समाजवाद के ध्येय को कहां तक नारे के रूप में ही अपनाया है और कहां तक वास्तविक रूप में-यह अभी देखना है।

दल की ओर से उत्तर भारत में कई जगह बम के कारखाने खोले गए, साथ ही नौजवान भारत सभाओं की भी स्थापना हुई। यदि क्रान्तिकारी दल पर सरकार का उस प्रकार से प्रहार न होता जिस प्रकार से आगे चलकर हुआ, तो इसमें कोई सन्देह नहीं कि नौजवान भारत सभा कांग्रेस से अधिक शक्तिशाली और जनप्रिय हो जाती।

क्रान्तिकारी दल बराबर जनता को साथ लेकर चलने की चेष्टा करता रहा। इसका प्रमाण यह है कि जब 1928 में साइमन कमीशन का ऐलान हुआ कि यह आकर भारत के भविष्य के ढांचे का निर्णय करे, तो कांग्रेस ने तो केवल बायकाट

का ही नारा दिया, पर क्रान्तिकारी इससे आगे बढ़ गए और वे कमीशन के सदस्यों को ही मार डालना चाहते थे। इस सम्बन्ध में एक प्रयत्न भी हुआ जिसमें मार्कंडेय, हरेन्द्र भट्टाचार्य और मनमोहन ने भाग लिया, पर वह सफल नहीं हुआ।

कांग्रेस के नेतृत्व में ब्रिटेन से भेजे हुए साइमन का बायकाट चालू रहा। जब कमीशन लाहौर में 20 अक्टूबर, 1928 को पहुंचा, तो उसका बायकाट कराते समय एक भीड़ का नेतृत्व करते हुए लाला लाजपतराय पर लाठियां पड़ीं। चोट बहुत अधिक थी। लालाजी ने तभी बिस्तर पकड़ लिया और 17 नवम्बर, 1928 को इस चोट के कारण उनका देहान्त हो गया। इस खबर से सारे देश में बहुत खलबली मच गई।

क्रान्तिकारियों ने यह सोचा कि यदि इस राष्ट्रीय अपमान का बदला न लिया गया, तो जनता को बहुत धक्का लगेगा और साइमन कमीशन के बायकाट से ज़ो जोश उत्पन्न हुआ था, वह समाप्त हो जाएगा। तदनुसार यह निश्चय हुआ कि लाला लाजपतराय की हत्या के लिए ज़िम्मेदार पुलिस अफसर को मारा जाए। इसके लिए चार व्यक्ति नियुक्त हुए–(1) चन्द्रशेखर आज़ाद, (2) भगतसिंह, (3) शिवराम राजगुरु और (4) जयगोपाल।

जब सैंडर्स नामक पुलिस सुपरिंटेंडेंट अपनी मोटर साइकिल पर पुलिस के दफ्तर से निकल रहा था, तो उस पर हमला हुआ। सैंडर्स वहीं पर गिर पड़ा और क्रान्तिकारी भाग गए। इस मौके पर विजयकुमार सिंह भी आसपास रिज़र्व के रूप में मौजूद थे।

सैंडर्स की हत्या से सारे भारत में खुशी की लहर दौड़ गई, क्योंकि लोगों के सामने यह स्पष्ट हो गया कि एक न्यायालय ऐसा है जहां भारतीयों के लिए भी न्याय हो सकता है। पर ब्रिटिश सरकार एकदम पागल हो गई और बड़ी कठिनाई से क्रान्तिकारी लाहौर से बाहर निकल पाए। चन्द्रशेखर आज़ाद को भागने में ज़्यादा दिक्कत नहीं हुई, पर भगतसिंह को बहुत कौशल से बाहर निकलना पड़ा। वे शहीद भगवतीचरण की पत्नी दुर्गादेवी और उनके शिशु पुत्र की सहायता से बाहर निकल पाए।

इसके बार भगतसिंह चाहते तो रूस आदि में भाग सकते थे, पर उन्होंने ऐसा करना उचित नहीं समझा। इस समय तो परिस्थिति ऐसी थी कि राष्ट्रीय यज्ञ जारी था और वह आहुति मांग रहा था। आहुतियां तो बहुत हो चुकी थीं, पर इस

आहुति के साथ-साथ बहरों को सुनाने के लिए धड़ाके के साथ बीजमन्त्र देने की ज़रूरत थी, ऐसा मन्त्र जो कान में पड़कर शाखा-प्रशाखा फैलाकर नस-नस के रक्तकण में लालिमा के रूप में फैल जाए। यह बीजमन्त्र था–इंकलाब ज़िन्दाबाद और उसके साथ-साथ समाजवाद का ध्येय। जब बंकिमचन्द्र ने अपने उपन्यास 'आनन्द मठ' में 'बन्दे मातरम' शब्द का प्रयोग किया था, तब उन्हें शायद पता न हो कि यह एक बीजमन्त्र के रूप में लगभग अर्द्धशताब्दी तक अपना कार्य करेगा और उसका कवच पहनकर कितने ही देशभक्त फांसी पर लटक जाएंगे या कालेपानी की कालकोठरी में कुलबुलाते रहेंगे, फिर भी घुटने नहीं टेकेंगे। अब यह मन्त्र बहुत कुछ घिस-पिट चुका था, इतना कि अब सिक्के पर क्या लिखा है, पढ़ा नहीं जाता था। इस बीच गांधीजी आए, पर उन्होंने सत्य और अहिंसा का जो नारा दिया, वह जन-मन की गहराइयों में पैठ नहीं सका था। एक विनोबा भावे के अतिरिक्त शायद किसी ने इस नारे को सिवा एक राजनीतिक पेंच के रूप में ग्रहण नहीं किया था।

अब भगतसिंह के सामने प्रश्न यह था कि यह नया बीजमन्त्र कैसे भारत को दिया जाए, ताकि वह तब तक गूंजे और उसमें से लपटें और धुआं निकलता रहे, जब तक कि सही अर्थों में समाजवाद की स्थापना न हो जाए। यह तय हुआ कि ऐसी नाटकीय स्थिति में इन्कलाब ज़िन्दाबाद का नारा बुलन्द किया जाए कि फौरन हज़ारों-लाखों मनों में आग छुआ दे। केवल नाटक या नाटकीयता से कुछ नहीं होने का था। इतिहास नाटकों से नहीं बदला करता, उसके लिए रक्त की आवश्यकता होती है। भगतसिंह ने इसके लिए अपना रक्त देने का निश्चय किया। उन्हें बहुत समझाया गया कि तुम पर लाहौरवाली हत्या का मुकदमा है। पर वे नहीं माने और कानपुर के बटुकेश्वर दत्त को साथ में लेकर उन्होंने 1929 की 8 अप्रैल को दिल्ली में असेम्बली भवन में बम डाला। बम फेंकने का उद्देश्य किसी को मारना नहीं था, बल्कि जैसाकि उस समय बांटे पर्चे में बताया गया था, उद्देश्य था बहरों को सुनाना। इस पर्चे में यह स्पष्ट रूप से लिखा था कि भारतीय क्रान्तिकारी दल का उद्देश्य समाजवाद की स्थापना है और हमारा नारा है, इंकलाब ज़िन्दाबाद।

उसी दिन से सारे भारत में इन दो युवकों का नाम प्रसिद्ध हो गया। एक नेता ने इनके विरुद्ध एक बयान प्रकाशित किया, पर जनता ने उन पर थू-थू की। मुकदमा

चला और भगतसिंह ने फिर एक बार पूरी तरह यह बताया कि दल किन उद्देश्यों को लेकर चल रहा है और दल क्या चाहता है। जब लोगों ने यह वक्तव्य पढ़ा, तब पता लगा कि क्रान्तिकारी किन उद्देश्यों को लेकर अब लड़ रहे हैं। उनका उद्देश्य न तो हिन्दू राज्य था न मुस्लिम राज्य, बल्कि मेहनत करनेवाले वर्ग का राज्य था।

दोनों अभियुक्तों को आजन्म कालेपानी की सज़ा दे दी गई और भगतसिंह को लाहौर षड्यन्त्र के मुकदमे में ले जाया गया। भगतसिंह के अतिरिक्त सुखदेव, किशोरीलाल, विजयकुमार सिंह, कुन्दनलाल, शिवराम, राजगुरु, शिव वर्मा, गयाप्रसाद, यतीन्द्रनाथ दास, जयदेव कपूर, कमलनाथ तिवारी, जितेन्द्र सान्याल, आशाराम, देशराज, प्रेमदत्त, महावीरसिंह, सुरेन्द्र पांडेय, अजय घोष पर मुकदमा चला। 7 अक्टूबर, 1930 तक यह मुकदमा चलता रहा। इस मुकदमे का इतिहास स्वयं ही एक बहुत बड़ा इतिहास है। बीच में कई बार अनशन हुए। अभियुक्त बराबर अदालतों के सामने नारे लगाते रहे और वक्तव्य देते। रहे जो सारे अखबारों में प्रकाशित होते रहे। भगतसिंह, राजगुरु और सुखदेव को फांसी तथा विजयकुमार सिंह, महावीर सिंह, किशोरीलाल, शिव वर्मा, गयाप्रसाद, जयदेव और कमलनाथ त्रिवेदी को आजन्म कालेपानी, कुन्दनलाल को सात वर्ष और प्रेमदत्त को तीन साल की सज़ा हुई। मुकदमे की अपील प्रीवी कौंसिल तक की गई, पर फांसी की सज़ा बहाल रही और 13 मार्च, 1931 को भगतसिंह और उनके साथियों को फांसी दे दी गई।

इस बीच देश में बहुत कुछ हो चुका था। सत्याग्रह आन्दोलन चल चुका था और स्थगित हो चुका था। भगतसिंह की फांसी से लोगों पर यह प्रकट हो चुका था कि सरकार किसी तरह समझौता करना नहीं चाहती। फिर भी कुछ समझौते की आशा लेकर चल रहे थे।

भगतसिंह ने अन्तिम समय तक साहस का परिचय दिया। उन्होंने अपने भाई को एक पत्र में ये शेर लिखे थे :

उसे फिक्र है हरदम नया तर्ज़े-जफा क्या है,
हमें शौक है देखें तो सितम का इन्तहा क्या है।
घर से क्यों खफा रहें खर्च का क्यों गिला करें,
सारा जहां अदू सही, आओ मुकाबला करें।
कोई दम का मेहमां हूं ऐ अहले महफिल,

चिरागे-सहर हूं, बुझा चाहता हूं।
मेरी हवा में रहेगी ख्याल की बिजली,
यह मुश्ते-खाक है फानी रहे या न रहे।

चन्द्रशेखर आज़ाद

चन्द्रशेखर आज़ाद का व्यक्तित्व काकोरी षड्यन्त्र के चार शहीद रामप्रसाद बिस्मिल, राजेन्द्रनाथ लाहिड़ी, अशफाक उल्ला और रोशनसिंह तथा सरदार भगतसिंह से इतना बंधा हुआ है। कि इन पांचों की जीवनियों में उनकी जीवनी स्वतः आ जाती है। चन्द्रशेखर आज़ाद को उन थोड़े-से महान क्रान्तिकारियों में गिना जा सकता है जो बहुत अच्छे संगठनकर्ता होने के साथ ही त्याग की भावना से पूर्ण रूप से परिचालित होते थे। यह एक आश्चर्य की बात है कि अपने त्याग और निष्ठा की बदौलत वे किस प्रकार भगतसिंह, विजयकुमार सिंह, भगवानदास, वैशम्पायन आदि विद्वान क्रान्तिकारियों का नेतृत्व करते थे, यद्यपि वे स्वयं बहुत ज़्यादा पढ़े-लिखे नहीं थे।

उनका जन्म मध्यप्रदेश के भावरा नामक गांव में हुआ था। उनके पिता का नाम पंडित सीताराम था। सीतारामजी रोटी की तलाश में उन्नाव का बदरका नामक गांव छोड़कर भावरा आए थे। घर में कोई सुख नहीं था क्योंकि पंडित सीताराम मामूली नौकर थे, इसलिए पहला मौका मिलते ही चन्द्रशेखर आज़ाद संस्कृत पढ़ने के लिए काशी रवाना हो गए। वहां के सम्बन्ध में उन्होंने सुन रखा था कि धर्मात्मा लोग संस्कृत पढ़नेवाले ब्राह्मणों को रहने की जगह और खाना देते हैं। चन्द्रशेखर आजाद को काशी में संस्कृत-छात्रों के साथ रहने का मौका मिला। इन्हीं दिनों गांधीजी ने असहयोग आन्दोलन की पुकार दी। और मज़े की बात यह है कि काशी में संस्कृत-छात्र अन्य मामलों में सबसे पिछड़े होने पर भी उस समय सबसे आगे बढ़ आए और उन्होंने स्कूल-कॉलेजों में पिकेटिंग

में भाग लिया। इसी सिलसिले में चन्द्रशेखर आज़ाद गिरफ्तार हो गए। दस्तूर के अनुसार उन पर मुकदमा चला।

यह वह ज़माना था जब अभियुक्त अदालत में सम्पूर्ण रूप से असहयोग कर रहे थे। एक राजनीतिक अभियुक्त से पूछा गया–तुम्हारा नाम क्या है?

चूंकि नवम्बर का महीना था, इसलिए उसने कह दिया–मेरा नाम नवम्बर है।

पूछा गया–बाप का नाम?

–दिसम्बर।

इन बातों को पढ़कर पाठक को हंसी आएगी, पर यह वह युग था जब बहुत बड़े पैमाने पर राष्ट्र अपनी बेड़ियों को झनझनाकर तोड़ने के लिए उन्मुख हो रहा था। अदालत का अपमान, ब्रिटिश साम्राज्य का अपमान, ब्रिटिश सिंह की पूंछ ऐंठ देना, अपने पैरों पर खड़ा होना, ये ही उस युग की विशेषताएं थीं। बालक चन्द्रशेखर से पूछा गया–

तुम्हारा नाम क्या है?

कहा–आज़ाद।

–तुम्हारे पिता का नाम?

–स्वाधीन।

–घर?

–जेलखाना।

मजिस्ट्रेट खरेघाट ने इस पर पन्द्रह बेंत की सज़ा दी। शायद ये मजिस्ट्रेट जीवित रहे और स्वतन्त्र भारत में बड़े ओहदे से रिटायर हुए। कुछ भी हो, चन्द्रशेखर को, जो अब आज़ाद भी हो चुके थे, पन्द्रह बेंत लगे। हर बेंत पर उन्होंने 'महात्मा गांधी की जय' का नारा लगाया, क्योंकि उन दिनों राष्ट्र की युद्ध-घोषणा का यही नारा था। बाद को चलकर इस बालक ने दो बातों में अपने इतिहास को झुठला दिया। एक तो उसने कहा था, मेरा घर जेलखाना है; पर वह उस बिना किराये के घर में आगे कभी गया ही नहीं। वह आज़ाद बना रहा। दूसरी बात जो उसने झुठलाई, वह यह थी कि बाद को चलकर वह क्रान्तिकारियों का महान नेता बना और इस प्रकार महात्मा गांधी के जीवन-दर्शन का सबसे बड़ा जीता-जागता विरोध और प्रतिवाद बना। ऐसा क्यों हुआ, यह हम देखें तो बड़ी अजीब बातें सामने आएंगी। महात्मा गांधी ने 1922 में चौरी-चौरा कांड के कारण अच्छा-

भला, चला-चलाया आन्दोलन रोक दिया था। इस प्रकार आन्दोलन को एकाएक रोक दिए जाने से बहुत-से लोगों को, यहां तक कि महात्मा के परमभक्त देशबन्धु चित्तरंजन दास और मोतीलाल नेहरू को भी बड़ा धक्का लगा।

जब गांधीजी के भक्तों को ही धक्का लगा तो उन क्रान्तिकारियों का क्या कहना जो असहयोग आन्दोलन के कारण उसका नतीजा देखने के लिए चुप करके बैठ गए थे या असहयोग में कूद पड़े थे। रासबिहारी बोस के साथी शचीन्द्रनाथ सान्याल और गेंदालाल दीक्षित के दल के रामप्रसाद बिस्मिल फिर से मैदान में कूद पड़े। काशी में भी क्रान्तिकारियों का काम होने लगा।

बेंत खाकर छूटने के बाद चन्द्रशेखर आज़ाद का ज्ञानवापी में स्वागत हुआ था और मेज़ पर खड़ा करके उनका व्याख्यान हुआ था। सभास्थल खचाखच भरा था। चन्द्रशेखर आज़ाद ने कुछ शब्द कहे थे, जिस पर बड़ी तालियां बजी थीं।

चन्द्रशेखर आज़ाद को काशी विद्यापीठ में पढ़ाने की चेष्टा हुई। काशी के प्रसिद्ध देशभक्त नेता और 'आज' पत्र के मालिक, विद्यापीठ के अन्यतम संचालक और उसका खर्च उठाने वाले बाबू शिवप्रसाद गुप्त चन्द्रशेखर आज़ाद को पढ़ाने का खर्च देने को तैयार थे और वे उन्हें अपने यहां रखना भी चाहते थे, पर उनका मन नहीं लगा और वे थोड़े ही दिनों में उनसे अलग हो गए। इन्हीं दिनों उन्हें क्रान्तिकारी दल का दूत प्रणवेश चटर्जी मिला जिसने उनकी भेट मुझसे कराई। इस प्रकार चन्द्रशेखर आज़ाद क्रान्तिकारी दल के सदस्य हो गए। जल्दी ही उन्होंने एक संगठनकर्ता के रूप में साथ ही असीम साहसी के रूप में नाम कर लिया। रामप्रसाद बिस्मिल ने उनका नाम 'क्विक सिलवर' यानी पारा रखा और तब से चन्द्रशेखर आज़ाद क्रान्तिकारी दल के सबसे भयानक और कठिन कामों में भाग लेने लगे।

उन्होंने रामप्रसाद बिस्मिल के नेतृत्व में बहुत-सी राजनीतिक डकैतियों में तथा काकोरी ट्रेन डकैती में भाग लिया। ऐन काकोरी ट्रेन डकैती के बाद परिस्थिति बहुत कठिन हो गई और काशी में लोग खुल्लमखुल्ला यह कहने लगे कि यह डकैती क्रान्तिकारियों के द्वारा डाली गई है। यही नहीं, कुछ लोगों के नाम भी लिए जाने लगे। ब्रिटिश सरकार ने अब देर करना उचित नहीं समझा और एक दिन यानी 26 सितम्बर, 1925 को उस समय के संयुक्त प्रान्त और अब

के उत्तरप्रदेश में पुलिस ने गिरफ्तारियां और तलाशियां शुरू कर दीं। सभी मुख्य अभियुक्त पकड़े गए, पर चन्द्रशेखर आज़ाद नहीं पकड़े जा सके। वे स्थिति सूंघकर समय पर सटक गए थे। उनके नाम से वारंट निकला पर वे गिरफ्तार नहीं किए जा सके, यहां तक कि पुलिस को कुछ भी पता नहीं लगा। वे झांसी में भगवानदास और मलकापुरकर आदि के साथ दल को चुपके-चुपके संगठित करते रहे और जब काकोरी षड्यन्त्र का मुकदमा खत्म हो गया, तब वे फिर से सरकार पर हमला करने के लिए तैयार हुए। अब वे उत्तर भारत के क्रान्तिकारियों में सबसे पुराने और तजुर्बेकार क्रान्तिकारी नेता थे; पर केवल इस नाते नहीं, वे सबसे अधिक साहसी होने के नाते भी भगतसिंह, बटुकेश्वर दत्त, विजयकुमार सिंह, कमलनाथ तिवारी आदि के नेता रहे।

जब भारत में साइमन कमीशन आनेवाला था, यह जांच करने के लिए कि भारत कहां तक स्वराज्य के उपयुक्त हुआ है, तो कांग्रेस ने ही नहीं, भारत के सभी दलों ने यह तय किया कि कमीशन का बायकाट करना चाहिए। क्रान्तिकारी दल की एक टुकड़ी में मार्कंडेय, मनमोहन गुप्त तथा हरेन्द्र भट्टाचार्य को भयानक बम देकर भेजा कि इस कमीशन को उड़ा दें। परन्तु जब ये तीनों व्यक्ति मनमाड के पास रेल पर सफर कर रहे थे, तो बम फट गया। डिब्बे की छत उड़ गई। कई यात्री, जिनमें मार्कंडेय भी थे, मारे गए। हरेन्द्र भट्टाचार्य गिरफ्तार होकर इकबाली बन गया; मनमोहन गुप्त को सात साल की सज़ा हुई।

जब साइमन कमीशन लाहौर पहुंचा, तो उसका बायकाट करते हुए वृद्ध नेता लाला लाजपतराय पर लाठियां पड़ीं और उन्होंने तब से जो बिस्तर पकड़ा तो वे मर ही गए। इससे देश में बड़ा शोर मचा और क्रान्तिकारियों ने चन्द्रशेखर आजाद, भगतसिंह आदि चार व्यक्तियों को सैंडर्स नामक गोरे पुलिस अफसर को मारने के लिए भेज दिया जो लाला लाजपतराय की मृत्यु के लिए ज़िम्मेदार था। चन्द्रशेखर आज़ाद भी इनमें थे।

इसके बाद ही भगतसिंह और बटुकेश्वरदत्त ने असेम्बली में बम डाला और साथ में यह वक्तव्य भी प्रचारित किया जिसमें दल का उद्देश्य मेहनतकश वर्ग का अधिनायकत्व या समाजवाद घोषित किया गया। इस कार्य के पीछे भी चन्द्रशेखर आज़ाद का हाथ था। उधर लाहौर षड्यन्त्र चला और भगतसिंह उसमें

ले जाए गए और इस मुकदमे में भगतसिंह, राजगुरु और सुखदेव को फांसी की सज़ा हुई।

चन्द्रशेखर आज़ाद फिर भी आज़ाद रहे। पर पुलिस उनके पीछे बहुत बुरी तरह से पड़ी थी। ये इन्हीं दिनों जवाहरलाल नेहरू से भी मिले थे, जिसका ब्यौरा जवाहरलाल नेहरू ने अपनी आत्मकथा में लिखा है। उसमें आज़ाद की भेंट का वर्णन करने के बाद जवाहरलाल ने यह लिखा है कि क्रान्तिकारी फासिस्टवादी मनोवृत्ति के होते थे। इसका उत्तर 1938 में प्रकाशित 'चन्द्रशेखर आज़ाद' नामक पुस्तक में मैंने दिया था और उसकी प्रति भी मैं स्वयं जवाहरलाल नेहरू को दे आया था। फासिस्ट शब्द का अर्थ एक विशेष सन्दर्भ से सम्बन्ध रखता है। जहां पूंजीवाद पतनशील हो जाए और वह अपने नंगेपन को लोकतन्त्र के अंजीरी पत्ते से ढंक न पाए, और खूनी पंजा प्रकट करके अपने असली अधिनायकवादी खूनी रूप में आ जाए, वहीं फासिस्टवाद का उदय हुआ, ऐसा माना जाता है। अवश्य जिस युग में जवाहरलाल की आत्मकथा प्रकाशित हुई, उस युग में सारे यूरोप में फासिस्ट शब्द का प्रयोग उन सब लोगों के लिए होता था, जिनसे अपना मतभेद हो।

चन्द्रशेखर आज़ाद की विस्तृत जीवनी में यह दिखाया गया है कि वे किन विचारों के थे। सच्चे अर्थों में वे जनता के आदमी थे। भयंकर गरीबी में पले थे। दल में भी उन्होंने कभी एक पैसा अधिक खर्च नहीं किया, बल्कि भगवानदास, विजयकुमार सिंह, वैशम्पायन आदि पर, जो उनके वीर साथी थे, वे हमेशा लाठी के लिए सवार रहते थे कि कहीं दल का पैसा एक कौड़ी ज़्यादा न खर्च हो जाए। दिन-भर के लिए फरारों को कुछ आने पैसे मिलते थे। आदि सिनेमा देखना है तो उसी में से बचाकर देखो, यही उनकी नीति थी। हर खतरे में वे सबसे आगे रहते थे। कभी उन्होंने यह नहीं समझा कि मैं नहीं रहूंगा तो दल नष्ट हो जाएगा, इसलिए मेरा बचे रहना ज़रूरी है। विचारों में वे बहुत आगे बढ़ गए थे और अन्त में वे धर्म-विरोधी हो गए थे। उनका विचार यह हो गया था कि प्रचलित धर्म पूर्ण रूप से अयथेष्ट हैं और उनके कारण आदमी का मन खिलता नहीं है, बल्कि बन्द हो जाता है। काशी में रहने के कारण उन्हें यह मालूम हो चुका था कि पंडे-पुजारी तथा साधु किस प्रकार ढोंग और ढकोसले के शिकार हैं।

पुलिस बुरी तरह आज़ाद के पीछे पड़ी हुई थी, और आज़ाद बराबर पुलिस

की आंखों में धूल डालकर ऐन मौके पर भाग निकलते थे। पुलिस को गर्म बिस्तरा मिलता था, लेकिन आज़ाद नहीं मिलते थे।

इस प्रकार चन्द्रशेखर आज़ाद घूमते-घामते 1931 की 27 फरवरी को अल्फ्रेड पार्क में बैठे हुए थे कि पुलिस ने दिन के दस बजे उन्हें घेर लिया। दोनों तरफ से गोलियां चलीं और अन्त में चन्द्रशेखर आज़ाद शहीद हो गए। शहीद होने के बाद उनका फोटो पहले-पहल इंग्लैंड की एक पुस्तक में छपा, जिससे लेकर अब वह भारत में प्रचारित हो गया है। एक अफवाह यह भी है कि चन्द्रशेखर आज़ाद पुलिस की गोली से नहीं मरे, बल्कि जब उन्होंने अपने को बिल्कुल घिरा हुआ पाया और भागने का कोई रास्ता नहीं दिखाई पड़ा, तो उन्होंने एक गोली अपने ऊपर चला ली।

इस प्रकार एक महान जीवन का अन्त हुआ। चन्द्रशेखर आज़ाद की माताजी उनके बाद बहुत दिनों तक जीवित रहीं और उनकी काफी बुरी हालत रही। भगवानदास माहौर, बनारसीदास चतुर्वेदी आदि ने उनकी सहायता की। इसमें सन्देह नहीं कि चन्द्रशेखर आज़ाद ने कर्म से या विचारों से कभी कोई ऐसी बात नहीं की जिससे उनके क्रान्तिकारीत्व में किसी प्रकार बट्टा लगे। इस कसौटी पर बहुत कम क्रान्तिकारी ही सच्चे उतर सकते हैं।

नेताजी सुभाषचन्द्र बोस

सुभाषचन्द्र बोस को लोग कांग्रेस के नेता के ही रूप में जानते हैं, पर वे बहुत पहले से ही क्रान्तिकारी दल से सम्बन्ध थे और इस सम्बन्ध में नज़रबन्द भी रह चुके थे। उनका जन्म 1897 की 23 जनवरी को कटक में हुआ था। उनके पिता वहां के एक बहुत सफल वकील थे और वकालत से बहुत धन कमाया था। वहीं बहुत बड़ा भवन भी बनाया था, जिसे सुभाष ने बाद को उत्कल कांग्रेस को दे दिया।

सुभाष शुरू से ही अच्छे छात्र थे। 1920 में वे आई. सी. एस. बने, पर

उनका मन नौकरी में नहीं लगा और जल्दी ही वे देशबन्धु चित्तरंजन दास के नेतृत्व में असहयोग आन्दोलन में कूद पड़े। तब से वे कांग्रेस में नता बन गए और धीरे-धीरे कांग्रेस के एक महान नेता मान लिए गए। जवाहरलाल और सुभाष बोस भारतीय नौजवानों के नेता माने गए। जब जवाहरलाल नेहरू कांग्रेस के अध्यक्ष बनाए गए, तब से वे कुछ नरम पड़ गए, यद्यपि वे भीतर से इतने नरम नहीं पड़े जितना कि लोग समझते हैं, क्योंकि समाजवाद के प्रति उनकी भक्ति उसी प्रकार बनी रही।

जवाहरलाल और सुभाष बोस में फर्क यह था कि सुभाष को हर समय बंगाल के क्रान्तिकारियों से अनुप्रेरणा मिलती रही, यहां तक कि वे स्वयं एक क्रान्तिकारी नेता बन गए। इसके विपरीत जवाहरलाल को अनुप्रेरणा या तो पुस्तकों से मिली या कुछ हद तक जनता से। जहां तक समाजवाद के लक्ष्य को आगे बढ़ाने का सम्बन्ध है, जवाहरलाल इस सम्बन्ध में ज़्यादा सचेत रहे, पर सुभाष के नज़दीक स्वतन्त्रता प्राप्त करना और जिस किसी प्रकार से प्राप्त करना, यही मुख्य लक्ष्य रहा। इस प्रकार वे एक तरफ कांग्रेस आन्दोलन में बने रहे और दूसरी तरफ भीतर-ही-भीतर क्रान्तिकारी बने रहे। सुभाष कभी किसी अर्थ में गांधीवादी नहीं बने, सच तो यह है कि बंगाल के युवकों ने गांधीवाद को कभी गम्भीरता के साथ नहीं लिया और उसे महज साधन समझते रहे। इसी कारण कभी वे गांधीजी के पक्के शिष्य नहीं बने, यद्यपि गांधीजी के प्रति उनके मन में बहुत श्रद्धा थी।

जैसाकि पहले बताया जा चुका है, सुभाष 1924 की 24 अक्टूबर को विशेष आर्डिनेंस के अनुसार गिरफ्तार किए थे और इसी नज़रबन्दी के ज़माने में उन्हें मांडले जेल में भेज दिया गया था। वहां वे बहुत अधिक बीमार पड़े और इस कारण जो आन्दोलन हुआ, उससे सरकार ने 1927 की 16 मई को छोड़ दिया।

इसके बाद सुभाष ने ज़ोरों से पूर्ण स्वराज्य के लक्ष्य का प्रचार शुरू किया। कांग्रेस ने भी 1929 में पूर्ण स्वराज्य को अपना लक्ष्य घोषित किया। इस प्रकार गरम दलवालों की विजय रही। 1930 में सत्याग्रह छिड़ा, पर वह जल्दी ही गांधी-इर्विन समझौते की चट्टान से टकराकर समाप्त हो गया। जनता के दबाव के कारण, बल्कि यह कहना चाहिए कि ब्रिटिश सरकार की बेईमानी के कारण, फिर से आन्दोलन छिड़ा, पर अबकी बार आन्दोलन में वह दम नहीं था। सुभाष

गिरफ्तार कर लिए गए, पर स्वास्थ्य खराब होने के कारण फिर एक बार 1933 में छोड़ दिए गए कि वे फौरन ही स्वास्थ्य सुधारने यूरोप चले जाएं। इस बार की यूरोप-यात्रा में सुभाष हिटलर, मुसोलिनी और डी. वैलरा से मिले। वे देख रहे थे कि कौन-सी शक्तियां ऐसी हैं जो भारत से ब्रिटिश शासन को हटाने में दिलचस्पी रखती हैं और उन्हें मदद दे सकती हैं। ब्रिटिश सरकार को सुभाष के इन कार्यों का पता लगता रहा। सुभाष लौटकर यह प्रचार करने लगे कि जल्दी ही भयानक युद्ध छिड़नेवाला है और उस समय भारत को अपनी बेड़ियों को खोल फेंकने का एक मौका मिलेगा। 1939 में यह लड़ाई छिड़ भी गई। पर कांग्रेस इसके लिए तैयार नहीं थी। घटनाएं फिर भी बहुत प्रबल सिद्ध हुईं और गांधीजी को आन्दोलन छेड़ना पड़ा। पर उससे पहले ही देश के बाहर क्रान्तिकारी फिर से ब्रिटिश सरकार को उखाड़ने में लग गए।

रासबिहारी ने किस प्रकार जापान के युद्ध में कूदने पर आज़ाद हिन्द फौज का संगठन किया, वह बाद की बात है, पर इसके पहले एक अन्य क्रान्तिकारी ऊधमसिंह ने क्या किया, उसका वर्णन यहां आ जाना चाहिए। जलियांवाला बाग में माइकेल ओडायर ने किस प्रकार लगभग एक हज़ार भारतीयों को मिनटों के अन्दर गोलियों से भूनकर रख दिया था, इसे सभी भारतीय जानते हैं। ओडायर ने जिस प्रकार से भारतीयों की हत्या की थी, वह भारत का प्रत्येक व्यक्ति जानता है। वहीं से गांधीजी चमके और भारत के नेता बन गए। पुराने नेता समझ नहीं पा रहे थे कि इस हत्याकांड का कैसे उत्तर दें। उनके पास तो एक ही अस्त्र था–प्रस्ताव पास करना। वह अस्त्र इस समय बेकार लग रहा था। तभी गांधीजी सत्याग्रह का तरकश लेकर सामने आए थे।

सर माइकेल ओडायर हत्या करवाकर विलायत चले गए और सुख से भारत की पेंशन पर जी रहे थे। इतने में लड़ाई छिड़ गई और संसार-भर में जहां भी भारतीय था, उसे फिर से स्वतन्त्रता प्राप्त करने की आशा दिखाई देने लगी। सरदार ऊधमसिंह नामक एक युवक इन दिनों लन्दन में ही थे। उनका जन्म 1903 में हुआ था और वे इंजीनियर थे। लड़ाई छिड़ते ही ऊधमसिंह के मन में यह बात आई कि मुझे भी कुछ करना चाहिए। यह एक अजीब बात है कि ऊधमसिंह पहले कभी क्रान्तिकारी नहीं थे, पर महायुद्ध ने उनकी चेतना को

उभारा और वे एकदम कुछ करने के लिए व्याकुल हो गए। 1940 की 13 मार्च को लन्दन के कैक्सटन हाल में ब्रिगेडियर जनरल सर पी. सैक्स 'विश्वस्थिति और अफगानिस्तान' विषय पर भाषण देनेवाले थे। लार्ड जेटलैंट अध्यक्ष बनाए गए। पूर्वी देशों पर व्याख्यान था और सभा ईस्ट इंडिया एसोसिएशन की देखरेख में बुलाई गई थी, इसलिए पूर्वी देशों पर एक विशेषज्ञ के नाते सर माइकेल ओडायर भी इसमें पधारे। पहले ही यह तय था कि वे पधारेंगे।

ऊधमसिंह भरी हुई पिस्तौल लेकर उस सभा में पहुंचे। मुख्य वक्ता बोल चुके। माइकेल ओडायर भी बोल चुके और सभा भंग होने लगी। तब ऊधमसिंह ने तीन गज़ की दूरी से माइकेल ओडायर पर गोली चलाई। दूसरी गोली से ही माइकल ओडायर गिर पड़े। फिर भी गोली चलती रही। लार्ड जेटलैंड को और लार्ड लिमंटन को दो गोलियां छूते-छूते बचीं और सर लूइसडेन को कुछ चोट भी आई। इसके बाद ऊधमसिंह हाल में से निकलने लगे, तो हवाई सेना के एक सार्जेंट क्लाडवटी चेस ने उन्हें पकड़ लिया।

सरदार ऊधमसिंह ने अपने बयान में कहा–"मैंने ब्रिटिश साम्राज्यवाद के नालदार जूतों के नीचे अपने देशवासियों को रौंदे जाते देखा है। इस प्रकार अपना प्रतिवाद पेश करते हुए मुझे कोई दुख नहीं है। मुझे इस बात की रंच-भर भी शंका नहीं है कि मुझे आप फांसी दे देंगे या और सज़ा देंगे। मृत्यु का भय मुझमें नहीं रह गया। बुढ़ापे तक लड़खड़ाते हुए जीने का कोई अर्थ नहीं होता, देश के लिए जवानी में मर जाना कहीं अच्छा है।"

इस प्रकार सर माइकेल ओडायर ने जो भयंकर अपराध 1918 में किया था, एक क्रान्तिकारी ने उसे उसकी सज़ा दे दी। क्या कोई यह कह सकता है कि एक भारतीय के जीवन का मूल्य किसी भी प्रकार एक अंग्रेज़ के जीवन के मूल्य से कम है? विनायक सावरकर ने इस अवसर पर एक बयान दिया जिसमें उन्होंने अहिंसा की निन्दा की और साथ ही कहा कि इस तरह के भी देशभक्त मौजूद हैं जो सरदार ऊधमसिंह की तरह बीस साल तक बदले की भावना को अपने मन में जगाए रहे और अन्त में उन्होंने वह काम कर डाला।

उस समय महायुद्ध बड़ी तेजी से चल रहा था। जर्मन अखबारों ने ऊधमसिंह के विषय को लेकर यह लिखा कि संसार के लोग यह देख लें कि

भारत किस प्रकार ब्रिटिश शासन से सुखी है। भारत तो फौरन स्वतन्त्र होना चाहता है।

सरदार ऊधमसिंह को फांसी की सज़ा दे दी गई और इस प्रकार एक तरफ ऊधमसिंह ने अलख जगा दिया और दूसरी तरफ अन्य क्रान्तिकारी भी यह सोच रहे थे कि किसी प्रकार इस मौके को हाथ से न जाने दिया जाए। प्रथम महायुद्ध में हम रह गए, अब यह दूसरा महायुद्ध भी कहीं हाथ से निकल न जाए।

सुभाष बोस भी कुछ सोच रहे थे।

सन् 1941 की जनवरी में एक दिन प्रात:काल लोगों ने यह आश्चर्यजनक समाचार पढ़ा कि युवक नेता सुभाष अपने घर से गायब हो गए। साथ ही लोगों ने यह भी कहा कि वे साधु होकर हिमालय चले गए। यह कहानी कुछ बनती भी थी, क्योंकि बचपन से ही सुभाष बाबू का झुकाव धर्म और अध्यात्मवाद की ओर था। सुभाष बाबू के एक प्रधान सहयोगी सरदार शार्दूलसिंह ने तो यहां तक वक्तव्य दे दिया कि उनको ज्ञात है कि उन दिनों सुभाष बाबू की प्रवृत्ति वैराग्य की ओर हो रही थी और वे साधु होकर दक्षिण की ओर चले गए होंगे। जितने मुंह उतनी बातें सुनाई पड़ीं।

इन बातों को सुनकर देश के नवयुवकों को बड़ी निराशा हुई। सच तो यह है कि लोगों ने जहां एक तरफ सुभाष बाबू के साधु बनकर हिमालय या दक्षिण में चले जाने की बात पर विश्वास किया, वहां दूसरी ओर ऐसे भी लोग थे जो इस बात पर विश्वास नहीं करते थे।

फिर भी लोग कुछ समझ नहीं पा रहे थे। सबसे अधिक खिन्न तो ब्रिटिश सरकार थी, जो इस समाचार पर विश्वास करने के लिए तैयार नहीं थी। उन दिनों लड़ाई बड़ी तेजी से चल रही थी, और जर्मन सेना के सामने ब्रिटिश सेना के दांत खट्टे हो रहे थे। ब्रिटिश सरकार ने सुभाष बाबू के साधु होकर चले जानेवाले समाचार पर कभी विश्वास नहीं किया। परन्तु उसे भी कुछ पता नहीं लग रहा था। इस कारण वह भी घबराई हुई थी, क्योंकि उसे यह डर था कि यदि सुभाष बाबू किसी तरह शत्रु सरकारों के पास पहुंच गए, तो ब्रिटिश सरकार को लेने के देने पड़ जाएंगे।

जब इस प्रकार से सारा भारत और एक प्रकार से सारा संसार कुछ समझ नहीं पा रहा था कि एकाएक सुभाष बाबू को क्या हुआ, उस समय सुभाष बाबू

गाड़ी पर सवार होकर पेशावर की ओर यात्रा कर रहे थे। घर से गायब होने के कई सप्ताह पहले से वे किसी से मिलते नहीं थे। उन्होंने यह खबर उड़ा दी थी कि वे कोई आध्यात्मिक साधना कर रहे हैं, और इस समय किसी से मिल नहीं सकते। कुछ बहुत विश्वासपात्र लोग ही इन दिनों उनसे मिल सके। असल में वे इन दिनों दाढ़ी बढ़ाने में लगे हुए थे।

वे यह नहीं चाहते थे कि किसी को कानोंकान इस बात की खबर लग जाए, क्योंकि ऐसा होने में विपत्ति की सम्भावना थी। यदि सरकार को यह ज्ञात हो जाता कि वे दाढ़ी बढ़ा चुके हैं, तो गायब होने की खबरें फैलते ही सब समझ जाते कि सुभाष बाबू किसी मुस्लिम देश की ओर जा रहे हैं, और मुसलमान बने हुए हैं। इस कारण उन्होंने दाढ़ी बढ़ाने की बात को एकदम गुप्त रखा, और दाढ़ी जब बढ़ गई तो वे पेशावर के लिए रवाना हो गए।

हावड़ा से रेलगाड़ी पर बैठना असम्भव था। घर-घर में उनके चित्र लगे हुए थे, इस कारण दाढ़ी बढ़ा लेने पर भी कहीं भी पहचाने जाने का बहुत डर था।

वे मोटर से कलकत्ता से चालीस मील दूर एक स्टेशन पर पहुंचाए गए और वहां से रात के आठ बजे एक गाड़ी पर सवार हुए। उनके पास दूसरी श्रेणी का टिकट था। रात को कोई घटना नहीं हुई। दिन में भी केवल एक फौजी अफसर आया, जिसे उन्होंने इधर-उधर की बातें कहकर टरका दिया। वे उस समय ज़ियाउद्दीन नाम अपनाए हुए थे। उन्होंने अपने को बीमा कम्पनी का संगठनकर्ता बताया। जब कोई बड़ा स्टेशन आता, तो वे समाचारपत्र पढ़ने का बहाना करके मुंह ढंक लेते थे। इस प्रकार वे 17 जनवरी को पेशावर पहुंच गए।

वहां पहले से ही लोग तैयार थे और वे निर्दिष्ट स्थान पहुंचे। कई कारणों से दो दिन तक उन्हें पेशावर में रहना पड़ा।

इसके बाद 19 जनवरी को उन्हें पठानी कपड़े दिए गए। अब उनके साथ एक और व्यक्ति चला जिसका नाम रहमतखां रखा गया था। यह व्यक्ति पश्तो बोल लेता था। यह सुभाष बाबू को अपना बड़ा भाई बताकर परिचय देता था। सुभाष बाबू वहीं से गूंगे और बहरे बन गए। बात यह है कि अब उनके लिए बोलना विपत्तिजनक था। वे बने तो पठान थे, परन्तु उन्हें न फारसी आती थी, न पश्तो। इस कारण गूंगा और बहरा बनना पड़ा।

रहमतखां लोगों से यह कहता था कि हम लोग कबायली क्षेत्र के रहनेवाले हैं और हम काबुल से भी आगे तीर्थयात्रा के लिए जा रहे हैं। ऐसे बहुत-से लोग उधर आते-जाते थे, इस कारण किसी को सन्देह नहीं हुआ और वे कुछ हिस्सा मोटर पर और कुछ हिस्सा पैदल चलकर काबुल पहुंच गए।

परन्तु काबुल पहुंचने से सुभाष बाबू की समस्या हल नहीं हुई। यद्यपि अफगानिस्तान एक स्वतन्त्र देश है, फिर भी उसकी सरकार पर उस समय ब्रिटिश सरकार का दबाब बहुत अधिक था। इसलिए यह आवश्यक था कि वे काबुल से जल्दी से जल्दी निकलकर किसी बड़े देश में पहुंच पाते।

सुभाष बाबू रूस जाना चाहते थे। परन्तु कलकत्ता में बैठकर उन्होंने जो व्यवस्था की थी, वह काबुल पहुंचने पर समाप्त हो जाती थी। उन्हें आगे की यात्रा अपनी बुद्धि के बल पर करनी थी। सबसे कष्टकर बात यह थी कि काबुल पहुंचते ही उन्हें ऐसा ज्ञात हुआ कि अफगानी गुप्तचर उनके पीछे पड़ गए हैं।

काबुल में वे पहले-पहल एक बहुत ही गन्दी सराय में ठहरे। यहीं पर एक गुप्तचर उनके पीछे लगा। रहमतखां यों तो कहता ही जाता था कि वह तीर्थयात्रा कि लिए भाई को लेकर चला है, परन्तु वह गुप्तचर किसी प्रकार नहीं मानता था। तब रहमतखां ने उसे कभी दो रुपये दे दिए कभी चार और इस प्रकार उसका मुंह बन्द रखा। अन्त में एक दिन उस लालची गुप्तचर ने रहमतखां के हाथ में बंधी हुई सुभाष बाबू की घड़ी भी ले ली।

रहमतखां इधर-उधर हाथ-पांव मार रहा था कि किसी प्रकार रूसी राजदूत से सम्बन्ध हो जाए। परन्तु इसका अवसर नहीं आया। एक दिन रूसी राजदुत की मोटर को रोककर रहमतखां ने टूटी-फूटी फारसी से सारी बात बताई; परन्तु रूसी राजदुत को विश्वास नहीं हुआ, और वह बात वहीं रह गई।

अब स्थिति भयंकर होती जा रही थी। बड़े कष्ट से रहमतखां को काबुल के एक महाजन उत्तमचन्द का पता लगा। वह व्यक्ति देशभक्त होने के साथ ही साथ काबुल के प्रभावशाली व्यक्तियों में था।

उत्तमचन्द पहले तो घबराए, परन्तु बाद को देशभक्ति ने विपत्ति की शंका पर विजय पाई और उन्होंने सुभाष बाबू को सब प्रकार से पूरी सहायता दी। उन्हीं की सहायता से इटालियन दूतावास को खबर दी गई। और धीरे-धीरे यह खबर

रोम और बर्लिन में पहुंच गई परन्तु सुभाष बाबू रूस जाना चाहते थे। वे डरते थे कि कहीं जर्मनी और इटली में फंस गए, तो वे लोग उनसे काम लेने को तैयार हो जाएंगे पर वे जिस काम के लिए, यानी भारत की स्वतन्त्रता के लिए निकले थे, उसमें कुछ सहायता नहीं देंगे।

चेष्टा करने पर भी रूस से कोई सम्बन्ध स्थापित नहीं हो सका। इटली के दूतावास ने जल्दी में कोई सहायता नहीं दी। इस प्रकार कई सप्ताह निकल गए। यह खबर तो सुभाष बाबू को मिली कि उनके भागने की खबर रोम और बर्लिन में पहुंच चुकी है, फिर भी उधर से कोई प्रस्ताव नहीं आया।

इन सारी बातों से ऊबे हुए सुभाष बाबू के परामर्श पर उत्तमचन्द इस बात की चेष्टा करने लगे कि चोरी से सुभाष बाबू रूस चले जाएं। जब इस बात की तैयारी होने लगी तो उत्तमचन्द को स्मरण हो आया कि एक ऐसा व्यक्ति है जो इस काम में सहायता दे सकता है।

उस व्यक्ति से किसी तरह भेंट की गई और उससे परामर्श किया गया तो वह बोला कि यह काम कुछ भी नहीं है। वह इस काम में मदद देने के लिए तैयार हो गया।

जब यह बातचीत चलाई गई तो यह पूछा गया कि वह व्यक्ति इस काम में सहायता देने का क्या लेगा। सात सौ अफगानी रुपयों पर यह काम तय हो गया।

भीतर-भीतर इटालियन दूतावास से बातचीत चलती रही। परन्तु उसमें अधिक प्रगति इस कारण नहीं हो रही थी कि काबुल में उनका जो दूतावास था, उसे यह अधिकार नहीं था कि वह ऐसे महत्त्वपूर्ण विषय में कोई निर्णय अपने-आप करे। इस कारण जो भी बात मालूम होती थी, उसे वे रोम और बर्लिन में लिख भेजते थे। उन दिनों रोम और बर्लिन प्रत्येक विषय में एक-दूसरे से मिलकर काम करते थे। बात यह है कि उन दोनों देशों की, यानी इटली और जर्मनी की सेनाएं एक होकर महायुद्ध में अंग्रेज़ों के विरुद्ध लड़ रही थीं।

जब सुभाष बाबू तथा उत्तमचन्द ने यह देखा कि इटली के दूतावास की ओर से कोई निर्णय नहीं हो रहा है, तो स्वाभाविक रूप से वे चोरी से बाहर जाने के कार्यक्रम पर अधिक ध्यान देने लगे। यहां तक कि उस व्यक्ति को रुपयों का कुछ अंश दे भी दिया गया। यह योजना इतनी परिपक्व हो गई कि काबुल से चल देने की बात आई, और उस व्यक्ति ने कहा कि यदि जल्दी है

तो अफगानिस्तान की पश्मिमोत्तरी सीमा की ओर जानेवाली लारी में आसन सुरक्षित करा लिया जाए।

इतने में इटालियन दूतावास की ओर से यह समाचार आया कि इटली से कुछ व्यक्ति सुभाष बाबू को लेने के लिए आ रहे हैं, परन्तु साथ ही यह बताया गया कि उनके आने में छः-सात दिन लगेंगे। ऐसे समय में उत्तमचन्द ने बुद्धि से काम लिया और चोरी से अफगानिस्तान से बाहर ले जाने में सहायता करनेवाले व्यक्ति को यह कहकर प्रतीक्षा करने के लिए कहा कि जो व्यक्ति बाहर जानेवाला है, वह एकाएक बीमार पड़ गया है। अब अच्छा हो जाने पर ही यह कार्यक्रम चालू किया जा सकेगा। उस व्यक्ति को यह नहीं बताया गया था कि बाहर जानेवाले व्यक्ति और कोई नहीं सुभाषचन्द्र बोस हैं। उसे इतना भेद बताने की कोई आवश्यकता नहीं थी। सम्भव है कि उसे भेद बता दिया जाता, तो वह और रुपये मांगता, क्योंकि वह एक पेशेवर तस्कर व्यापारी और जुआरी था और जो कुछ भी कमाता था, उसे जुए में फूंककर बैठ जाता था।

सौभाग्य से इटालियन दूतावास की ओर से जो सन्देश दिया गया था, वह सही प्रमाणित हुआ। एक दिन वह आया जब दूतावास की ओर से यह सन्देश मिला कि सुभाष बाबू का फोटो उतरवाया जाए जिससे कि उनका पासपोर्ट बन सके।

सन्देश पाकर सुभाष बाबू ने अपना फोटो उतरवाया, और मिस्टर करोटना के नाम से उनका पासपोर्ट बनाया गया। उनका सारा सामान सूटकेस में बन्द कर दूतावास के हवाले कर दिया गया। 17 मार्च को सुभाष बाबू अन्तिम बार उत्तमचन्द से मिले।

18 मार्च को 9 बजे सवेरे सुभाष बाबू दो जर्मनों और एक इटालियन के साथ रवाना हुए। दोनों जर्मन इस कारण भेजे गए थे कि हिटलर यह चाहता था कि सुभाष बाबू बीच में फंसकर इटली में न रह जाएं। हिटलर चाहता था कि वे आकर जर्मन में रहें, और वहीं से अंग्रज़ों के विरुद्ध प्रचार-कार्य करें।

सुभाष बाबू 28 मार्च को सकुशल बर्लिन पहुंच गए। यात्रा की दृष्टि से यह उनके लिए बहुत ही अच्छा रहा, क्योंकि इसमें उनको कोई शारीरिक कष्ट झेलना नहीं पड़ा। इसके विपरीत यदि वे चोरी से उस व्यक्ति की सहायता से रूस या जर्मनी चले जाते, तो वे रास्ते में बहुत से कष्टों का सामना करते, और पता नहीं

कितने दिनों में अपने लक्ष्य स्थल पर पहुंच पाते।

बर्लिन पहुंचकर ही उन्होंने वहां एक सैनिक जत्था बनाया। परन्तु देश से इतनी दूर रहकर वे कर ही क्या सकते थे? उन्हें यह समाचार मिला कि सिंगापुर में भारतीय सैनिकों को लेकर एक सेना बनाई जा रही है। इसके नेता सुप्रसिद्ध भारतीय क्रान्तिकारी रासबिहारी बोस थे।

रासबिहारी को भी समाचार मिला कि सुभाष बाबू बर्लिन में हैं। उन्होंने सुभाष बाबू को यह सन्देश भेजा कि आप यहां आकर हम लोगों का नेतृत्व करें। सुभाष बाबू यह तो चाहते ही थे। वे समझ गए कि अब उन्हें सक्रिय कार्य में कूद पड़ना चाहिए।

परन्तु इन दिनों घनघोर युद्ध चल रहा था। बर्लिन से सिंगापुर आना बहुत ही कठिन, एक सीमा तक असम्भव कार्य था। यों तो बराबर हज़ारों सैनिक इधर से उधर आ-जा रहे थे, परन्तु सुभाष बाबू का जीवन इतना बहुमूल्य था कि जर्मन सेनानायक उनको इस विपत्तिपूर्ण यात्रा में झोंकना नहीं चाहते थे। विशेषज्ञों ने कहा कि किसी भी तरह उन्हें बिना विपत्ति के सिंगापुर पहुंचाया नहीं जा सकता। न जाने कब शत्रुपक्ष को समाचार मिल जाए या वह यों ही अटकल से आक्रमण कर दें, तो सर्वनाश हो जाएगा।

सुभाष बाबू ने जब यह बात देखी कि यहां बैठे-बैठे मूल्यवान समय नष्ट हो रहा है, और उधर घटनाएं द्रुतगति से अग्रसर हो रही हैं, तो उन्होंने फिर एक बार बहुत महत्त्वपूर्ण निर्णय किया। उन्होंने कहा कि वे बर्लिन में बैठने के लिए तो नहीं आए। यदि बैठना ही होता तो ब्रिटिश सरकार की जेलें सबसे अच्छी जगह थीं, क्योंकि वहां तो विपत्ति का कोई भय नहीं था। इसलिए उन्होंने कहा कि जैसे भी हो, उन्हें सिंगापुर पहुंचना है। यदि पहुंचने की चेष्टा में वे मार्ग में ही शहीद हो जाएं, तो हो जाएं, परन्तु उन्होंने कहा कि मैं अब बैठ नहीं सकता।

जब हिटलर ने यह अवस्था देखी, तो उसने उन्हें सिंगापुर भेजने की व्यवस्था कर दी। एक पनडुब्बी तैयार की गई और सुभाष बाबू उसमें सवार होकर हज़ारों मील समुद्र को पार करने के लिए तैयार हो गए। रास्ते में पड़नेवाले समुद्रों पर ब्रिटिश जलसेना का पहरा था। स्थान-स्थान पर तैरनेवाले विराट विस्फोटक लगे हुए थे जिनसे स्पर्श होते ही पनडुब्बी के उड़ जाने की सम्भावना थी।

परन्तु सारी विपत्तियों को पार करती हुई पनडुब्बी सिंगापुर पहुंच गई और वहां सुभाष बाबू के पहुंचते ही भारतीयों में एक सनसनी-सी फैल गई। यों तो रासबिहारी बहुत पुराने क्रान्तिकारी थे, परन्तु सुभाष बाबू की ख्याति के कारण उनमें प्रवासी भारतीयों को जितना विश्वास था, उतना विश्वास और किसी में नहीं हो सकता था।

सुभाष बाबू ने बन्दी करके लाए गए भारतीय सैनिकों तथा प्रवासी भारतीयों की एक सुसंगठित सेना बनाई। सुभाष बाबू की आज्ञा पर प्रवासी भारतीयों ने अपनी थैलियों के मुंह खोल दिए। लाखों रुपये चन्दे में आने लगे। कई बार ऐसा हुआ कि वहां के भारतीयों ने उनको अपना सर्वस्व दे दिया।

जापानी सरकार सहायता तो दे ही रही थी, परन्तु सुभाष बाबू ने जापान की सब बातों को आंख बन्द कर मान नहीं लिया। कई बार जापानी अधिकारियों और सुभाष बाबू के बीच गहरे मतभेद हो गए, परन्तु सुभाष बाबू अपने ही मत पर डटे रहे। वे इतना कष्ट उठाकर किसी सरकार का एजेंट बनने नहीं गए थे। वे तो यह समझकर आए थे कि अंग्रेज़ों के दुश्मन होने के नाते जापानी भारतीयों को स्वतन्त्र होने में सहायता देंगे। इसलिए जहां भी उन्हें ऐसा ज्ञात हुआ कि इसके विपरीत आचरण हो रहा है, उन्होंने उसका विरोध किया। यदि और कोई व्यक्ति जापानियों से इस प्रकार मतभेद व्यक्त करता, तो जापानी उसकी एक नहीं मानते। फिर यह तो युद्ध का समय था। इस समय तर्क और मतभेद को प्रोत्साहन नहीं दिया जाता। इस समय तो लोगों से यह आशा की जाती थी कि वे बिना कुछ कहे-सुने आज्ञा-पालन करेंगे।

परन्तु सुभाष बाबू का व्यक्तित्व इतना महान था कि जब भी उनसे जापानी अधिकारियों का मतभेद हुआ तब उन्हीं की बात मानी गई और जापानी अधिकारियों को सिर झुकाना पड़ा।

सुभाष बाबू वहां पर केवल आज़ाद हिन्द फौज बनाकर ही शान्त नहीं हुए, उन्होंने एक आज़ाद हिन्द सरकार भी बनाई और जापानियों तथा जर्मनों से यह कहा कि इस सरकार के साथ उन्हें उसी प्रकार से व्यवहार करना पड़ेगा, जैसा वे किसी भी स्वतन्त्र सरकार तथा उसके अधिकारियों से करते हैं। जर्मनों और जापानियों ने इस बात को मान लिया और जर्मन-पक्ष से लड़नेवाली सब सरकारों ने आजाद हिन्द सरकार को नियमित रूप से स्वीकार किया। एक बार एक बहुत बड़ा जापानी अधिकारी सुभाष बाबू से मिलने के लिए आया। सुभाष बाबू आज़ाद हिन्द सरकार

के राष्ट्रपति थे। परन्तु उस व्यक्ति ने मिलने के लिए जिन नियमों तथा अनुष्ठानों का पालन करना आवश्यक था, उन्हें पूरा नहीं किया था। इस पर सुभाष बाबू ने उससे मिलने से इंकार कर दिया। जब जापानी अफसर ने सब नियमों तथा अनुष्ठानों का पालन किया, तभी उसे मिलने की अनुमति दी गई। ऐसी ही और कई घटनाएं हुईं।

आज़ाद हिन्द फौज ने बर्मा के जंगलों के मार्ग से भारत पर आक्रमण किया। परन्तु इस समय तक जर्मनी और जापान दुर्बल पड़ने लगे थे। अमेरिका के युद्ध में आ जाने से ब्रिटिश-पक्ष का पलड़ा भारी पड़ गया था। आज़ाद हिन्द फौज सफल नहीं हो सकी, और ज्यों-ज्यों ब्रिटिश सेना विजयी होने लगी, त्यों-त्यों आज़ाद हिन्द फौज के नेतागण ब्रिटिश कारागारों में पहुंचने लगे। यहां इसकी सारी कहानी बताने की आवश्यकता नहीं है। देश के नेताओं ने आज़ाद हिन्द फौज की मुक्तकंठ से प्रशंसा की, और जब उन पर लालकिले में मुकदमा चला तो जवाहरलाल नेहरू आदि नेताओं ने उनकी ओर से मुकदमे की पैरवी की।

सुभाष बाबू पकड़े नहीं जा सके। कहा जाता है कि हवाई जहाज से यात्रा कर रहे थे, इतने में उसमें आग लग गई और वे उसी में शहीद हो गए। इस प्रकार से देश के एक साहसी नेता का अन्त हुआ।

आज़ाद हिन्द फौज का संगठन और अन्त तक उसकी पराजय और बाद को उसके मुकदमों ने जिस प्रकार भारतीय स्वतन्त्रता आन्दोलन की अन्तिम आहुति दी, उस सम्बन्ध में कुछ थोड़े-से शब्द कहने होंगे, क्योंकि इसके बिना यह कहानी पूरी नहीं होगी। इसमें सन्देह नहीं कि गांधीजी के पहले भारत में स्वतन्त्रता-संग्राम के नाम पर जो कुछ भी था, वह क्रान्तिकारी आन्दोलन था। और वह कोई बच्चों का खेल नहीं था, और न कुछ सिरफिरों का ही तमाशा था। उसमें सैकड़ों लोगों को फांसी हो चुकी थी। और हज़ारों लोग जेल में जा चुके थे। सबसे बड़ी बात यह थी कि क्रान्तिकारी आन्दोलन एक बन्द आन्दोलन नहीं था, जैसाकि धार्मिक आन्दोलन होते हैं, बल्कि इसका बराबर विकास होता गया। किस प्रकार स्वतन्त्रता की स्पष्ट धारणा और आतंकवाद की सीढ़ियों से होकर यह आन्दोलन धीरे-धीरे समाजवादी लक्ष्य को अपना सका, यह हम 'क्रान्तिकारी आन्दोलन का इतिहास' में बता चुके हैं।

1942 का आन्दोलन एक क्रान्तिकारी आन्दोलन था। इस माने में कि इसमें आकर गांधीवादी जन-आन्दोलन और क्रान्तिकारी आन्दोलन मिल गए

थे। यह तो सुपरिचित है कि जब इस आन्दोलन के बाद गांधीजी जेल से छूटे तो उन्होंने आन्दोलन के नेतृत्व को अस्वीकार किया और इस बीच सरकार पर जो सशस्त्र हमले आदि हुए थे, उनकी निन्दा की। जवाहरलाल आदि नेताओं ने उस हद तक 1942 के आन्दोलन की निन्दा नहीं की, पर यह स्पष्ट था कि यह आन्दोलन 1921, 1930 तथा 1940 के व्यक्तिगत सत्याग्रह आन्दोलन से बिल्कुल अलग धारा का आन्दोलन था और यह 1914-18 तथा उसके बाद के युग के क्रान्तिकारी प्रयासों से ही मेल खाता था।

आज़ाद हिन्द फौजवाला आन्दोलन, जिसके नेता पहले रासबिहारी और बाद को सुभाष बोस हुए, सम्पूर्ण रूप से एक क्रान्तिकारी आन्दोलन था और उसको किसी भी प्रकार की जादूगरी से और कुछ साबित नहीं किया जा सकता। यह फौज पराजित हुई और उसके नेताओं पर लालकिले में मुकदमा चला। उस समय जनता का प्रेम इन कैदियों के प्रति इतना उमड़ पड़ा कि जवाहरलाल भी वकालत का चोगा पहनकर सामने आने पर मजबूर हुए। यद्यपि आज़ाद हिन्द फौज सम्पूर्ण रूप से जापानी फौज का ही एक अंश थी, पर जनता जानती थी कि रासबिहारी के नेतृत्व में भले ही आज़ाद हिन्द फौज जापानी फौज का एक विभाग-मात्र रही हो, पर सुभाष बोस के नेतृत्व में वह भारत के क्रान्तिकारी दल और राष्ट्रीय क्रांग्रेस का ही एक अंश थी।

इसी कारण जनता में जोश उमड़ा और वह जोश इस हद तक उफना कि ब्रिटिश सरकार की भारतीय फौज में उसकी लहरें दौड़ गईं और इतने ज़ोर से दौड़ीं कि ब्रिटिश सरकार यह समझ गई कि अब आगे भारतीय फौज पर विश्वास नहीं किया जा सकता। साधारण समय में तो ठीक है, पर किसी भी संकटकाल में यह बुरी तरह धोखा दे सकती है। इसके अतिरिक्त अन्तर्राष्ट्रीय परिस्थितियां भी इस प्रकार थीं कि ब्रिटेन को भागना पड़ा, नहीं तो ऊपर बताई हुई सारी परिस्थितियों के बावजूद ब्रिटिश शासन गोरी फौजों की बदौलत तथा हिन्दू-मुसलमानों को लड़वाकर (यह तो घर की खेती थी, जब चाहे तब उग सकती थी) दो-चार साल बैसाखी के बल चल सकता था। सर्वोपरि एक कारण और यह हुआ कि ब्रिटेन ने यह देखा कि यदि हम इस समय नहीं छोड़ते और जोंक की तरह चिपके रहते हैं, तो बाद में लेने के देने पड़ जाएंगे और वही हिसाब होगा कि रोज़े छुड़ाने गए थे कि गले नमाज़ पड़ गई, क्योंकि आगे चलकर जिन तत्त्वों

के हाथ भारत को छोड़ना पड़ता, वे ब्रिटेन के आर्थिक साम्राज्य को भी खत्म कर देते। यह इस बात से प्रमाणित है कि अब स्वतन्त्र भारत में पहले से कहीं अधिक ब्रिटिश पूंजी लगी हुई है।

जो कुछ भी हो, इसमें सन्देह नहीं कि सुभाष बोस की तरह के व्यक्ति के लिए, जिसका जीवन लगभग उसी प्रकार से बीता था जिस प्रकार जवाहरलाल का, चोरी से भागकर जर्मन पहुंचना और वहां से खतरा उठाकर सिंगापुर पहुंचना और फिर आज़ाद हिन्द फौज का नेतृत्व अपने हाथ में लेना एक बहुत बड़ी बात थी और वैयक्तिक साहस का परिचायक था, जिसकी मिसाल केवल संसार के क्रान्तिकारियों में ही मिल सकती है।

कई कारणों से पाठ्य-पुस्तकों तक के ज़रिये यही प्रचार-कार्य किया गया है कि अहिंसात्मक आन्दोलन से ही स्वराज्य मिला, पर 'क्रान्तिकारी आन्दोलन का इतिहास' से स्पष्ट हो गया है कि स्वराज्य दिलाने में कितने तत्त्वों ने काम किया। यह बात और है कि ब्रिटन ने जाते समय अपनी भलाई के लिए किनके हाथों सरकार की बागडोर छोड़ दी। जिस तरह संविधान सभा बनी, उसके अलावा तरीके से भी, यानी सीधे-सादे वोट लेकर भी संविधान सभा बन सकती थी, और उसमें निश्चित रूप से आजाद हिन्द फौज तथा समाजवादी और क्रान्तिकारी तत्त्वों को बहुत अधिक सीटें मिलतीं, क्योंकि उस समय तक जनता के जोश का लोहा बहुत गरम था।

अन्त में सुभाष बाबू की शहादत पर दो शब्द। वे हवाई जहाज़ की दुर्घटना से शहीद हो गए, इसमें कोई सन्देह नहीं रहा। कुछ लोग जो यह मानते हैं कि वे मरे नहीं, ज़िन्दा हैं, इसे सम्मान देने का एक तरीका ही माना जा सकता है, इसके अलावा कुछ नहीं। जन-मन कई बार बहुत अजीब तरीके से काम करता है। वह किसी-किसी मौके पर यह विश्वास करने से इंकार करता है कि उसका वीर मारा गया या मर गया। सुभाष बोस के पहले भी कई ऐसे वीर माने जा चुके हैं जो कभी मरे नहीं। कृष्ण मर गए, राम मर गए, पर अश्वत्थामा, हनुमान और कुछ ऐसे वीर कभी नहीं मरे। सम्मान देने के अतिरिक्त जन-मन के इस विश्वास में एक कमज़ोरी भी छिपी है कि वह वीर छिपा बैठा है और वह आकर हमारा उद्धार करेगा। यह एक कमज़ोरी है जिसकी जितनी निन्दा की जाए, थोड़ी है। जनता अपना उद्धार आप ही कर सकती है, गांधी, सुभाष आदि तो समय की मांग को पूरा करते-भर हैं।

भारत के क्रान्तिकारी

मंगल पांडे–वजीरअली खां–वासुदेव बलवन्त फड़के–दौलतराम–द्वारे–कृष्णजी पन्त गोगाटे–श्यामजी कृष्ण वर्मा–साठे–दामोदर चाफेकर–बालकृष्ण चाफेकर–वासुदेव चाफेकर–लक्ष्मीबाई–नाना साहब–विनायक दामोदर सावरकर–गणेश सावरकर–ला. हरदयाल–ला. लाजपतराय–पांडुरंग महादेव बापट–वारीन्द्रकुमार घोष–मदनलाल धींगरा–लोकमान्य तिलक–ज्ञानचन्द वर्मा–कोरेगावरकर–अनन्त कन्हेरे–कृष्णजी केशव कर्वे–विनायक देशपांडे–सरदार भगतसिंह–अरविन्द घोष–हेमचन्द्र दास–भूपेन्द्रनाथ दत्त–खुदीराम बोस–प्रफुल्ल चाकी–उपेन्द्रनाथ बनर्जी–उल्लासकर दत्त–कन्हाईलाल दत्त–नरेन्द्र गोस्वामी–सत्येन्द्र चाकी–रासबिहारी बोस–मास्टर अमीरचन्द–ला. हनुमन्त सहाय–अवधबिहारी–गणेसीलाल–शचीन्द्रनाथ सान्याल–दामोदरस्वरूप सेठ–सुरेशचन्द्र भट्टाचार्य–दीनानाथ–वसन्तकुमार विश्वास–बालमुकुन्द–बलराज भल्ला–कर्तारसिंह–पिंगले–जितेन्द्र सान्याल–रवीन्द्र सान्याल–भूपेन्द्रनाथ सान्याल–कापले–हेरम्बलाल गुप्त–डी.एस. देशपांडे–सुभाषचन्द्र बोस–सरदार अजीतसिंह–भाई परमानन्द–जे.एन. चटर्जी–पांडुरंग सदाशिव खानखोजे–अधरचन्द 'लश्कर'–सुरेन्द्र मोहन बोस–खगेनदास तारकनाथ दास–गिरीर मुकर्जी–बावा सोहनसिंह–बावा केशरसिंह–काशीराम–डा. मथुरासिंह–बलवन्तसिंह–अरुणसिंह–उत्तरसिंह–जीवनसिंह–मानवेन्द्रनाथ राय (नरेन्द्र भट्टाचार्य)–गेंदालाल दीक्षित–गणेशशंकर विद्यार्थी–रामप्रसाद बिस्मिल–मुकुन्दीलाल–ब्रह्मचारी–शिवकृष्ण–भोलानाथ चट्टोपाध्याय–यतीन्द्रनाथ मुखर्जी–श्रीपत अमृत डांगे–शौकत उस्मानी–अशफाक उल्ला खां–प्रेमकृष्ण खन्ना–राजेन्द्रनाथ लाहिड़ी–विष्णुशरण दुबलिस–शचीन्द्रनाथ बख्शी–केशव चक्रवर्ती–मुरारीलाल–बनवारीलाल–मन्मथनाथ गुप्त–योगेशचन्द्र चटर्जी–गोविन्दचरण कार–राजकुमार सिंह–रामकृष्ण खत्री–रामदुलारे द्विवेदी–यतीन्द्रनाथ दास–मणीन्द्र बनर्जी–रमेशचन्द्र गुप्त–यशपाल–रामरक्खा–महावीरसिंह–नामादास–मोहितमोहनमैत्र–सुखदेव–बटुकेश्वर दत्त–कुन्दनलाल–विजयकुमार सिंह–जयदेव कपूर–स्वर्णसिंह–भगवतीचरण––जयचन्द्र विद्यालंकार–गोपीमोहन शाहा–सुरेन्द्र पांडेय–शिवराम राजगुरु–जयगोपाल–किशोरीलाल–विजयकुमार सिन्हा–शिव वर्मा–गयाप्रसाद–कमलनाथ तिवारी–आशाराम–देशराज–प्रेमदत्त–अजय घोष–वैशम्पायन–भगवानदास माहौर–प्रणवेश चटर्जी–मार्कंडेय–मनमोहन गुप्त–हरेन्द्र भट्टाचार्य–महेन्द्र चौधरी–फुलेनाप्रसाद–कौशल्याकुमार–चित्तू पांडेय–सूर्यनाथ उपाध्याय–सतीशचन्द्र सामन्त–वरदाकान्त कुइती–परशुराम–सियाराम–योगेन्द्र शुक्ल–उत्तमचन्द–रामनन्द मिश्र–मगनलाल बागड़ी–श्यामलाल नायक–मालू कोष्ठी–हेमू फलानी–नाना पटील–ऊधमसिंह–सरकार शार्दूलसिंह–रहमत खां।

◇◇◇